有爱的青春陪伴者

傍晚的夕阳转为橘红,
风吹过他头顶枝繁叶茂的树丫,
像一面在燃烧的扉页,
而他安静地坐在树下,
是这面浓烈的扉页上,
清隽的一句诗。

图书在版编目（CIP）数据

告别诗 / 梨迟著. -- 南京：江苏凤凰文艺出版社,
2025. 5. -- ISBN 978-7-5594-9480-1
Ⅰ. I247.5
中国国家版本馆CIP数据核字第20257FM021号

告别诗

梨迟 著

责任编辑	王昕宁
特约编辑	李 娜
出版发行	江苏凤凰文艺出版社
	南京市中央路165号，邮编：210009
网　　址	http://www.jswenyi.com
印　　刷	天津睿和印艺科技有限公司
开　　本	880mm×1230mm 1/32
印　　张	9
字　　数	268千字
版　　次	2025年5月第1版
印　　次	2025年5月第1次印刷
书　　号	ISBN 978-7-5594-9480-1
定　　价	42.80元

江苏凤凰文艺版图书凡印刷、装订错误，可向出版社调换，联系电话025-83280257

· 目 录

Chapter 01　　　好好学生 /001

Chapter 02　　　公主 /028

Chapter 03　　　会长大的榕树 /056

Chapter 04　　　是我喜欢 /084

Chapter 05　　　拉钩 /116

Chapter 06　　　不会忘记你 /143

· 目 录

Chapter07 ········· 后来呢？ /171

Chapter08 ········· 重逢 /198

Chapter09 ········· 愿：倦鸟归林 /225

Extra01 ········· 想她看到 /249

Extra02 ········· 晴天 /261

Extra03 ········· 写给永远的诗 /273

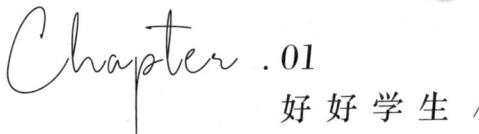

Chapter .01 好好学生

　　他一字一句慢慢地说着她告诉他的话，好像是想告诉她，她说的每个字都被他放在了心上，所以问过的话不会再问第二次。

　　把信寄出去的那一刻，于诗遥抬头看向了玻璃窗外。
　　阳光从树丫的浓荫落下来，在车水马龙的马路上划下一道一道刺眼的斑痕。这亮堂堂的人间，人人有去处，人人有归处。
　　她一直不太明白，夏天的主题到底是什么最合适。
　　到底是相遇，还是告别？

　　十五岁那年的夏天，在一个潮湿的傍晚，于诗遥全家搬进了梧桐巷。
　　这里是南苔市的老居民区，梧桐巷里布满潮湿的墙缝和黏腻的苔藓，空气里有一股腐朽老旧的霉味儿。
　　那段时间正值雨季，不平整的地砖每一条缝隙里都是泥水，一脚踩下去，溅起的雨水浸透鞋袜，裤脚泥泞点点。幸好那是于诗遥好几年前的旧衣服，父母嫌旧想让她扔掉，她因为喜欢这个颜色而将它留了下来，没想到现在搬家派上了用场。
　　为了省钱，父母趁着雨势稍小，借了亲戚的车一趟又一趟地搬着舍不得丢的家具，全家都忙得力倦神疲。
　　新家在顶楼，楼层高又没有电梯，所以房价才低。
　　当于诗遥又一次搬行李上楼，她已经累得双臂都在颤抖，很难再有力气抬起来。在此之前，她从来没有做过这样的重活。
　　爸爸看出她已经精疲力竭，让她歇着，他自己下去搬。

她想着爸爸的腰，只说自己不累，歇了口气后就下了楼。但是当她再次抱起行李时，手臂却疲倦得忽然脱力，行李重重落到了地上，溅起的雨水刺在腿上，凉得刺骨。

就是在这个时候，她第一次见到了付峤礼。

他撑着伞，身上还穿着一中的校服。进了楼栋，他慢慢收着伞，只留给她一个侧影。她能看到他清隽的侧脸、低垂的眼睫、细长干净的手指。

漫天晦暗的雨还在下着，而他仿若一笔又一笔慢慢描摹，直到完成的栩栩水墨画。

他收了伞要往里走，她也俯身继续去搬自己的东西。

雨势不大，但是雨丝细密如织，头发黏腻地糊在脸上，眼睫也湿得视线模糊，所以当眼前的雨忽然停了的时候，她有几分难以确定的恍惚。

她抬起头，看到的是又撑开伞站在自己面前的付峤礼。

他把伞塞到她手中，而后俯身抱起地上的行李。泥泞的雨水弄脏了他的手指，他浑不在意，只冷淡地问了她两个字："几楼？"

她鬼使神差道："六楼。"

他没有再说话，抱着行李进了楼栋。

老居民楼的楼梯狭窄，她只能跟在他的身后。楼道里静谧得只有脚步声和呼吸声，直到这时候她才后知后觉感到不好意思起来，那箱行李真的很重，里面都是她舍不得丢的书。

父母想着搬家麻烦劳累，能简则简。那些书原本是不打算要了的，可她喜欢看书，而家里以后恐怕也没有多余的钱给她买书，所以书被留了下来一起搬到新家。

她本想问一句"累不累"，可他背影冷淡，她也觉得这句话好像废话，所以只在到了六楼的时候，忙不迭从他手中把行李接了过来，说了好几声"谢谢"。

妈妈在里面打扫，听到于诗遥的声音，出门来看。

见到门口的付峤礼，她愣了一秒后，顿时笑得客气很多："谢谢你啊，刚搬过来就麻烦你。我们家现在乱得很，等收拾出来，过来吃个饭。"

付峤礼走后，于诗遥进屋换了湿透的鞋袜。

家里一片脏乱，还需要好好收拾。她帮忙整理着搬过来的行李，在回头时装作不经意地问妈妈："刚刚那个男生，是什么人啊？"

妈妈正擦着桌子，老旧的家具被擦得"吱嘎吱嘎"地响："你付叔叔把这套房子介绍给我们的时候，不是说过他家也住在这里吗？刚刚那个就是他的儿子，我和你爸爸坐过你付叔叔的车，所以见过。"

"他比你高一个年级，也在一中，听说成绩好着呢，你付叔叔常说他考年级第一。"妈妈擦得仔细，但是老旧的东西再怎么擦也有一股腐朽气。她叹气，语气也难免不甘，"等高一开了学，你也好好读书知道吗？你付叔叔每回提起儿子都满脸骄傲，你什么时候也让爸妈骄傲一回……"

后面又是絮絮叨叨的好好学习之类的话，只是这回有了付峤礼做对比，这个从前素未谋面的人忽然就变成了她的对照组，让她多听了几句唠叨。

那时她满不在意，只是在收拾自己那箱好不容易留下的书时，突然想到了他俯身帮她把行李搬起来的样子。

明明只是一个短暂的动作，可是在脑海中闪现时，竟然清晰得连他的手指指节都清清楚楚。他的手指细白，有一种与这里的潮湿腐烂格格不入的清冷干净。

再次见到付峤礼是一个星期后。

外面的雨还没停，天色阴暗，她开着小台灯在看书，爸爸在客厅里接电话，连声说"好好好""行行行""没问题"。

于诗遥不过问爸妈的事，但一个小时后她就知道了是什么事。

家里的饭桌上多了一个人，付峤礼。

他坐在客厅的沙发上，她从房间出来就看见他清瘦挺直的背影，少年的轮廓清冷沉默，客厅的电视里放着喜庆幼稚的动画片。

妈妈端着饭菜出来，招呼道："峤礼，过来吃饭了。"

他应了一声，过去帮忙拿碗筷。妈妈连说不用帮忙："这些事让我家诗诗来就行了。"而后给了于诗遥一个眼刀。

于诗遥连忙进了厨房帮忙。

拿碗筷的时候，妈妈小声跟她说道："你付叔叔这段时间出差，阿姨病着住院，所以峤礼这段时间来我们家吃饭。"

她还想着前几天妈妈拿他数落自己的话，小声道："你不是说他在家懂事得很，自己会做饭吗？怎么不自己在家做饭吃？"

妈妈"嘶"了一声，于诗遥连忙做求饶状拿了碗筷走出厨房。

吃饭时，父母一直招呼着问付峤礼合不合口味，他都认真礼貌地回答，虽然话不多，但是很会说话，一句"阿姨做的菜都很好吃"就哄得于妈妈乐呵呵的，已经在考虑明天给他做什么菜了，期间还不忘嫌弃自家女儿："哪像我们家诗诗啊，这丫头从小到大挑食得很，这也不吃那也不吃。"

于诗遥偷偷瞪眼抗议，被妈妈一个眼刀杀得给憋了回去。

付峤礼礼貌十足，但他的礼貌和稳重总有一种难以接近的冷静淡然，与这里的混浊窘迫截然不同。

外面的风雨刹那间变大。

她在换条腿跷二郎腿的时候，脚尖不知道踢到了谁，恰逢风雨吹得窗台的拖把扫把倒了一地。于妈妈惊呼一声忙去收拾，于爸爸还在招呼着付峤礼，说这阵雨不知道要下到什么时候。

而他每句必应的礼貌在这时没了下文，他的手还停在刚刚盛的汤碗上。

雨更大了，吹得窗帘都在狂飞，于妈妈招架不住，于诗遥放下碗就去帮妈妈一起拉住窗帘关了窗户。

这一番慌乱结束，于诗遥再次回来坐下，付峤礼举到自己嘴边的汤却还是刚刚那一碗。

她余光扫到他干净细长的手指，忽然又想到那天他帮她从积满雨水的地面上搬起行李，雨水沾染了他的手指，洁白染上了泥沙。

他放下汤勺，她再次踢了一下他的脚尖。

这次是故意的。

付峤礼拿着汤勺的手稍一停顿，而后不动声色地继续喝汤。

他低垂的眼睫毛遮住了眼睛，皮肤白得有种冷淡的疏离感，让人想要恶劣一些，看他这副清冷稳重的皮囊被撕开裂缝。

于是，故意招惹他，令自己有种上瘾的满足感。

外面的雨狂乱不止，即使关了窗也能听见风雨哭嚎的动静，本就老旧的玻璃窗发出随时会倒塌的声音。

破烂老旧的居民楼仿佛是由一堆废弃的腐木堆成的，无法庇佑一方人。

过惯了优渥的生活，这样的场面显然让人有些无措。即使关上了窗，听着风雨撞击玻璃窗的声音，仍然让人担心，妈妈蹙着眉说："要不要找人来修一修啊？这雨也太大了。"

话才说完，玻璃窗又被一阵风雨吹得"咣咣"直响，声音大得吓人。

爸爸望了望阳台，再看了看屋顶，最终说道："找人看看吧。"他叹了口气，因为那又是一笔钱。

于诗遥暗自观察着那个被妈妈拿来数落了她好几天的好好学生，在玻璃窗"咣咣"直响的风雨飘摇里，付峤礼仍然不动如山，教养很好地吃着饭。

吃饭习惯很好，细嚼慢咽，坐姿端正，从不贪多，也不挑挑拣拣。是妈妈常年念叨着让她好好学的那种吃饭习惯。

也不知道这样的好好学生，是生来就容易懂事，还是比普通孩子更会忍耐。

果然，付峤礼一走，妈妈就开始拿他与她对比："老付家那孩子教得真好，看着就是个懂事出息的，成绩又那么好，省不少心。"

她这话当然是跟自家丈夫说的，只不过现在住的这房子太老旧、狭小，隔音效果差得像是不存在。他们说这些话的时候已经尽量用较小的音量，但她还是隐隐约约听得见。

于爸爸回应道："诗诗从小就被你惯着，要是好好教，说不定也是个好孩子。"

"怎么是我惯的？你也没少惯着她，她那些书又耽误学习又那么重，我说别带着了，她一求你，你就心软同意了，这样的事从小可没少发生啊。"

"唉，算了，只是跟老付家那孩子比不了，但还算没教坏。你看这次搬家多辛苦，她什么都没抱怨。我只是担心，咱们家现在条件大不如前了，诗诗以前能被我们惯着，以后不知道她能不能适应。"

厨房洗水槽里碗碟碰撞的声音夹杂着低声的交谈，随即被阳台又一阵猛烈的巨响打断。

支离破碎，轰然倒塌，在逼仄拥挤的老旧小房子里宛如天塌了般。

于诗遥在房间里都被那巨响吓了一跳，她连忙探头出来，看到阳台那扇"吱嘎吱嘎"的玻璃窗，还没来得及等到维修，已经先一步倒下。

原本被遮蔽的风雨刹那灌了进来，客厅里的东西摇摇欲坠倒地一片。

父母惊呼着抢救，看到她出来，连忙阻止她过来："诗诗，你离远点，去把客厅的东西收拾收拾。"

家里一片狼藉，家具东倒西歪，本就狭小的空间被风雨灌满，风雨波及过的地方仿佛经历一场征战。

等抢救完屋子里的东西，三个人都已经累得没什么力气了。沙发被浸了水，只能挤在小凳子上休息。

原本犹豫着要不要找人修的窗户，现在不得不花上一笔费用修了。

等付峤礼下次来家里吃饭的时候，窗户已经修缮好，家里整整齐齐，连地都拖了好几遍。于妈妈买菜的时候顺便买了一些便宜的劣质窗贴，把墙上没法清理掉的老旧痕迹用贴纸遮住，把老旧的房子打扫出一种好好生活的感觉。

由奢入俭难，在外人面前总还是要留点体面。

付峤礼的确如爸妈说的那样，是个稳重懂事的好孩子，他从不多嘴过问别人的窘迫，看到满是划痕的桌角时，他目光里也没有异样的神色。妈妈在一旁有些无措地下意识搓围裙角，生怕这个孩子对家里这样的破旧面露嫌弃，但他自始至终都很平和，几天下来才渐渐让妈妈放了心。

爸妈商量着向他借用一下他高一的课本，让于诗遥趁着暑假先预习，怕开了学跟不上。

对于这个突然给她增加了学习任务的行为，她很不满，试图抗议。

妈妈给了她一个眼刀，她只能寄希望于付峤礼不要答应。

但付峤礼太乖了，他好像不会拒绝长辈。

他说话时会先咽下食物，放下饭碗，语气淡却很礼貌："没关系，高一的书我现在不用，我等会儿吃完饭就回去拿过来。"

"不麻烦你再跑一趟了，让诗诗跟你去，你给她就行，让她自己拿回来。"于妈妈高兴得笑成一朵花。

付峤礼吃完饭要走，于妈妈就踢了诗遥："去，跟着峤礼去拿书。"

她望着碗里还没吃到一半的鸡翅，正要抗议，又被爸爸催了一句："快去啊。"

行吧。她放下碗，擦擦嘴，到门口换鞋时，付峤礼已经拉开门走了出去，正要关上，见到她过来，手上关门的动作停顿一下，她飞快换了鞋迈出家门。

顺手帮他关了门，她和付峤礼在门外面对面，四目相对时，她冲他露出一个特别灿烂的笑："走吧，我现在跟你去拿书。"

他只"嗯"了一声。

沉默寡言，冷冷淡淡，看起来不好相处，也不好靠近。

但是，长相很好看。

他轮廓深邃，眉目却冷淡，他永远礼貌得体，看人的眼神却很疏离。可是用松和梅来形容他又太过冷冽，她认为他更像见到他第一眼的那个感觉，是晦暗雨色里的一幅幅水墨画，身陷世事却旁观世事。

让人想窥探，这样的表皮下，是不是有着一样冷淡的心脏。

所以在到了他家门口的时候，他拿出钥匙开门，她原本只打算在门外等着付峤礼拿出书来给她，却忽然换了个想法。

她双眼一弯，又露出灿烂好看的笑容："我能进去等吗？"

她生了一张雪白小脸，杏眼一弯，满脸的清纯甜美，但是灿烂明艳，是让人挪不开眼的长相。她从小因着这张脸讨了不少人喜欢，到哪儿都不缺人愿意帮忙，提一点任性的要求也不会被拒绝。

付峤礼神色平静，眼瞳是没有波澜的黑色，在晦暗的天色里甚至看不到多少波动。

只是，她不等他开口，笑眼弯弯又说道："这几天一直在下雨，外面好冷。"

他转动钥匙，门锁打开的声音在狭窄的楼道里沉闷而清晰。

门被推开，他说道："进去吧。"

她仍是那副笑眼清纯的模样，问得很礼貌："需要换鞋吗？"

/ 007

"不用，你在沙发上坐一会儿。"

"好哦。"

她看起来好说话极了，好像真的只是怕外面冷，没有别的冒犯。

付峤礼进了他的房间，她坐下来后环顾了一圈付峤礼的家。

他们同住在梧桐巷，但付峤礼家跟她家天差地别。明亮宽敞，家具崭新，沙发一坐下去就是一种久违的舒适柔软感，茶几上罩着的茶具价格不菲。如果不是从同一个楼梯下来，这一眼看上去不像是梧桐巷的老居民区，倒像是她家搬来梧桐巷之前住的环境。

不过，他家应该过不了多久就会从这里搬走。

她听爸妈说过，付叔叔业绩节节攀升，已经在临江买了房，只等收了房装修好就可以搬出梧桐巷。

看客厅的陈设也知道，付叔叔这两年的确收入不菲，即使在这里住不了多久也花了不少钱把家里的陈设都更置了一遍。

她只环视了一眼便收回视线，因为她进来也不是对他家有多么感兴趣，只是单纯地想看那张冷淡干净的脸是不是会撕开一丝无瑕，就像第一次见面那天，雨水打湿了他的手指，洁白染上淤泥，那一瞬竟然让人挪不开眼，鬼迷心窍。

付峤礼抱着厚厚一沓书从房间出来，说道："有点沉，我帮你拿上去。"

他教养很好，很会替人着想，语气和神色却平静，令人难以接近。

但是她主动从他手里把厚厚一沓书抱了过来，由于太多，她先抱过来一半，然后把剩下的一半拿上来，笑时仍然双眼弯弯。

"不麻烦你了，我妈让我自己来拿，被她看见又要被我说了。她这两天可没少在我面前夸你，让我没事多跟你学学。"

她把书抱过来又坐下，装作翻书看看有哪些课本的样子，同时暗自观察着付峤礼。

她说这话有成心的意思，仿若无心闲聊着抱怨他这个罪魁祸首。

果然，他抿了抿唇，看起来像是有几分抱歉的无措，矜持和分寸在看似没有恶意的冒犯面前不堪一击，他的礼貌成了帮凶。

她暗自抿着愉悦的唇角，风在这时候吹起了最上面那本书，翻飞的书页被吹起又落下，扉页的字迹在眼前停顿时，她看见了上面的字。

是他的名字。

"付峤礼。"她捏着扉页的角，笑着念出他的名字，也是第一次在他面前叫他的名字，"原来你的名字是这样写。"

她仰起头看他："那你知不知道我叫什么？"

付峤礼站在她的面前，猝然对上她的笑脸，亮晶晶的眼睛清甜又友好，却带着难以忽略的侵略感，让人没法视而不见。

于诗遥猜付峤礼应该知道，不过知不知道都无所谓，反正她只是随便闲聊。

所以，她在付峤礼开口之前，先一步用怪罪似的语气说道："一起吃饭这么多天了，我们的爸爸又是关系很好的同事，你都不知道我的名字吗？"她抱怨完又转为示好的亲近，"但是我听说过你很多次了，我爸妈经常提起你，说你学习很好，让我向你学习。

"我叫于诗遥，你猜是什么意思，猜对了我就不怪你了。"

他应该不会喜欢回答这种问题吧，反正她不喜欢，觉得很无聊。但她坐在他的面前，仰头笑着，眨了眨漂亮的眼睛，好像真的在期待他的答案。

外面的风变大了起来，吹动着柔软的发丝，那双明艳漂亮的眼睛清晰地映着他的轮廓。风吹动了书的最上面几页，他的名字一笔一画写得清隽冷沉，随着风不断翻动、飘摇，最后坠落。

风停时，他漆黑的眼仍然平静地望着她，但是他回答了她："诗和远方。"

原本是有意逗弄的话题，她没想到付峤礼居然一猜就对。

她有一刻明显的愣怔，但是没放在心上，眼睛弯着笑夸他似的说："你是第一个猜对的。别人都不懂，说我这名字听起来就像是个不会读书的，诗后面加个遥，这不是越读越远吗？只有你一次就猜对了。"

她整理着腿上的课本，堆叠好，笑着站起来，跟他面对面："那我就回去了，你需要用的话可以随时叫我还给你，我会好好对待你的书的，不会弄坏。听说你成绩很好，我也沾沾福气。"

付峤礼没什么反应，她感到有些无趣，他真的是个老实的好学生。

她抱着书出了他的家门，进楼道后，脸上的笑就垮了下来。这么

/ 009

多课本，暑假还能不能好过了。

一到家，她把书放下，赶紧回了饭桌："妈，我的鸡翅还留着吗？"

"回来了？"妈妈看她放下书就直奔饭桌，"你这孩子，就知道惦记着鸡翅。"

她坐下后就拿起筷子，接话道："那我还惦记什么啊？"

"你就不能向付峤礼学学，他——"

"行行行——"她及时打断妈妈的念叨，"妈，我饿死了，我先吃饭，吃完就学。"

外面又起风了，树丫被摇曳得"沙沙"作响，雨天阴郁，空气里是潮湿黏腻的水汽。

被她拿回来放在桌上的书本又被吹动着"哗哗"翻页。

妈妈看到后把窗户关小一点，看着外面又起的大风，担忧道："怎么又起风了。"

翻动的书页终于停止，页角还残留着没有完全停息的悸动。她看了眼窗外，顺口接了句："是啊，起风了。"

付峤礼在于诗遥家没吃几天饭，付叔叔出差回家了，他也就不用再来。

他不在的时候，那些不方便在外人面前多说的生活琐事，开始大大方方在饭桌上说起来，比如说家里的厨房太旧，连柜门都没法合拢；比如说因为水管与邻居家的连接，到了做饭的用水高峰，水龙头的出水量细得像在吊点滴；比如下水道的恶臭、蟑螂、虫蚁，不知道什么时候爬出来啃了家里东西的老鼠。

这一切在从前的优渥生活里没有碰到过的事，烦乱得几乎快要让人崩溃。

妈妈被一团糟的新生活压得满脸忧愁。饭桌上，妈妈把饭菜端出来后，对她说道："诗诗，等你高中开了学，一定要好好学习知道不？你看看这哪是人过的日子，将来出息了，咱们也能早点搬出这里。"

她体会到了妈妈的压力，提议道："要不我去打工吧，早点挣钱，我也不是什么读书的料，我这成绩不一定考什么好大学，考上了还要出钱供我上大学，那又是一笔钱，爸爸的病——"

"说什么呢。"妈妈打断她,"我们家虽然大不如前,但还不至于让你读不起书。你就给我好好上学,家里的事爸妈心里有数,你也要有数知道不?"

因着她的打工发言,吃完饭爸妈洗碗的时候还在小声讨论:"我说话是不是太重了啊,咱们还是别太给诗诗压力。"

"没事,诗诗也就是那么一说,还能真不去上学。"

"我只是担心诗诗很难适应我们现在的生活,以前她要什么咱们都买得起,就算真不爱读书,将来考不上大学,也能让她好好生活下去。"

"你也别多想了,适应都有一个过程,我们不也还没有适应过来吗?"

由奢入俭很难,全家都在适应着搬进梧桐巷以后的生活。

潮湿的老房子因着连绵不断的雨季,不知道从哪个犄角旮旯钻进来蚊虫,没几天,她和妈妈的皮肤都开始起疹子,痒得身上红点一片。

这些都还能忍受。

逼仄老旧的小区里,老鼠都比外面的胆子要肥很多,从一开始还只是偷偷出来在暗处窸窸窣窣,到后来已经在灯还亮着的时候就咬破纱窗,大摇大摆地跳进屋子。

在厨房收拾的妈妈被脚边毛茸茸的大黑老鼠吓得失声尖叫,一个脚滑摔在了地上,手肘磕到橱柜,痛得失声。

她和爸爸在客厅听到,连忙过来看情况。

妈妈摔得很严重,于是接下来几天家务的重担就全部落在了爸爸和她的身上。

以前家里有阿姨,偶尔阿姨回家,妈妈会下厨做点饭,但爸爸已经好多年没有进过厨房,生疏的厨艺做出来的菜,连他都有些不好意思:"将就吃吧,我明天再研究研究。"

同样的,于诗遥也不会洗碗,她从前一点家务都没有做过。

新家的水槽很矮,爸爸的腰经不住长时间的弯躬,所以她分担了做饭以外的活。

在妈妈的教导下,她撸起袖子勉强学会了洗碗,如今洗洁精都要省着用,她从瓶子里挤出来的时候,盯着剂量都要盯出斗鸡眼。

早上,她和妈妈一起去菜市场买菜。妈妈在一旁指挥挑菜,她忙

/ 011

前忙后跑腿。家里缺了什么东西,她也是拿了钱就下楼跑得飞快。搬过来有一段时间了,附近的人都认熟了她的面孔,看她下楼就招呼问她是不是出去买东西。

妈妈的手肘总算是好转,亲自下厨改善这段时间不佳的伙食,爸爸一大早就骑车去菜市场买了新鲜的鱼回来,庆祝妈妈康复。

妈妈做了于诗遥最喜欢吃的鲫鱼豆腐汤,给她盛汤的时候,才说道:"这段时间都没吃妈妈做的菜,多吃点。"想到搬到梧桐巷之后全家都不容易的生活,一家三口挤在堪堪容身的小房子里,连他们两个大人都因为不习惯而焦头烂额,在她手肘受伤的时间里,忙上忙下维持家里的是从小被他们娇生惯养的女儿,语气不禁转为哽咽。

她将汤碗放下,才平复了语气,缓缓说道:"我们家诗诗长大了啊。"
虽然生活变得艰辛,但一家人在齐心协力地好好生活。
"诗诗这段时间真的很懂事。"爸爸也在一旁感慨,"现在我也想通了,我们一家人好好过日子就行了,平平安安的。我们诗诗呢,只要快乐顺遂就好了。"

于诗遥原本安静地喝着汤,好一段时间没吃妈妈做的饭,她停不下嘴。听到父母感慨,她从汤碗里微微抬起头:"那我……能提一个小小的要求吗?"

爸爸道:"你说说看,看咱们家现在能不能给得起。"
她放下汤碗,一双眼睛在爸爸、妈妈之间来回试探:"我能去那家旧书店看看书吗?就在巷口那里……"

她一边说,一边来回观察着爸妈的反应。因为原本他们是想让她暑假好好预习的,高一的书都借来了。

那家书店是这段时间于诗遥忙上跑下买菜路过时发现的,当时只瞥了一眼,因为家里还等着她买完东西回去,但是她只瞥了一眼就一直惦记着。

她喜欢看书,那箱很重的书,搬家的时候重得让她胳膊脱力,她都没舍得丢。

怕爸妈不同意,她迟疑着:"不行就算了。"
"没事,喜欢就去吧。"爸爸答应了她。

妈妈欲言又止,被爸爸暗暗示意了一下,他接着继续鼓励她:"想去就去。"

他劝妈妈:"孩子也没几个暑假了,喜欢看书又不是什么坏事,难得诗诗有这么一个爱好。"

最后妈妈也叹了口气,点了头,只要求她早点回来,别一看上瘾就忘了回家的时间。

得了爸妈应允,她顿时眉开眼笑,连喊了两声"谢谢爸爸、妈妈"。

吃完饭,她就换了鞋噔噔噔跑下了楼,妈妈还在身后招呼她记得到点回家吃饭。

她嘴上喊着"知道了",人已经跑出门外,楼梯下得飞快,跟灵魂被放飞了似的,直扑书店。

搬家之后琐事一大堆,爸妈又让她借了高一的课本预习,她已经很久没有看过其他的书了。那天买菜回来的路上看到书店半开的门,她的眼睛一下就亮了起来,走出好远都还回头看,这一刻她终于可以飞快地向着书店跑去。

这样的老旧居民区,居然开着一家书店,仿佛搬进梧桐巷后的生活都变得不再那么糟糕了。

于诗遥跑出楼栋的时候,发现天空已经放晴。

下了好久的雨,这两天终于放晴,此时阳光从云雨的缝隙里洒了下来。空气仍然潮湿,狭窄的巷子也还满地水洼,呼吸间都是雨水的气味,但是天际在慢慢地、微微地透出丝丝缕缕的光线。

她避开路上连续不断的水洼,一路迎着光线跑到了那家她心心念念的书店。

书店的门半掩,旁边的落地玻璃窗前摆了长长的花架,盆栽的枝叶生机勃勃,在潮湿的空气里迎着朦胧笼罩的日光,折射出清透的绿意。

从小路过来,她脚步都不由得放轻。这里好像是一个与世隔绝的桃源,没有逼仄泥泞的楼道,没有隔音差的嘈杂、争吵、狼狈后却在继续的人生百态。

她推开书店的门,门口的风铃轻摇。

书店的前台没有人,她往里面看了看,也没有看到人。前台摊开的书还没合上,随着她进来带动的风,页角轻轻翻动了一下。她伸长脖子，看了一眼，是一本北岛的诗集。

书店里没人，她便自己行动起来，开始循着书架一排一排地看。

走到书架的尽头，她看到一个靠墙的窄楼梯，楼梯上面依稀有人说话，声音不大，还有翻找东西的声音。

还没来得及听清楚楼上的人说了什么，有脚步声从楼梯上面传来，她仰着头，猝然与那个脚步声的主人四目相对。

付峤礼一只手里拿着一本书，另一只手扶着楼梯的护栏。

于诗遥已经好长一段时间没见他了，他没来家里吃饭之后就没再见过。

他从楼梯下来，看到她的一瞬，神情也微怔。楼梯光线略暗，他半个身影都隐没在靠墙的一侧，轮廓模糊，只能看到他白皙修长的脖子，连接着喉结，往上蔓延。

楼上又传出说话声，这次她听清了，是在叫他。

"付峤礼，你要的书我下次给你找成不？不知道被我收哪儿了。"

闻言，付峤礼微微回头看向楼上，回道："可以。"

听到这句回话，楼上的人不继续找了，放了东西就要下来，一低头，看到楼梯下面站着的于诗遥，反应了一秒笑出来，问付峤礼："又是来找你的啊？"

付峤礼收回视线，从楼梯慢慢下来："她不是。"

楼梯口狭窄，她站在原地没动，正好挡住了他下来后的路。他平静地看向她，眼珠的颜色很深，皮肤白得泛冷。

她没有主动让开，就这么站着跟他面对面。

楼上的人看到这一幕，又笑了起来，一脸了然："真不是？"

付峤礼不动声色地抿了下唇，开口时语气仍然平静："让让，谢谢。"

怎么这么冷淡？

她很好说话地侧了侧身："不客气。"

付峤礼从她身边走过，楼上的人也从楼梯下来，招呼她："小姑娘别伤心，他这人就这样。"

他说这话的时候，付峤礼已经走出了这一排书架，于诗遥只能从书的缝隙里隐隐约约看到付峤礼的身影，平静地保持距离，对她没有一丝多余的热切。

真是一个规矩礼貌的好学生,难怪爸妈都喜欢他。

她有些无趣地收回目光,回答面前的人:"没事,我不是来找他的,我是来看书的。"

"噢噢。随意,我是这里的店主。"男人指了阅读区,"可以坐那儿。你要是口渴,咖啡、奶茶、果汁也都有,有需要随时叫我。"

男人招呼完就回了前台,她也继续挨个书架找想看的书。

书店里很安静,静到仿佛能听到植物的藤蔓在呼吸。她找到感兴趣的书后,在书店里坐了一个下午。

她看书很投入,丝毫没有察觉到时间的流逝。

直到有人敲了敲她面前的桌面,她才从书中回神。

抬头,站在她面前的是店主:"小妹妹,太阳都下山了,不回家吃饭啊?"

她猛然回过神,看向玻璃窗外,已经是暮色沉沉。她想起来妈妈让她到点回家吃饭,连忙合上书站起来。

店主提醒完就回了前台,她把书放好准备离开书店的时候,再次跟他道了谢:"谢谢你啊,不然回家晚了,又会被我妈说了。"

"不用谢我,是付峤礼让我叫你的。"

"啊?"她顿时诧异,回头望了望书店里面,只有她一个人,"他还在吗?"

"刚刚走了,走之前他让我跟你说一声。"店主笑眯眯道,"我还以为你们不认识。"

回想付峤礼的冷淡神色,她耸了耸肩:"可能确实也不算熟吧。"

"那他还让我提醒你回家吃饭。以我对他的了解,他不是爱管闲事的人。"

"那以你对他的了解,他为什么对我爱搭不理?"

"以我对他的了解,你最好自己问他,我可猜不到。"

时间很晚了,于诗遥也没再耽搁,一路飞快地往家里跑。幸好还来得及,到家时刚好赶上妈妈把饭菜做好。

得了爸妈的应允,她第二天一大早就出了门,直奔书店。昨天的那本书还没有看完,她晚上睡觉闭上眼想的都是书里的内容。

风铃声响,她推开书店的门,迎面又见到了付峤礼。

他在风铃声中转过头,冷白的皮肤,漆黑的眼,不露什么情绪的一眼,好像昨天的遇见并没有让他们多一分熟稔,他依然难以接近。

她从书架上拿出昨天没看完的书,他也站在书架前。从他身后经过后,她又倒退半步回头凑近他:"嗨,付峤礼。"

他平静地看过来,低垂的眼睫毛浓黑。

"不记得我了?"她冲他友好地眨眼。

他却挪开了视线:"有事吗?"

这么冷漠啊,她撇了撇嘴,算了,她也就一时兴起,其实一心惦记着书的后半部分:"没事,打个招呼。"

她拿了书就迫不及待去了阅读区,付峤礼看着她离开的背影,沉默地收回视线。

于诗遥拿到书后就坐下来,迫不及待地翻到昨天没能看完的那一页。

到了中午,又是店主来提醒她时间。

她抬头回神的这一秒,看着只有她和店主的书店,问道:"又是付峤礼?"

店主也笑:"是啊,也许你现在出门走快点还能追上他。"

她伸了伸懒腰,活动一下有些僵硬的肩颈,懒洋洋的语调不怎么在意:"算了,他不爱搭理我,我也别去给人添堵。"

接下来的好几天,几乎每一天,她都会在书店见到付峤礼。除了进书店之后打个照面,她跟他没有什么交集。他也冷冷淡淡,跟她不怎么熟悉的样子。

倒是店主见于诗遥天天来,跟她闲聊了几句,一听她开学才上高一,于是问:"哪个学校啊?"

"一中。"

"哟。"店主有意看付峤礼笑话似的,微微歪着脖子看向书架后面的付峤礼,"跟付峤礼一个学校啊。"

她闲闲道:"他还住我家楼下呢。"

店主更乐了:"怪不得天天让我提醒你回家吃饭。我说呢,真要完全不熟,哪爱管这种闲事。现在的小男孩啊,脸皮就是薄,明明关心人家——"

"孟哥。"后面的话被付峤礼给打断了。

他站在书架后面,缝隙里影影绰绰,他的神情看不真切,语气依然平平淡淡,听不出心绪,好像只是听不得店主胡说八道而已。

店主扯着嗓子笑:"得得得,我不说了,说得他不高兴了,我这儿得少一个客人。"

刚刚也就是句玩笑话,他继续低头擦着玻璃杯,于诗遥却好奇地问店主:"他是你这里的常客吗?"

"是啊。你也看到了,我这书店没什么客人,常来的也就只有他。"玻璃杯擦到一半,他又添了句,"现在还多了个你,你俩倒是凑得巧。"

巧是巧,只不过她冒犯似的示好对他好像没什么作用。

但是,付峤礼这样防御似的划清界限,反而让她更想偶尔冒犯一下,看看他的底线在哪里。

她拿着没看完的书经过付峤礼身后时,探头看向他,又扯着笑故意找他说话:"谢谢你啊,每天都提醒我回家,今天也麻烦你了。"

不等付峤礼做出什么反应,她摇晃着马尾从他身后走开,径直去了阅读区,迫不及待打开了没有看完的书。

暑假已经过了大半,开学后恐怕妈妈就不会同意她这么频繁地看书了,她得珍惜时间。

偶尔招惹一下付峤礼也没有花她多少心思,他不爱搭理她,她只当他们确实不熟,他对谁都冷冷淡淡。

到了回家吃饭的时间,店主依然来叫她,用不着自己抽出精力注意时间,当作个免费闹钟,她享受得很自在。

她和付峤礼在那一段时间里,保持着这样井水不犯河水的距离。

两家偶尔会见面,上下楼碰见了会将就着狭窄的楼道聊几句家常。

临近开学,于诗遥忙着准备,没再去过书店,所以也没有再见过付峤礼。她与妈妈下楼时碰到的几乎都是付峤礼的妈妈,对方会问她们习不习惯梧桐巷的生活,聊不了几句,话题最终总会回到"这地方确实不是人住的,等你们家周转得开,也早点搬走吧"。

几句闲聊寒暄结束,上了楼。

进了家门，于诗遥把买回来的菜放下，有些不开心地抱怨："妈，你干吗跟她聊这么久啊，我的手都提酸了。"

"你爸爸跟付叔叔同事那么多年，关系好，现在做了楼上楼下的邻居，碰了面当然得聊几句。"

"那也不用聊这么久吧？"

"你杜阿姨健谈，总不能扫了人家的兴。你这孩子，这点人情世故都不懂。"

她从小骄纵惯了，仍不太适应这里市井气很重的交流方式，不以为意道："什么健谈，我看她是成心在你面前炫耀，回回都提他们家买的江景房有多好多好，明知道我们家没什么钱了才不得已搬到这里来，还说什么——"她捏着嗓子，学着杜阿姨的腔调，"这老房子又潮湿又多蚊虫，住久了对身体不好，我看你们也早点搬了吧。"

"他们家在这里住了十几年了，没有早点搬走是因为不想吗？"她的语气很是不满。

妈妈换了鞋，听着她这一腔不忿，生怕她出了门也这样，惹了人家不快，连忙教育道："话不要乱说，咱们家现在住的这房子还是你付叔叔介绍的，人家也没有什么坏心。成年人哪有那么纯粹的相处，你以为跟你小时候玩过家家一样，喜欢就玩，不喜欢就不玩？现在抬头不见低头见的，哪有不来往的道理。"

她本来还想辩驳，妈妈又说道："现在家里大不如前，你也要早点懂事，不要让爸爸、妈妈担心。"

妈妈的话说中她的软处，冷不丁唤起了她的记忆。

自从搬进梧桐巷以后，她几乎没有碰过手机、电脑，跟以往认识的人都没有联系，在这个老旧居民区里，她安静地过着现在的生活。

但家里落魄后遭遇的冷言冷语，一刀又一刀割在心上的伤口，从来没有消失过，只是为了好好生活而努力当作这些都不存在。

她撇过头应下："行吧。"

"你跟付峤礼也要好好相处，知道不？"

回想起付峤礼那冷淡的样子，她耸了耸肩："我尽量。"

妈妈一边收拾着买回来的菜，一边还在跟她交代："我跟你杜阿姨商量过，开学报到那天我要陪你爸爸去医院复查，到时候让付峤礼陪你去。"

她一听顿时转回头来,有些难以置信:"谁陪我去?"

妈妈见她这么大反应,以为她没听清,重复一遍:"付峤礼啊。"

于诗遥不太喜欢贴人冷脸,她想了想,到时候进了校门可以各走各的,便没有反驳。

不想,妈妈又念叨了几句:"你也多向人家付峤礼学学。"

"知道啦,知道啦。他懂事、他学习好,他什么都好,从来不让爸妈操心。"

"你这孩子,说你你还不乐意。"

"我没有不乐意,你和爸爸说的话,我都记着呢。我饿了,妈妈,中午我们吃鲫鱼豆腐汤——"

妈妈被她推着进了厨房,一脸没辙,最后只能嗔骂一句"就是你爸把你给惯的"。要是爸爸在旁边,估计得回一句"你也没少惯"。

所剩无几的暑假过得很快,开学报到那天,付峤礼如约等在楼下,他真应了她妈妈说的,陪她去学校报到。

她还在检查书包里带的资料,妈妈已经望着楼下的付峤礼催她了:"付峤礼都已经在楼下了,你别让人家等太久。"

在一声声催促中,她头发都没来得及扎起来,匆忙拿了根皮筋套进手腕就拎着书包出了门,一路小跑下楼。

付峤礼站在单元门前,听见脚步声回头,于诗遥正一边反手扎着马尾,一边小跑着下来。

从晦暗的楼道到明亮的室外前,她的马尾也扎好,发梢随着跑动小幅度摇晃,跳下最后一个小台阶,正好到他面前。

她站得笔直,随便笑一下就好看:"走吧。"

今天是开学报到日,她没像这个暑假每次见面那样,一身宽松随便的短袖、拖鞋。

她穿了收腰的裙子,迎风一吹,裙摆像花朵一样在风里摇曳。脚下凉鞋露出的脚趾小巧得像花蕾,手腕细瘦,指甲莹润整齐,攥着书包肩带,就这么往风中一站,养尊处优着长大的气息特别明显。

她应该是一朵精心娇惯着养大的花,这里的脏乱老旧与她格格不入,贫瘠的土壤养不出这样的花,即使移植过来也会让花慢慢枯萎。

/ 019

可她浑然不在意的样子，与他并肩走出楼道时，还回头看了看楼上家里的方向。看到妈妈果然趴在窗户上看她，她笑着跟妈妈挥了挥手。

她回过头，注意到付峤礼在看自己。

目睹他挪回去的视线，她迟疑了一下，问道："你刚刚在看我吗？"

她问得直接，本想着这人冷冰冰的，应该不会理她，但听他"嗯"了一声。

她有些意外，随即得寸进尺，朝他龇牙咧了个笑，很不要脸地问："我好看吗？"

他这次真的不说话了，大概是有些无语。

付峤礼的反应让她觉得好玩，她继续道："你们好学生都这么冷漠吗？一两句话就没下文了。"

他还是没说话。

她弯腰歪头去看他的脸，没有预兆的四目相对让他怔了一下，而她毫无察觉地笑着，觉得好玩："你明明人也不错嘛，搬家过来那天帮我搬行李，在书店还提醒我回家。最近这几天你还去了书店吗？我忙着准备开学的东西，这几天都没空去了。"

他淡淡回避她的对视，回答她："去了。"

他一回应就招惹人想要得寸进尺，毕竟能得到点回应可真不容易。

她正要继续说些不要脸的话没心没肺地逗他玩，却见他的目光看过来，主动问她："在这里住得习惯吗？"

她怔了一下，他头一次主动问起她，居然是这么一句土得掉渣的话，这句话从她搬来已经被问过无数遍了。

她只愣了一下就没忍住笑出声，好不容易忍住笑，反问他："你怎么也问这么无聊的问题？"

"无聊吗？"

"当然无聊啊，这个问题我都听得耳朵起茧了。"

他又不说话了。

她转头观察了一眼这个对她冷冰冰但人还算不错的男生。

他的冷淡有一种拒人于千里之外的疏离，他看人的眼神没有温度，但也没有攻击性，比起冰山，他更像一幅清秀的水墨画。

明明这么冷，可是很奇怪，她感觉不到一丁点儿的敌意。

好吧。

"没有什么不习惯的。"她回答。

她转过来跟他面对面,边倒退着往前走,边继续回答他:"虽然很多人都觉得我应该不习惯,过惯了衣来伸手,饭来张口的日子的人,怎么能忍受清贫的生活,但其实别人都不知道我真正想要什么样的生活。"

风吹着她的马尾,她倒退着走的每一步都慢慢的,她的眼睛映着金色的光线,并不是半真半假的玩笑话。

付峤礼不小心就望进了那双灿烂的眼睛,不由得问道:"你真正想要的生活是什么?"

"只要一家人在一起就好了啊,爸爸、妈妈都好好地在我身边。"

她坦然地笑,眉眼弯弯,好温柔。

她的回答出乎他的意料,因为这是太过朴实的一句话。这个夏天见她像隔雾看花,她说的每个字都半真半假,唯独这个时候才觉得她在说真话,但他没有想到,她会在自己面前说真话。

在下一刻,他看到于诗遥就要踩空,没有来得及开口提醒,便已经下意识伸出手拉住了她。

用力地,抓住了那只差点就要坠落的手腕。

热风灌满领口,漂亮的裙摆荡在风里像是绚烂的花。

她怔了一下,回头看到身后的台阶。

"好学生,谢谢你啊。"她咧嘴一笑,极致好看。

隔雾看花,那一瞬的真切又散了。

暑热没散,报到这天又是个大晴天,早上就已经烈日当头,光线毒辣。

公交车上几乎都是学生,还有拎着行李箱的,又挤又闷,于诗遥才从公交车下来就已经热得冒汗。

虽然还没到正式开学时间,但是学校周围的店铺都已经开了,门口摆满了桶盆、蚊帐等生活用品,窄道上挤满了新生和家长,拥挤难行。

她热得不行,只匆忙跟付峤礼说了句"等我"就钻进了一家邻近的店,打开冰柜拿了两根雪糕。

家家店铺都生意火爆,就连结账都要挤过去。

当她终于挤到收银台前,老板抬头一看她手里的雪糕,扬声道:"刚刚已经有人付了。"

生意忙,老板跟她说完,又招呼着下一位,她就这样被略过。

身后急着付钱的人高高举着手机越过她肩膀去扫码,手臂一撑把她挤到了一边。

她捏着雪糕从人群中挤出来就看到了付峤礼,他攥着书包的背带,站在门边的台阶上,避开了人潮拥挤的店铺门口。

他个子很高,这样站在台阶上,于诗遥站到他面前只能仰头望着他。她一手举着一根雪糕,到他面前,弯了个好看的笑,问:"要哪个?"

他语气仍然很淡,目光没有看雪糕,而是看她:"都一样。"

"那也要挑一根啊。"

他一时没动,她仍然仰头看着他的眼睛眨了眨,灿烂又好看。

他随手拿了一根。

天气炎热,人多起来更热。她剥开雪糕的包装,丢进店门旁边的垃圾桶,咬了一口雪糕才觉得凉快下来,她说道:"你刚刚怎么付的钱啊?"

"我有老板微信,转给他了。"

她诧异地转头看他:"你还加人微信?"

他反应平静:"为什么不可以?"

"你看起来不像是会随便加别人微信的人。"她刚刚雪糕咬得太大一口,冷得直呵气,这才说后面的话,"你像是那种只活在别人的聊天里,高不可攀、可望而不可即的人。"

"我只是普通人。"

"你还普通啊?"她小口咬着雪糕,笑起来,"我爸妈天天夸你,这个暑假我的耳朵都听起茧了。不过你应该没有听过我吧,我这种反面教材,你爸妈应该不会跟你提。"

他又不说话了。

不过她已经习惯了他的沉默,也没在意。

到了学校门口,校道上几乎都是新生和家长。

付峤礼今天也不是专程陪她开学报到的,他应该也有自己的事,提前一天返校，所以爸妈才让他顺路带着自己。

她也不可能真的让付峤礼像学生家长一样全程陪着自己，他们还没有熟到那个程度，所以才进校门，将手上的雪糕吃完，顺手把雪糕棍丢进旁边的垃圾桶后，她就说道："我自己去就行了，其实这种事你用不着陪我，学校才多大，又不会走丢，你去忙你的吧。"

不等他回答，身后有人扑上来钩住她的肩膀。

身体被碰到的瞬间，浓烈的香水味涌入呼吸，刺鼻的味道让人想呕吐。

明亮的阳光在顷刻间粉碎。

重力压下，她的身体猝不及防前倾了一下，伴随着耳边的笑声，来人道："诗遥，总算见到你了，怎么一个暑假都没有跟我们联系啊。"

而后那人看向站在于诗遥面前的付峤礼，佯装才看到似的吃惊道："这是谁啊？长得很帅啊！"

付峤礼不动声色地微皱了下眉。

于诗遥抑制住刹那上涌的感觉，脸上仍然挂着笑："不认识，刚刚在校门口碰到的，问问路。谢谢你啊，帅哥。"

后一句话是冲付峤礼说的。

"走吧，去看看我们分到了哪个班？"她跟许琪说着，转过身当作确实不认识付峤礼一样。

转身走开的时候，她将手伸到背后朝他挥了挥，做了个拜拜的动作。

来的人不止许琪，几个女生都穿着短裙，露出笔直的腿，背着新款的名牌包，腕上的手链璀璨奢侈，是家里开着豪车一路吹着空调冷气送来报到的那类学生。

她们往校园里一站，很是惹人注目，只看一眼就能感觉到她们身上有着不同于别人的优越。

几个人走过来时，身边的人都不由自主地往旁边靠一靠。

于诗遥被围拥在中间，像关系很好的姐妹一样。

南苔市不大，兜转几圈，几乎都是彼此的小学同学、初中同学，不少人都是眼熟的面孔，绕几个圈子总能认识。光是看着公告栏上的名单，挨个看名字都能细数出不少八卦。

整个名单看下来,班上有好几个熟悉的名字,看到其中一个名字时,她微微皱了下眉。

许琪只扫了一眼自己在哪个班就去看于诗遥的名字,在看到名单后,有些浮夸地兴奋道:"曾凯跟你一个班!天哪,他不是一直在追——"

话音点到为止,她捂住自己的嘴,像是意识到自己在说什么不该说的话。

周围都是在看分班名单的新生,拥挤在一块公告栏前,她的声调说高不高,但附近的人恰好都听得到。

众人闻声朝于诗遥看过来,眼神都带些变化。有人根据曾凯这个名字认出了她,扯了扯同伴的袖子,看完分班名单后迅速走掉,像是在躲她。

这些异样她当作没看见,自始至终平和地看完了分班名单和教学楼的位置。

她找到了班级,教室里已经来了很多人,班主任站在讲台上收发表格,挨个填着信息。

许琪暂时跟于诗遥分开,临走前还跟她说拜拜,惹得教室里的人闻声回头看于诗遥,认识她的人多看了她几眼,挡着嘴小声跟身边的同伴嘀咕,又有人回头看她几眼。

她视若无睹,径直走到讲台前,班主任核对着她的名字:"于诗遥?"

那些目光暗自看着她,好奇于诗遥长什么样。

她答:"是。"

班主任把表给她:"把这些填了。"

她拿了表从讲台上走下来,原本投过来的目光纷纷避开,在她走过后又黏上来。这一切,她都当作没有看见。

陆续来报到的人越来越多,她找了张空桌子,从包里拿出笔填完表,交了报到的资料,走出了逐渐拥挤的教室。

走廊里路过的男男女女,很多都是初中部的人,三三两两结伴走在一起,笑闹的话题在认出她后短暂停顿。

这时候是人群的高峰期,她来得早,报到完也早,逆着人潮从走廊出来。

才拐了个弯,身后刚刚经过的女生迫不及待地小声跟同伴分享:"于诗遥啊,你没听过她的名字吗?很讨人厌一女的,仗着家里有钱、长得好看,同时把好几个男的玩得团团转。不过她家现在也就那样……"

走得远了一点,后面的话也消失了,但是她们会说什么她一点都不难猜到。

下了楼梯,身后突然有人追了上来,亲昵地喊着:"诗遥,你等等我。"

追上她之后,那人自然地挽上她的胳膊,那股黏腻得想要呕吐的感觉又刹那上涌。

而对方似乎毫无察觉,仍在熟稔地嗔怪道:"诗遥,你怎么对我那么冷淡呀?暑假我给你发过好多消息约你出来玩,你都没有回我消息。"

于诗遥压抑住那股黏腻的感觉,语气自然地回答她:"家里不让玩电脑、手机。"

许琪有些夸张地捂着嘴巴:"叔叔、阿姨不是向来对你很好吗?你撒个娇,他们哪会不同意。"

她说到这里,像是才注意到她的穿着一样,做出惊讶的语气:"呀,诗遥,你怎么还在穿去年的裙子啊?我们上周去逛街,本来是奔着当季主打去的,店员说被人买走了,我们还心想肯定是你把那条裙子拿下了,你怎么没穿呀?"

"我没买。"

"不应该呀,你不是一向很喜欢那个牌子吗?"然后她像是才想起来于诗遥家现在的处境一样,抱歉道,"对不起呀,诗遥,我还当是以前……"

于诗遥仍然笑着,回视她:"没关系,以后注意。"

到了一楼大厅门口,她脚步停下:"我们现在不顺路,你先走吧。"

"一起呀,我家的车就在外面,我可以送你,我们是好姐妹嘛。"女孩漂亮的眼睛像毒辣的蛇瞳,透明、亮丽,清澈得没有一丁点儿恶意,却无时无刻不在提醒着她搬进梧桐巷前经历过的一切。

许琪挽着她的手如同镣铐,那么纤细娇贵的手腕,像是纠缠攀爬的蛇,触摸到的每一寸皮肤都冰冷。

/ 025

她抽出自己的手,仍然微笑着:"不用麻烦,我还有其他的事,下次再一起。"

许琪倒也没有再坚持,漂亮的眼瞳浮上一层满足,很好说话似的跟她挥手道别。

许琪走后很久,于诗遥仍然站在原地。

大厅直面着太阳的照射,阳光毒辣又刺眼地灼烧在她的皮肤上。这样暴晒的温度,她热得出了很多汗,滚烫的热风卷过,身体却从深处感到冷。

冷到手一直在微微颤抖,不受控制地颤抖。

她要花很大的力气才能让自己平静地站在这里,那种上涌的黏腻感好像火山的熔浆,会在控制不住的瞬间喷涌而出,无差别地摧毁周围的一切。

等到情绪慢慢平复,耳鸣的嗡动也开始淡去,她终于能够渐渐听见周围的声音。

交谈声、笑声、跑跳的打闹声。

她感受着阳光、温度、风,感受到属于这个人间真实存在的、正常生命的东西,血液重新流动,心脏也恢复跳动。

她仰头看了看外面的太阳,比起早上刚来的时候,光线又毒辣了几分,一眼看过去竟然刺得眼睛酸胀。

她伸手挡在眼睛上面,试图遮住一点光线。

然而,面前刺眼的光线忽然全部暗下来了,漆黑的伞面将她与刺痛隔绝开来。

于诗遥怔怔地回过头,看到了站在自己身后的付峤礼。

他的手里撑着伞,举在她的头顶。

阴影笼罩下来,他的皮肤依然白得醒目,扣子规规矩矩扣到最上面一粒。他往那里一站,周遭都会像静下来一样,毒辣的日头和聒噪的人潮都如同远去的画外音,只有头顶沉默的伞和他握着伞柄的清俊指节。

高一跟高二不在同一栋教学楼,他是从她身后走过来的,也就是说,他早就在这栋教学楼的大厅里了,早在她下楼之前。

每一幕,每一句对话,他都早就看见听到。

她用了多久让自己冷静，他就站了多久。

对视只有一秒，她弯了个惯常的笑，没问他怎么来了，而是问："你哪里来的伞啊？"

他语气平静："报完到了吗？"

她仍然笑吟吟的："不然怎么在这儿。"

"一起回家吧。"

"你怎么不问我了？"

他仍然垂眸沉默地看着她，望着她仰着好看笑容的脸，神色不变："问什么？"

"问我——习惯这样的生活吗？"

身后来来往往都是陆续去报到的新生，有人认出于诗遥，频频好奇地向她投来打探的目光。

在看到她面前的付峤礼后，打量的视线在他们之间来回，没有言语，但是好像已经有无数声音涌进耳朵，震耳欲聋，能把人的心脏压碎。

付峤礼的伞沉默地撑在她的头顶，遮住那些灼烧她皮肤的光线。

笼罩而下的晦暗里，她第一次认真打量这个人。

他的话很少，神情平淡，有着不属于这个年龄的冷静，只看他的眼睛很难看出他的情绪，他给人一种拒人千里的疏离感。

付雪糕钱的时候，她打趣他不像是会随便把别人加进自己通信列表的人，但他的确给人这样的感觉，比起沉默寡言，他更像是置身于世俗之外的旁观者。

这世间少有俗事能够进入他的眼睛，所以她也很少认真去看这双眼睛。

"你已经告诉过我了，这样问你的人是不懂你想要的是什么，我已经知道了你的答案，只要一家人平平安安在一起就好。"他一字一句慢慢说着她告诉他的话，好像是想告诉她，她说的每个字都被他放在了心上，所以问过的话不会再问第二次。

然后，她听到他停顿片刻的声音继续说着："伞是刚刚在学校旁边买的，我在大厅已经等了你一会儿了，我今天不用特意来学校，我的事等明天正式开学也可以办。你的名字，我很早就听过了。"

他撑着伞："于诗遥，一起回家吧。"

Chapter.02
公 主

他想守着这朵花,到夏天过去,来年盛开,再到她终有一日离开这个小巷,去到更遥远的地方。

回家的公交车上,两人都很沉默,车上不仅没有空余的座位,连过道都勉强才能挤进去,上车后只能拉着吊环站在拥挤的乘客里。

从校门口上了大批的报到新生,同样围堵拥在左右。

于诗遥的身边站着几个男生,彼此互相认识,从上车前就一直扯着嗓门在聊学校的事,偶尔飘几句脏话。

其中一个男生看见了站在旁边的于诗遥,胳膊肘捅了捅同伴,挑了挑眉示意他们看过去,小声道:"那女的挺好看。"

虽然音量压低,但是他们靠得很近,声音不难钻进周围几个人的耳朵,于诗遥听见了,付峤礼当然也听得见。

他低下视线看了一眼于诗遥。

她平静地望着车窗外,像是没有听见。

那几个男生继续聊天,偶尔掺几句浑话,表情语气也越发放浪,随着车辆行驶,时不时地向着于诗遥的方向撞过来。

几次踉跄,差点半个身体都贴到她的身上。

在男生贴上来的前一刻,于诗遥已经想要呕吐,抑制下的翻涌又一次冲上喉咙。

但是,没有预想中的身体接触。

她怔怔地侧头,看到付峤礼的胳膊不知道什么时候挡在了她的身侧。他的胳膊从她身后绕到她的另一侧,拉住吊环的胳膊挡住了他们撞过来的接触。

他在同龄人之间仍然有着身高优越，绕过来的胳膊如同将她笼罩在他的身前。

鼻息间能闻到很淡很淡的，来自付峤礼身上的味道。

像书里的墨、画卷上的烟雨，是一种似有若无的清淡。

在那群男生每一次随着车的晃动贴过来时，他的手臂都会暗自用力，将他们挡在他的手臂之外，留有不会接触到她的距离。

像一座安全的堡垒。

于诗遥收回视线，手指攥着书包的带子，无声看着窗外穿梭而过的城市街道。

那群男生也注意到了付峤礼，短暂地打量后，其中一个人试探着喊道："班长？"

付峤礼转过头。

那男生确认后惊喜道："真是你啊，刚刚光顾着跟朋友说话了。你今天怎么来学校了？"

于诗遥站在前方，平视着车窗外，不知道付峤礼的表情，只听得到他语气冷静平淡："明天开学，过来提前准备。"

"噢噢。"那男生大概猜到，"明天开学典礼上的演讲肯定有你吧？"

"嗯。"

"班长厉害啊，我一听安排了优秀学生代表演讲，就猜肯定有我们班长。"

后来那些男生陆陆续续下了车，下车前，跟付峤礼同班的男生还跟他说"明天见"，身边的位置稀松空了下来。

一站接着一站下了不少人，车上的人越来越少，车厢里空旷了很多，付峤礼绕到于诗遥这一侧的胳膊也放了下来。

又有一行人下车后，车上空出来了几个位置，付峤礼跟她有了走出教学楼后的第一句交流："去坐吧，还有四站才到。"

而后，这样的沉默持续到了梧桐巷。

她下车后径直向前走，没有要等付峤礼同行的意思。而付峤礼也始终沉默地走在她的身后，他像没有存在感的影子，安静得像是自己一个人走在回家的路上，但他一开始就在，一直都在。

/ 029

梧桐巷沿街不少人在出摊卖南苕市常见的小吃，基本上都是住在这里的人出来赚点小钱，住得久了，街坊之间都认识。

付峤礼在这里长大，小摊贩们看他回来，笑着招呼问他从哪儿回来。

她在这个时候才听到了一直走在她身后的付峤礼的声音，他答："陪人去学校报到。"

临近中午，日光越发灼热，脚下的影子缩成一小团，近在身边，她在察觉到之前从来没有意识到影子的存在。

而后他们一起走进了单元楼，老居民楼的楼梯很窄，他们一前一后上楼，但她很清晰地听见，在自己上楼后，付峤礼才拿出钥匙开了门。

家里在做午饭，油烟散不出去，进了屋后是浓到呛人的烟火饭菜味。

味道浓烈，她冷凝的血液开始慢慢变热、流动。

爸爸端着做好的鱼从厨房出来，正好看见她换鞋进来，招呼道："诗诗回来了？正好，饭刚做好，你妈妈给你做了好几个你喜欢吃的菜。"

她身边的人尚且如此，大人们要面对多少冷热又怎么会想象不到。

于诗遥之前还替妈妈抱不平，杜阿姨每次说话都要暗带炫耀，嗓音尖锐，但事实上，杜阿姨人不坏，也没有什么恶意。那些真正带恶意的人，偏偏是用着关心的语气，让人连反击都觉得没有立场，掺杂在好意里的冷嘲热讽日积月累，一点一点地渗透皮肤、血管，最终钻进心脏，泡烂人的理智和坚强。

在一个潮湿的傍晚，他们全家搬到了梧桐巷，渐渐适应着这里老旧腐朽、蛇虫百脚的生活，但是早在此之前，他们就已经在慢慢适应着家里的落魄。

挤在逼仄潮湿的小房子里，接受生活，努力生活。

谁都没有抱怨和背弃，因为只要一家人都还在一起好好生活，只要一家人都好好的，就好。

脸上又挂上好看的笑，她去厨房帮忙拿碗筷，不忘问爸爸今天去医院复查的情况。爸爸只是笑着跟她说一切都好，不用担心。

妈妈也转头问她今天报到顺不顺利，她笑道："能有什么不顺利，资料填完，领了东西就回来了。再说了，你们不是还安排了付叔叔家那个好好学生跟我一起，能有什么不顺利。"

妈妈佯装斥责:"人家叫付峤礼,你这孩子,好好叫人家的名字。"

"付峤礼"这三个字变得像烫人的火种,有一瞬烫得她心惊肉跳。

她避开了他的名字,只拖着腔调如平常一样跟妈妈耍赖:"知道了,知道了,我怎么会真不知道人家叫什么。"

睡了一会儿午觉,她开始起来收拾东西,笔、本子、纸巾,把开学可能会用到的东西一一放进书包。

收拾完了上学用的东西,又开始收拾房间。

书柜里原本该是放她的书的地方,被一摞高一的课本取而代之,扉页上还写着付峤礼的名字,笔画横折,遒劲有力。

像她在公交车上转头瞥到的那一截手臂,抓着吊环的肌肉用力,将可能接触到她的碰撞抵挡在外。

她都没有好好看过这些书,只在借来的那几天粗粗翻过几页。后来妈妈摔伤,她忙着分担家务,妈妈伤好后,她又天天往书店跑。

到了正式开学的前一天,她才认真地想要去看看付峤礼的书是什么样子。

他的世界,她没有放在心上的、没有想过要去了解的、一无所知的世界。

翻过了他写着名字的扉页,再往后翻,几乎每一页都密密麻麻写着整齐的笔记,干净条理的框架,清晰补充的小字、例题。

他的书上虽然满是他的字迹,可整体给人一种很干净的感觉,连手指捏着页角都担心会弄脏。

晚饭过后,她把付峤礼的书整理好,像从他那里借回来的那天一样,抱着下了楼,再次来到了付峤礼家的门口。

开门的是杜阿姨,付峤礼的妈妈。

意外的是,杜阿姨告诉于诗遥,付峤礼不在家,她把付峤礼的书接了过去:"没事,你给我吧,我放他房间去,等他回来我跟他说一声。"

由于两家本就认识,如今又做了邻居,杜阿姨还关心了几句她的学业,客套道:"峤礼比你高一个年级,你要是学习上有什么不懂的,尽管问他。"

她回到家里时,爸妈正在聊她,见她回来连忙叫她过来。

/ 031

明天正式开学，一中有军训的传统，虽然现在家里落魄，很难再给她提供什么好的生活，但是把她放在心上的态度始终不改，两人一个担心她太热中暑、一个担心她皮肤晒伤，趁着吃完晚饭去散步的时候买了防晒霜等零零散散的东西。

"这个是杜阿姨推荐给我的，说去年付峤礼军训的时候就是用的这个。你明天早上把它放书包里，随时用得上。"妈妈把她的书包拿出来，往里面给她补充了很多东西。

爸爸也在一旁唠叨："如果身体不舒服及时跟教官说，别把自己热病了。老师要是叫家长，你也别怕，爸爸给你去开家长会。"

"你说什么呢，哪有刚开学就说这个的，我们诗诗现在可懂事了。"妈妈给她把书包又收拾了一遍，一边拉上拉链，一边说道，"我们诗诗啊，开学就是高中生了，慢慢地会长成大人。"

她想到于诗遥刚刚出门一趟是去付峤礼家还书，顺口问了句书还了吗。

她拎着书包要放回房间，回答道："付峤礼不在，我给杜阿姨了。"

"哦，还了就行。"看到外面暮色渐浓，妈妈顺口说了句，"明天就开学了，峤礼这会儿不在家能去哪儿。"

家里窄小，于诗遥进房间的时候，刚好听到后半句，不在家能去哪儿。

电灯有些接触不良，"嗡嗡"响了很久后，才亮起来。

刹那映亮的眼瞳，第一眼看见的，是被她放在了桌子上的伞，付峤礼今天出现在她身后时撑在她头顶的伞。

她突然想起他说的——你的名字，我很早就听过了。

"诗诗？这么晚了，还要去哪儿？"爸妈见于诗遥匆匆出来换鞋，不解地问她。

她一边换鞋一边回答："我想起来有东西落在那家书店了，去拿回来。"

"要不要爸爸陪你去啊？天快要黑了。"

"不用，我去一趟就回来。"

她飞快地换好了鞋，反手关上门后就快步下楼，起初还只是脚步加快，到后来小跑起来。

夏日的傍晚已经渐渐晦暗，暮色如同浓郁的颜料，将小巷涂抹成油画般的浓艳。

沿途的矮墙上攀爬着喇叭花，迎着燥热的晚风盛开，风里有分辨不出的花香。蝉声嘶哑，虫鸣唧唧，不断涌入耳朵，传达着属于夏天的意义。

当她终于穿过巷子，到了那家暑假时天天都能和付峤礼碰面的书店，远远地，她已经能看到透明的玻璃落地窗里亮白的灯光，隐约可见里面一排又一排整齐陈列的书架。

她缓缓平复了自己的呼吸，才朝着那有灯光的地方走去。

她熟练地推开书店的门，又一次听到了风铃的声音，也听见了书店里在放的音乐。

店主抬头看到于诗遥，颇为诧异，随即觉得有些好笑地说道："你们两个怎么回事，不是明天就要正式开学了，这么晚了怎么都来我这儿？"

风吹落的声音到底是什么，是风铃，是夏夜，还是人的呼吸、心跳、脉搏，一切与故事开始有关的东西。

很多年后，于诗遥仍然记得这个夜晚。

书店的名字叫"遇见"，放的音乐是周杰伦的《晴天》，付峤礼正从楼梯下来，影子又长又沉默地落拓在墙壁上，成为他侧影的一部分，他的手里正拿着那本她暑假时每天都在看的书。

在看到她时，他脚步有片刻的停顿，而后慢慢从楼梯处走到她的面前。

那首《晴天》正在唱着——

　　刮风这天，我试过握着你手。
　　但偏偏，雨渐渐，大到我看你不见。
　　还要多久，我才能够在你身边。

付峤礼其实很早就听过于诗遥的名字了。

于诗遥不止一次说过，像他这样活在老师、父母口中的好好学生，

/ 033

应该没有听说过她吧。

但其实并不是那样,在很早以前,于诗遥这个名字就已经在他世界的每一个缝隙里了,以至于正式见到她的时候,他分辨不出那种感觉到底是初见还是重逢更确切。

他家在梧桐巷住了很多年,这栋老旧又潮湿的居民楼,几乎承载了他从懂事起到现在的所有记忆。

但在更小一点的时候,父母在外面忙着打工挣钱,他被养在乡下的爷爷奶奶家,跟着他们一起生活。

在村子里,像他这样的小孩并不是异类,村子里的同龄人几乎都是这样,同龄人之间攀比的是自家的爷爷、奶奶、外公、外婆,谁的奶奶做饭好吃,谁的外婆会编草绳,谁的爷爷会买小零食。

村子里山路泥泞,只有一所破旧的小学,面积还没有现在一中的一个运动场大。老师一人教好几科,又教语文又教数学,连教个"流水迢迢"都能把读音教成"流水昭昭",这还是他离开村子来了南苔市以后才知道的。

当他来到南苔以后,掷地有声地念出错的读音,全班哄堂大笑,他还确信自己绝对正确,不能理解别人为什么笑。

因为他记得清清楚楚,村子里的老师就是这样教的,老师是彼时他见过的所有人里最有学问的人,能教很多别人不懂的知识,是彼时他认识的人里最崇拜的人,老师对他很好,不止一次夸过他聪明。

班上同学的大笑声和新老师的纠正就好像在否定他曾经的一切。

他难以相信。

放学后他没有回家,第一时间去了书店,翻开字典,亲眼确认了读音的确错误以后,那是他第一次感知到自己和村子外面的世界的差距。

他捧着字典,站在书店里,不知道是不是因为空调的冷气太足,他感觉到皮肤冷得快要没有知觉,有些自卑和难堪。

书店外有扇车门打开,先下车的女人是于诗遥的妈妈,回头要去扶小孩下车。

那会儿于诗遥个子不高,但有了小大人的主意,她不要妈妈扶,自己撑着旁边借力跳了下来。

她穿着裙子，裙摆像花朵一样散开，脚上穿着白色袜子、小皮鞋。黑色的长发在头顶编了精致的公主头，别着镶着珍珠和小粒碎钻的发卡，披下来的头发柔顺地垂落在背后。

她推开书店的门从外面进来，灿烂的阳光倾泻进来，光线将她映亮的一刹，她像童话里走出来的公主。

他冷得四肢麻痹，转头看到她时，好像忘记了难过。

但于诗遥的目光转向这一边的时候，他下意识避开了视线，低头看着自己手里仍然捧着的字典，上面的拼音和释义却没有半个进入脑子。

那时候分不清到底是不敢招惹多一点，还是自惭形秽多一点，他下意识地不想被她看见。

转学到南苔市后，妈妈经常嘱咐的话就是不要在学校里惹事，他们只能勉强供他读书，要是惹了事，他们得罪不起任何人，也没有时间到学校去处理。

而他来到南苔市以后相处的那些同学里，那样娇贵的女孩，往往都不太好惹，越是漂亮的女孩子越是娇贵，水不小心洒到了对方的裙摆上，浸湿了一角裙角，对方立即委屈得掉眼泪。班上的其他同学争先恐后地哄，他生怕惹了麻烦给家里增加负担，只能一遍又一遍说"对不起"。

班上太多好看的女生，大多家境殷实，漂亮的书包里拿出一堆好看的文具，一支笔就是他一天的饭钱。

而那时候从倾泻的阳光里走进来的于诗遥，比他来到南苔市以后见过的所有女孩都要漂亮，漂亮到连那束落在她皮肤上的阳光都沦为陪衬。

书店里很安静，只能听到空调运作的细微声音，于是他很清晰地听到了越来越近的脚步声，很轻，像轻盈的芭蕾舞者的脚尖，一点又一点地靠近他在的角落。

她在他的身边停下。

而后，出现在余光里的是一截手腕，白皙如雪，戴着晶莹璀璨的手链，她从他面前的书架上抽出了一本书，然后从他的身边离开。

直到她离开很久了，付峤礼仍然捧着那本将他的曾经都击碎的字典，空调仍然散发着让四肢麻痹的冷气，运作的声音轻微嗡鸣。

世界照旧，好像什么都没有发生，像错觉一样，他的时间有过片刻的暂停。就是这么一个片刻，他甚至没有多么仔细地看过她的脸。

可是很多年后再见到于诗遥，很远的一个侧影，小女孩一团稚气的脸已经长成少女，他居然一眼就确认是她。

那天，他并不知道她是于诗遥，只是合上字典以后照常回了家。不像那些回家晚了要被爸妈唠叨的小孩，他的父母回家比他更晚，到家时往往里面没有一个人，他拿出钥匙开了门，找出作业本开始写作业，直到父母回家。

饭桌上，父母聊着工作上和生活中的一堆琐事，说得最多的是一个叫老于的同事。

"那不是你高中同学吗？现在你俩在一个公司，你让他给你帮帮忙，能不能调个职？"

这话妈妈已经说过不止一次了，爸爸每次都是搪塞而过，今天又提，爸爸不耐烦起来："帮帮帮，人家怎么帮忙？我跟他是高中同学不假，但别说高中毕业以后就没有联系了，就是高中的时候关系也不怎么熟。人家能认出我都是我厚着脸皮凑上去说了自己是哪个班的，他才想起来，平时能打个招呼就不错了，人家怎么帮我调职？"

说到后面，他因为焦躁变得激动起来，声调也急速拔高："我在这公司里的处境本来就不好，我学历低，职位也是最底层，公司里大把的能人，平时打印个东西、跑个腿被呼来喝去的，在公司里赔尽笑脸。我一开始连打印机、传真机都不会用，每天被领导骂得狗血淋头。他已经教过我帮过我很多了，就这么点交情，怎么让人家帮我调职？那么多人不调，调我一个基层员工，这人情怎么还？"

爸爸越说越觉得烦躁，妈妈的情绪也涌上头，拔高嗓门说道："办不办得到你试一试嘛。还人情总有还的时候，我不就是说一说，你凶我干什么啊？我还不是为了这个家，为了你们于家。你知不知道你妈的病还要吃多少药，峤礼读书又是一笔钱，昨天才交了班费又买了辅导书，家里处处都用钱，碗被磕坏个角我都没敢丢。"

她越说越委屈，一边抹着眼泪一边扯着嗓门拔高气势："我能有什么错，我不也是为了这个家。我能有什么错，你不待见我，你干脆别要我们娘俩了。"

妈妈越说越严重,爸爸只好压着脾气搪塞止战。

但是,这样的争吵几乎是家常便饭,隔三岔五就会有一次,鸡毛蒜皮,鸡零狗碎,有时候是买菜多花了几分钱,有时候是因为亲戚来借钱,几乎都逃不过钱,关于家里花销的分歧,两人大大小小吵过无数次。

一吵架,妈妈就会扯着嗓门拿这事嚷着:"同一个班的同学,怎么人家就那么能挣钱,让你去求人帮忙你还拉不下脸,本事没有,自尊心倒不小。"

这样的话直戳爸爸心窝,他梗着脖子红着脸也不客气道:"你高中同学做生意赚了多少钱,连别墅都买了,怎么也没见你有本事啊?都是一个班里读的书,你很厉害啊?"

两人吵得脸红脖子粗,全然忘了跟对方是夫妻,拿最伤自尊的话去捅对方。

付峤礼在这个时候会去劝架,每当这个时候,妈妈都会掉着眼泪抱着他哭。而爸爸看到这一幕以为他是帮妈妈,气急败坏连他一起骂:"还不都是为了你,还不是为了能把你接到城里读书!"

这话不完全对,但是人在吵架的时候往往习惯把所有原因推到别人身上。

他一直被养在乡下奶奶那里,父母希望能够早点一家人一起生活,打工攒了一点钱就回了老家南苔市。

两人文化水平都不高,妈妈跟亲戚一起开了个餐馆,爸爸则入职了当地一家企业,虽然体面许多,但是工资微薄,一家人挤在梧桐巷里过着最普通的生活。

梧桐巷的房子差,隔音几乎没有,贫穷似乎是人类一切负面情绪产生的源泉,住在这里,几乎每天都在各家的夫妻吵架和孩子哭闹声中度过。

他在这样的市井嘈杂里,一张又一张写着试卷,一页又一页背着课本,考了年级第一名。

中考又以状元的成绩,考进了一中。

他是所有家长、老师口中的"别人家的孩子",他代表学校拿下大大小小的竞赛名次，学校请他拍过不少宣传片。南苔市不大，出了这么个学习优异的好苗子，凡是家里有孩子在读书的家庭，几乎都听过他的名字。

他普通的出身也因此不再是被人取笑的缺点，反而成为更让人追捧他的光环。

寒门贵子，这是付峤礼的标签。

家里也因他而扬眉吐气，在整个梧桐巷里都鼎鼎有名，街坊邻居见了他都客客气气。在学校里，他也是受尊重的对象，校长见了他都会多关心几句。

于诗遥说，他看起来不像是会随便把别人加进自己通讯列表的人，而是那种只活在别人的聊天里，高不可攀、可望而不可即的人。

但是他不是，他说他只是普通人。

在他的眼里，她才是可望而不可即的人，是像那天她手链上镶嵌的钻石一样的人。

那天傍晚梧桐巷下了雨，空气潮湿，他刚参加完学校组织的暑期活动回来，身上还穿着一中的校服。

巷口停了辆车，地上放着大大小小的行李箱。

矮墙上攀爬着藤蔓，在雨里弥漫深绿。

于诗遥从单元楼下来，从地上搬起行李箱，白皙的手腕，纤细的脖子，乌黑的长发随便束成马尾都很好看。

那一幕雨色朦胧，比梦更像梦。

他问她住几楼，那是他和诗遥说的第一句话，她以为两人是初见。

于诗遥不知道的是，即使那一刻站在她的面前，他也顷刻间只剩自卑，不敢看她的眼睛，不敢看她的笑脸，不敢听她走近的脚步声。

即使她对着自己笑，他也不敢面对。

第一次见她的那天，他手里捧着字典，正处于人生前所未有最自卑的一刻，他的过往在崩塌，而她像童话里的公主一样从阳光里走过来。

在她的视野里，他是没有印象的路人，是高高在上的好好学生。

但在他的世界里，她是公主，童话里的公主，最美好、最不切实际的童话里的公主。

不管怎样耳闻，听到她的名字，都是如此。

"人家从小跟公主似的,家里的玩具都是成柜成柜地摆着,零食都是各式各样进口的,稀罕你这些东西吗?现在的小姑娘哪个喜欢这些?"

饭桌上,爸妈又在聊那个姓于的同事,快要过节,两人商量着给他们家送点什么东西。

于家只有一个女儿,夫妻俩很是宠爱,但凡女儿喜欢的,什么都舍得花钱,从小又是学乐器又是学跳舞的。他们平日里跟同事、朋友聊到家常,话里话外几乎都是自家女儿。

前段时间,爸爸工作的公司空出来一个岗位,于叔叔向领导推荐了爸爸,他们家的经济因此宽裕起来。

爸爸很感谢于叔叔,几次想请人家吃个饭,但于叔叔都推辞了:"你这几年踏实肯干,领导都看在眼里,我只是跟领导提了提,真正让你走上来的还是你自己。"

于叔叔认为这只是举手之劳,但是对于这次改变了全家经济状况的职位调动,爸爸一直当作恩情,从家里拿了什么好东西,他第一时间会想着留出一份来给于叔叔,逢年过节也是时时想着他们家,每回都会备一份给孩子的东西。

面对妈妈的反驳,爸爸只说:"送个心意,让老于知道我们有这份心就行了。人家什么没享受过,别说我们不一定送得起,东西太贵重了,老于也不会要。"

从父母的口中,付峤礼知道了很多有关于叔叔家的事,知道他们夫妻恩爱,很少吵架,有一个叫于诗遥的女儿,被家里疼爱着长大,现在在他隔壁的初中上学。

两所学校离得近,但是天差地别。于诗遥读的是全市条件最好的初中,每次放学,校门口的长街上都是接送孩子的豪车。

付峤礼只是沉默地听着这些,那时候他并不知道于诗遥这个名字对应的人是谁。

但是这个名字被爸妈一次又一次地提及,已经渗透进了他生活的每一个角落,以至于当他听到有人叫这个名字的时候,他几乎是条件反射地转头看过去。

那是有一次学校组织了观影活动，应市教育局的要求，所有中学生都需要观看一部爱国教育片。

但是他们学校的条件很差，只有部分班级配备了投影仪。

协调不开的班级，学校组织学生去隔壁学校看。

他还记得那天是个热到滚烫的晴天。

他是班长，那天下午就组织班上同学集合排队，跟着大部队去隔壁初中。几步路不算远，但是他们从来没有进过隔壁学校。踏进大门的时候，这个在全南苕市都闻名的学校让许多人发出感叹的声音，队伍一时变得有些嘈杂吵闹，大家交头接耳指着这里的教学楼、操场、绿植。老师在前面制止，让大家小点声，队伍里的声音才压小。

也是在这时，远远地，他清晰地听见了有人大喊了一声："于诗遥——"

那个遥远的声音，并没有引起多少人注意，他原本也应该注意不到，那时候老师刚训斥大家不要喧闹，他作为班长，也在帮忙维持队伍的纪律，可这一声像命运的解，他清楚地听到了那个名字，下意识转头循声看了过去。

当时他们正经过一个小操场，烈日炙烤着地面，缭绕的空气都是滚烫的。

有人小跑着穿过跑道，跑道另一头的台阶上坐了一个女生。

短袖短裙，白皙的小腿下穿着凉鞋，阳光刺眼，她一点都不在意，迎着风在吹着泡泡。透明的泡泡在风里飘浮又破灭，她逆着金灿的光，像一道泡沫般的剪影。

那个人小步跑到她面前，喘着气忙喊道："诗遥，老师找你，你快点回去吧。"

再后面，由于他们要拐进教学楼了，他收回了目光。

可只是这么一个侧影，凭着遥远模糊的记忆，他居然一眼就分辨出了她是谁。

直到进了教学楼，逼仄的空间变得安静许多，只能听见上楼的脚步声，他还能感觉到胸腔里急促的心跳。

一次久违的相逢，像是命运转动到了面前的跳动。

那天的观影结束后，每个人都要写一篇观后感，他打开台灯写作业，拿出周记本整理思路。

他又一次听到了于诗遥的名字。

梧桐巷的房子隔音很差,家里又狭小,父母在客厅的对话他听得一清二楚。

那应该是家常便饭般的谈话,他已经习惯了父母谈话间对于叔叔家的感恩和羡慕,羡慕之余难免比较两家之间的差距,从房子、车子、穿着,到孩子的对比。

孩子,这是父母的谈话里唯一拿得出手的优越。

他成绩好,能稳进一中,学费也会免去,父母都因此觉得很长脸。

"那小姑娘被老于夫妇溺爱得厉害,前段时间小姑娘生日,包了别墅请她的同学朋友去玩,那花销跟流水似的。被娇惯厉害了就是没什么出息,听说她成绩一塌糊涂,哪像我们家峤礼,到时候进一中学费都能免。"说到他,妈妈的语气都会带上骄傲。

只是这样的骄傲并不能维持多久,爸爸说道:"人家那条件,也许根本不需要诗遥自己争气,一辈子只要不惹事就这样顺风顺水地过了。也就我们穷人家的孩子早当家,只能靠读书改变命运。"

说不上来是羡慕还是嫉妒,妈妈小声道:"人哪有一辈子顺风顺水的。"

"你话不能这么说。"爸爸语带不悦。

"我也就是随便说说。"而后她长叹口气,"都是命啊,人家命好,除了眼巴巴看着能怎么办?"

等到父母聊天的话题已经转到自家的哪个亲戚上,他才回神,自己悬于纸上的笔尖久久没有落下。

听到于诗遥的名字,他脑海里是她浸泡在浓烈阳光里的侧影,还有遥远记忆里,她细白的手腕从自己面前抽走书时,那条晶莹璀璨的手链。

从那天起,他再也没有逃掉任何一个有关于诗遥的名字。

父母的谈话,每个字都钻进了他的耳朵里,一点一滴地积攒起关于她的世界,浸透他的每一个缝隙。

在于诗遥搬进梧桐巷之前,他没有和于诗遥有过一次真正的见面,虽然他们之间离得那么近。

他们的学校相邻。

他们爸爸都在同一个公司,互相认识。

但偏偏,只是这么丁点儿的距离,似乎就已经是横亘在他们之间的极限,永远不会再有更近一步。

他们各自按照自己的人生轨道,平行向前。

她在光里,他在风雨里。

付峤礼后来见过她几次,很少的几次。

放学时,学校附近的路上拥堵着很多中学生,那么多的人,他抬头看过去,一眼就看到她。

她穿着裙子,一双腿笔直白皙,手上戴着璀璨的手链。她的身边有很多人,亲昵地挽着她的胳膊,她手里拿着奶茶。她虽然没有怎么说话,只是笑着在喝奶茶,但身边的人几乎都是以她为中心,她像众星捧月的公主。

她打开车门,弯腰坐进车里,从车窗里跟同伴们说"拜拜",留下一束她途经过的阳光。

有一次在隔壁学校的大礼堂看市里组织的汇演。本校学生按班级坐在大礼堂的椅子上,而付峤礼他们则自己拎着椅子,到了礼堂,被分配在各个边角、过道。

他跟于诗遥不是一个年级,也不是一个学校,偌大的礼堂里几乎没有什么机会见到她。

偏偏她不是乖乖坐着等演出开始的那类学生,趁着时间还早,她跟同学借口要去上厕所,拐道去了学校的小超市,买了零食揣在衣服外套里。

她们赶回来的时候,演出快要开始,各班都在清点人数。

付峤礼是班长,正在帮老师清点人数和维持纪律。他们班的位置在侧门的出口,老师已经把那个门关上了,但是总有些上厕所回来的学生进来,又反反复复把门打开。

他一边清点着班上的人数,一边走到了门边,看到门又是开着的,反手要关上,门却被人推开了。

他愣怔回头,于诗遥正和朋友猫着腰进来。

礼堂里的灯光已经暗下来了,外面还亮着,她的眼睛一时不适应里面的亮度,进来后看见站在门边的付峤礼,只知道那里站了个人,轮廓看起来不是老师,但她并没有看清楚那人是谁。

跟那些上蹿下跳难管的学生不一样的是,她还挺有礼貌,朝着他的方向说了句"谢了",而后伸手帮他把门关了。

然后她拉着朋友迅速地猫着腰从过道钻回自己的班级。

他只是影片里匆匆走过的路人甲,在她的镜头里没有他的台词、他的正脸,甚至她不会记得在这么一个镜头里有过这个路人甲。

随着她小步离开,他的出场也落下帷幕。

那天的汇演,他坐在自己班级的最前排,和往常的每一次学校活动一样,做着自己本分的事。

那时候他的目光追随着她的背影,直到她落座。礼堂里人影幢幢,看不清遥远的任何一个脸孔,他却清楚地知道哪一个人影是她。

她在隔着好几排的前面。

礼堂舞台上的灯光突然亮起的时候,他的视野也忽然明亮,望着那个有片刻轮廓的背影。

那一场汇演直到结束他都是如此。

他直直望着前面的舞台,像无数双平视前方的眼睛一样,关于那个轮廓的一切他没有一刻躲掉过。

汇演结束后,从礼堂出来,回去的路上,他依稀听到旁边跟她同校的人在小声说着她,羡慕她家里有钱,羡慕她爸妈对她娇纵,羡慕学校里好多人都喜欢她,羡慕她只要不惹事,就可以顺遂地过完这一生。

"也就是仗着家里有钱,要是我爸妈从小送我学画画、跳舞,我也能那样——"说着还比画了一个于诗遥跳舞定格的动作。

另一个女生酸溜溜地笑:"人家是公主,咱们可学不来。"

她们嬉笑着从身边走过,他没再听见后面的聊天,但是她们捂着嘴对视偷笑的声音,尖锐得让人无端不舒服。

那一次是他和于诗遥在梧桐巷真正认识前的最后一次见面。

再次见到她的时候,她穿着方便行动的旧裤子,头发随意束在脑后,从梧桐巷老旧的单元楼里走出来。

那天,梧桐巷下了雨,天色阴暗,地面潮湿,空气湿润。

/ 043

她走下台阶，毫不在意地从雨水积聚的地面抱起行李箱，对于这样的变故落魄没有任何的抱怨和不甘，好像依然是从家里的别墅下来，到院子里搬回自己遗落的东西。

雨色浓郁的阴天，她挽上袖子的手腕仍然细白，像皎洁的雪。

他捉住她的手腕那天，热风灌进领口、袖口，她的裙子是绚烂的花。

他唯一一次越过界限，想要得到她真正的答案。

他说她的名字他早就听过了，但他没有告诉她的是，无论是怎样的听闻，她永远是灿阳下的花。

他想守着这朵花，到夏天过去，来年盛开，再到她终有一日离开这个小巷，去到更遥远的地方。

"只是听别人说过，你那又不算真正地认识我。"于诗遥把汽水放下，玻璃瓶底落下轻响，语调还是满不在乎，"我是什么样子，你还没有了解过。"

"也许吧。"付峤礼在她旁边坐下，夜晚的台阶有些凉意，"从别人口中听到的你，确实比较片面。"

"哪样的片面？"她转过头，忽然与他拉近了一些距离。

夏夜的风仍然滚烫，弥漫的空气里能闻到花草的清香。她眼睛很漂亮，亮得动人，细长的眼睫毛轻扇着。

付峤礼静静坐在她旁边的台阶上，回视着那双眼睛，嘴唇轻抿，又松开，这才说道："一些不太好的片面。"

"比如说？"

他不说话。

于诗遥替他回答："骄纵、不学无术、没脑子，除了会投胎别无长处。"说到这儿，她偏头想了一会儿，"还有什么来着，我记得还有什么——"

"漂亮。"

听到付峤礼说话，于诗遥转回头来。

两人这样互相看了一会儿，她没忍住终于笑出声："这算优点还是缺点？"

付峤礼平静的脸上也露出很淡的笑意："优点。"

"可是别人一直拿这个攻击我哎,说我除了长得好看,一无是处。"她故意说。

"正是因为这是别人难以拥有的优点,才会被攻击。"

"但是没人拿你的优点攻击你啊,你那市状元也是别人难以拥有的。"

"因为这是我唯一拿得出手的优点,你还有很多优点,他们只能从中挑一个。"

他说得一本正经,说出这些话的时候,表情没有变一下,连眼睛都不眨一下,跟他平常那副冷静的模样一样,好像在说什么平常事。

但是,没有一个字是正经的。

她盯着他看,他的眼神没有丝毫变化,镇定得反而让她觉得荒谬。

终于,于诗遥再也无法保持镇定了,"扑哧"一声彻底笑了出来,笑得肩膀都在发抖,浑身直颤。

等她好不容易止住笑,抬起头,付峤礼仍然安安静静地坐在她的旁边,眉眼间也只是多了些柔和的浅浅笑意。

她从台阶上站起来,顺手把喝完的饮料瓶也拿起来:"走了,回家了,明天就要上学了。开学典礼结束估计就得军训了,累得要死。"

"好。"

付峤礼也站了起来,回头隔着玻璃跟店主挥了挥手。

回去的路上,他依然只是安静地走在她的身边,真像一道沉默的影子。

于诗遥受不了这样过于寂静的无趣,把饮料瓶丢进垃圾箱后,踢了踢脚边的石子,滚动的石子撞进路边的草丛才停下。

她开始随便闲聊:"你在你们班是班长?"

"嗯。"

"老师钦点的吧?"

"一开始是。"

"啊?后来有什么不一样吗?"

"第二学期的时候班会上投过票。"

"还是你?"

"嗯。"

/ 045

"你是想告诉我,你还是民选啊?"

"嗯。"

"厚脸皮。"

"嗯。"

于诗遥一时无语了,有些好笑地转头跟他强调:"我这是在骂你。"

"我没有觉得你在骂我,刚刚的确是有一点想炫耀的意思。"

"再炫耀也犯不着被骂厚脸皮啊。"于诗遥彻底被付峤礼给逗笑了,"别人骂你,你会反驳吗?"

"会。"

"反驳一下给我看看。"于诗遥抬头盯着他,"干吗,让你反驳,你怎么不吭声了?"

夜风迎面,温温热热。沿途的路灯昏黄暗淡,他的眼睛漆黑,映着暖黄灯光,显得明亮。

他没笑,但莫名觉得轮廓柔和,说的话也很诚实:"没想到怎么反驳。"

她又踢了一脚路上的小石子,蹦进路边的杂草之后就销声匿迹,她的坏心眼像是打在了棉花上:"没意思。"

回了家,爸爸见于诗遥空手回来,问她什么东西丢了。她耸耸肩,随口编了个瞎话。

爸妈倒也没放在心上,时间不早了,让她早点洗漱休息,明天就要早起上学了,然后又嘱咐了一些开学之后好好学习、好好跟同学相处的话。

等她洗完澡在床上躺下,关了灯的房间里漆黑,但隔音效果很差的老房子仍然能听到不知道哪家孩子的哭闹和夫妻吵架声。

她依旧没有适应这里的市井气,每天晚上仍然会被吵得睡不着,有时候吵架厉害,还会摔东西,"噼里啪啦"碎一地,孩子开始哭,男人和女人的声音一声高过一声。

直到进入深夜,大大小小的声音基本上都停了,她才能开始入睡。所以每晚无论多么早地躺下都无济于事,躺下是一回事,能睡着又是另一回事。

但是这些她没有跟爸妈说,因为爸妈一定也面临着这样的困扰,大家都在努力适应。

终于等到深夜万籁俱寂,她才陷入沉睡。

老城区离一中很远,要提早很多去坐公交车,所以起床的时间比以前要早很多。闹钟响起来时,于诗遥还有些困倦。

但是她没有想到爸爸早早起来给她准备了早饭,闻到厨房里的热气时,她整个人都愣住。

爸爸正从厨房出来,见到她就说道:"收拾完了就过来吃饭吧,吃完就上学去。"

爸爸把早饭都端上了餐桌,回厨房洗了手,又小声嘱咐道:"吃完了放桌上就行,别迟到了。"

爸爸说完就轻手轻脚地回了房间,怕把妈妈吵醒。

她低下头借着吃饭的动作,许久后才憋住了眼眶的泪水。吃完早饭,她拎着书包下楼的时候,仍然觉得眼睛里润润的。

那条公交线路,错过了一趟,再等下一趟就得二十分钟以后,肯定会迟到,她怕来不及赶上车,所以下楼时就开始加快脚步。

刚到楼下,付峤礼从家里出来,随着一声关门声,他也听到了她渐近的脚步声。

他抬头,刚好跟她面对面。

她走下最后两级台阶,到了他面前,听他说道:"来得及。"

她没想到会碰到付峤礼。

她低了低头,假装整理头发,趁着这个间隙,再眨了眨眼睛,把眼里的水雾眨掉。等她整理好头发放下手,跟他说话时笑得一脸轻松:"看到你也刚出门,我就放心了,应该是迟不了。"

他只是微微一笑,没有说什么。

正要下楼,他家的门开了。杜阿姨匆匆开门,见他还在门口,松了口气,连忙把手里的牛奶给他:"你怎么没喝牛奶呢?快点拿上,你学习辛苦,牛奶得喝。"

说完,她才看见旁边的于诗遥,笑着招呼了声:"诗遥也在呢,你俩赶紧上学去吧,别迟到了。"

杜阿姨说完就关上了门,尖锐的嗓音消失后,楼道里变得格外安静,

047

还在困意里的清晨仿佛被忽然划破。

于诗遥仰头看了看付峤礼，笑道："你长这么高，是不是因为你妈天天让你喝牛奶啊。"

"我不知道。"

回答得这么老实。

她觉得好玩地轻笑了一声。

他察觉："笑什么？"

"我没遇见过你这样的人。"

她这话听起来不太像是褒义，付峤礼问得真诚："我是哪样的人？"

"我以前认识的男生，要么是满嘴胡言乱语，没一句正经的话，要么斯文得过分。不过，他们再吞吞吐吐，思考半天也要说出一句像样的话，没见过你这么老实的，不知道就给我回一句'不知道'。"

"我这样的人，算好人还是坏人？"

"坏人。"

付峤礼不解。

她笑："容易上当受骗，最后被骗成坏人。"

楼梯很窄，两人只能一前一后。她走在前面，回头说这句话的时候，她笑得明目张胆，就差把"这个坏人是她"写在脸上了。

付峤礼清冷的眉眼也终于染上笑意，但他说话仍然温和斯文，像是笃定："我不会被骗。"

"对自己这么有信心啊？"

"我对你有信心。"

这一步踏下再往前就是楼道口，外面的光线明亮，面前少女的轮廓也一点一点清晰。白皙的皮肤，小巧的鼻尖，明亮的眼睛，清纯的面孔好似真能令人鬼迷心窍。

但他笃定："你不会骗我。"

于诗遥不以为意，嗤笑一声："我就说你对我不够了解，等开了学，慢慢地听到更多的关于我的传言，你就会后悔你现在的肯定。"

"不会。"

她当他没听见，拍了拍他的肩膀，仿佛语重心长地劝告："我可是很坏的。"

"你不坏。"

她挑眉看他一眼。走出楼道口的这一瞬,光线大亮,他的面孔、轮廓,包括那双漆黑的眼,全部清晰地浮现在她的视线里。

他清冷沉默,语气很淡,但很笃定:"我早在听到那些传言之前就见过你了,比起耳朵,我更相信我的眼睛。"

他侧头说这话的时候,垂眼看着她。

清亮的光映进那双漆黑眼睛里,有一瞬静得动人。搭在他肩膀上的手仿佛被烫到,她僵硬地抬起手指,而后收回。

她转回头,先一步把他甩在身后,扬起的声调仍然留给他不以为意的散漫:"等你多听听再说吧。"

开学的第一天,于诗遥重新用上了自己的手机。

她本来不想再碰这些东西,但是爸妈执意让她带上,说方便跟家里联系,因为现在没有车再接送她,怕她一个人遇到什么事。

考虑到她的抵触,爸妈特意重新给她办了电话卡,通讯录里干干净净,从前的同学朋友都不在里面。

安全起见,爸妈还特意把付峤礼一家的电话也给她存上了,远亲不如近邻,有事好照应。

于是她新卡的通讯录里,第一个同龄人的手机号码居然是付峤礼的。

时间太早,还没到上学上班的高峰期,车上只有寥寥几个上班族和学生,但都是生面孔,谁也不认识谁。

于诗遥没跟付峤礼坐在一起,她坐下后,付峤礼很懂分寸地坐在了她的身后,而不是坐在她的旁边。他像是沉默跟随的影子,她不主动搭理他,他绝对不会跳到她的面前惹她心烦。

不过,保险起见,在下车之前,于诗遥还是嘱咐他:"下了车你就别跟着我,在学校要装作不认识我,你也不能让别人知道你有我的手机号码,总之就是,人前我们不认识,懂吗?"

她说一句,他"嗯"一声,听起来好说话极了。

他答应得太理所应当,反倒让她觉得有一丝好笑:"你怎么什么都嗯？"

他看着她，语气平静："我觉得没有什么不好。"

她转回了身体，继续看着窗外。

暑假的生物钟还没有调回来，起得太早，安静下来就会感到一点困倦，她身体放松下来闭目养神。

其实她是清醒着的，没有让自己真的睡着，因为睡过头就会坐过站，她没对别人有期望，但是快要到站的时候，付峤礼从身后轻轻地敲了敲她的肩膀，提醒她到站。

公交车停靠后，他在下车前回头看了一眼，看到她已经从座位上起来，才下了车。

从车站到学校门口的这一段路，他走在前面，跟她隔着不远不近的距离。

这个时候已经是上学的高峰期了，学校门口的这一段路上几乎都是上学的学生。他瘦高修长，往同龄人里一站仍然高得显眼。

太阳刺眼，即使是早上，也已经有缕缕阳光穿过树丫落在他的背影上。

下车后，他没有回过一次头，就真的遵守约定当作不认识她这个人。

这么听话。

她慢悠悠地在后面看着付峤礼的背影，冷冷淡淡的，即使身在人堆里也有着一种和世界保持距离的疏离感。

但是老实听话的样子怎么这么乖呢。

她在后面看着他的背影觉得好玩，直到进了校门，分道扬镳，各自走向各自的教学楼。

这一路上于诗遥没有遇到认识她的人，但她长得漂亮，即使现在只是穿着普通的衣服，也惹得新生们频频回头。

进了班级，也大都是陌生面孔。

老师还没来，只有不多的几个学生，个个都安静老实。座位都是随便坐，她挑了个前排的空座位坐了下来，没什么人搭话闲聊，教室里静得让人呼吸都不由得放轻。

后来，班上来的人陆续多了，也渐渐哄闹起来。

尤其是曾凯那几个"鼎鼎有名"的问题少年进来时，他们丝毫不顾及其他人的感受,像在初中时一样来去自如,大嗓门嚷嚷着聊昨晚通宵打游戏的事。

"靠边儿去,我困得要死。"

曾凯刚进来,教室里的人都听到他这句拽到不行的话,众人侧目。

旁边两个男生也是初中的同学,狗腿起来还很捧场:"等会儿不是要开新生大会吗?听那些官方鸡汤多无聊,到时候再睡会儿呗。"

几个男生旁若无人,直截了当地预定了后排的位置,坐下后继续聊,偶尔飙几句脏话。

本来静得可以用尴尬来形容的教室,这几粒火星子一炸开,渐渐也有人开始聊天。

于诗遥旁边几个女生也开始搭话,互相问彼此的名字。但是那几个男生旁若无人的状态,在整个教室里格外引人注目。

其中一个女生小声打听道:"他们是谁啊?看起来不太好惹。"

有个知道点门道的女生认出了他们,小声说道:"那几个男生在初中很出名的,家里有点钱,抽烟打架逃课什么都干。"

几个女生借着聊天的时机回头偷偷看他们,等看清楚他们的长相之后,有个女生略微脸红地说道:"中间那个长得蛮帅的,气质也好痞。"

"那个我知道,其他人都是跟他混的,他很有名,长得确实蛮帅,'校园墙''表白墙'上很多人说他是校草。"

"他叫什么啊?"

"曾凯。"那个女生回想着,"别想啦,浪子没有几个回头的,就算他真浪子回头,肯定也是因为——"

这语气一听就有八卦,几个女生小声催促着:"真有人让他浪子回头啊?谁啊?"

"我也想不起来了,去年听我同学说的,只知道有个女生拒绝了他很多次。"

她们都不由得"哇"了一声。

于诗遥百无聊赖地按着自动笔的笔帽,身边人的话题几乎都是围绕曾凯,她显然没有认真听,那个知道点门道的女生讲起来头头是道。

简单天真的年龄很容易就被这种戏码吸引。

直到班主任姗姗来迟，班里的闲聊才暂停。

老师给大家讲了班规，选了暂时的班干部，然后等着通知统一集合去运动场开新生大会，开完就原地集合准备军训。

等待集合的时间里，老师组织大家各自起来做了简单的自我介绍。

整个流程的气氛都比较轻松，后排的几个男生越发闹腾，有长相好看的女生站起来的时候，他们的掌声就会格外热烈，惹得女孩子脸红，说话时都变得不好意思。

直到于诗遥站了起来。

刚才还如雷鸣般的掌声，随着那几个带头男生的沉默而戛然而止，其他人也渐渐消停下来。

曾凯的表情冷下来，盯着于诗遥的背影，听着她简短冷冰冰的自我介绍。旁边的男生也哑了火，看看于诗遥，再看看脸色变得难看的曾凯。

直到下一个人起来自我介绍，他们才佯装无事地继续热场子，捅了捅曾凯的胳膊，转移注意力："凯哥你看，这个女的好看。"

曾凯的脸色仍然难看，几个男生也低声骂道："昨天报到也没注意咱们班上还有这号人，真是晦气。"

"谁说不是啊。"有个男生痞里痞气地说，"没事，凯哥，现在咱们跟她一个班，有的是法子，迟早让她向你低头。"

自我介绍结束的时候，开新生大会的时间差不多也到了，班主任安排大家下楼集合。

到了集合的场地，身边有人用力撞过她的肩膀，她转头，曾凯和那几个男生目不斜视地从她身边走过，有说有笑。

跟于诗遥一同下楼的唐依依正在跟她说话，注意到她这一秒的分神，问她怎么了。

她揉了揉肩膀，说"没事"。

正是太阳升起的时间，开新生大会的运动场空旷，光线从天际直直照射下来，毒辣得让人眼睛刺痛。

她迎着刺眼的光线抬头看了看主席台，上面已经安排好了话筒，等会儿要讲话的人也已经候着，校长过后是老师和优秀学生代表。

她微眯着眼睛，高高的主席台上，她看到了付峤礼。

他穿着校服，轮廓清俊，他低着头安静地听旁边的老师说话，谦逊得恰到好处，一点都不抢眼。

但是从他出现起，下面运动场上的新生们都陆陆续续在看他。

暗涌的轰动越来越多，唐依依也认了出来，抓着她和身边的另一个女生，格外激动地说："那个那个，你们看前面那个——"唐依依压低的声音难掩兴奋，"那个男生真的好帅！"

陈念多看几眼之后也认了出来："我想起来了，他就是付峤礼，去年的中考状元。我去年暑假刷到过他的照片和视频，没想到真人比视频里还好看啊。"

"隔得那么远都看不清脸，你怎么就说比视频里好看。"唐依依笑她。

"你不觉得他往那儿一站就跟其他人的感觉都不一样吗？"说完，她还不忘拉拢一下于诗遥，问她，"你说是吧？"

于诗遥眯着眼，点了下头："确实。"

不只是她们在聊，周围人的窃窃私语中几乎都提到了付峤礼的名字。

今年的新生代表也在，但是远远不如付峤礼这个去年的状元来得有话题。

去年中考成绩出来后，付峤礼在整个南苔市凡是有孩子在读书的家庭里家喻户晓，尤其是近两届。

南苔市本就不大，有什么轰动新闻就会传得很快，特别是中考、高考这种重大节点。当时成绩一出来，新闻附上了付峤礼的一张照片，方方寸寸的一张证件照，少年清俊的面孔让人难以忘怀。

那个暑假几乎个个平台都有人在问付峤礼。

他在学校的活动照片和参加竞赛的照片也相继被人找了出来，他成绩优异，获奖无数，对各项课余活动也游刃有余。他为人好，人缘也好，凡是问起有关他的帖子，下面无一不是夸奖。

最为人津津乐道的，还有他的长相。

跟大家刻板印象里学霸只会读书的书呆子形象完全不同，他眉目清秀，好看到让人觉得做明星都不在话下。那张寸照极为简单，普通的校服和背景也难掩优越的五官,他还有种干净冷冽的书卷气,是家长老师都会喜欢的长相。

发他照片的短视频下面,许多学生、家长都夸他,他几乎是那一届所有中学生父母口中的"别人家的孩子",人人都听过一句"看看人家付峤礼"。

整个新生大会无聊得让人昏昏欲睡,刺眼的阳光加重了困倦,于诗遥出神的时候,盯着主席台上安静坐着的付峤礼看。

与其说是看他,不如说是重新打量他。

这个在开学前就以邻居的身份出现在她视野里的男生,现在又以另一面出现在她面前。

她总觉得此刻的他不太一样,跟她印象里不太一样,起码,跟昨晚那个在书店的台阶前陪她吹晚风的少年不太一样。

隔得远,她只能看个模糊的轮廓。

但他坐得端正,身姿清瘦挺直,整个人干净又疏离。

在场的女生们应该也在看他,到他发言的时候,主持人念出付峤礼的名字,运动场响起的掌声比之前都要猛烈,学生们都精神许多,伸着脖子往前看,完全不是之前那副昏昏欲睡的模样。

整个过程他都平静从容,没有一点波动,走到发言的话筒前调了调位置。

她看不清他的脸,只能看到强烈的日光勾勒的轮廓,他的声音从话筒里传来,熟悉的声音说着:"我是高二(1)班的付峤礼。"

场下再次骚动起来,有人兴奋地与身边的人小声说道:"真的是付峤礼,他就是付峤礼。"

演讲的内容依然老套,跟前面讲话的老师同样的论调。

冷淡的声音,正经的台词。

明明轮廓因为逆光而稍显模糊,可偏偏付峤礼的脸在她的面前那么清晰,清晰到她能够想得起来他低垂着视线看她时,细密黑长的眼睫毛。

她昨晚推开书店的门,在那里见到了付峤礼。

她没有跟他约过在这里见面,也没有说过有空就会来这里的话,但是听到他这么晚了还没回家,她只能想到他会在这里,然后她看见了他。

见到他的第一句话，她问了那句他陪她报到完回家时说的话："我的名字，你很早就听过了？"

他没有回避地看着她，只有一个字："是。"

再往前，是上午陪她去报到的学校门口，她玩笑说他这样的人像是只活在别人的聊天里，是高不可攀、可望而不可即的人。

他说，他只是普通人。

他普通吗？

她跟他立下规矩，在学校要装作不认识，他每个字都答应，听话得连一句"为什么"都不多问。他的分寸感让人莫名有愧，所以在他回答他觉得没有什么不好之后，她主动说："付峤礼，你不是普通人，你是老师眼里重点培养的好学生，也是你爸妈的希望，所以最好别管我的闲事。"

这一次，他没再说话，没有乖乖地"嗯"，也没有反驳，他平静的面容让人分辨不出他在想什么。

但她也没再纠缠，转回身靠着椅子养神，等待着公交车到站，开始她的高中生活。

Chapter .03
会长大的榕树

她就这样站在付峤礼的身边,看着那些男生做引体向上,贪恋着在他的视角里才能看到的短暂的、正常的青春。

新生大会随着收尾词落下帷幕,大家一边鼓着掌,一边活动着站得有些酸的腿脚,互相跟就近刚认识的同学小声抱怨。

但是随之而来的是更让人哀怨的军训,负责军训的教官已经在运动场外就位,各班陆续去相应的场地。

于诗遥跟在班级的队伍里,在穿过跑道路过主席台的时候,脚后跟忽然被人用力踩了一下。

很用力。

她受力的拉扯,一个猝不及防迎面摔倒下去。

膝盖撞在了跑道粗糙的地面上,发出沉重的闷钝声,把周围人都吓了一跳。

她疼得直钻心,一时忘了反应,连是谁踩的她都顾不上看,抱着膝盖半天没站起来。大家都还不熟悉,不知道彼此的名字,只有在新生大会前与她简单认识的唐依依和陈念关心地问她怎么样。

队伍停了下来,老师察觉不对,回头看到情况,连忙走了过来。

刚刚在身后踩她的人也开始道歉,急切的语气,慌忙的诚意,听起来是十足的不小心:"同学,你没事吧?真的不好意思,我刚刚没注意,不小心踩到你的鞋了。你要不要紧啊?"

任何一个人听了,都会觉得这是一次意外。

如果他不是曾凯的朋友,于诗遥也就信了。

那个声音熟悉到即使是无辜的道歉，她也能听出从他喉咙里泄露出来的幸灾乐祸，看好戏似的嘲笑。

不小心、不是故意的。

疼痛的这几秒，刺耳的笑声从记忆里钻了出来，呕吐感又快要涌上喉咙。

愤怒像火山奔涌的熔浆，将她的理智淹没。在躁动难抑的时刻，老师的声音从不远处传来，她平息怒火，抬起头，却从人群的缝隙里看到了付峤礼。

新生大会结束，他帮老师收拾东西，随后跟在老师身后走下楼梯。

他走在最后，她抬头看的这一眼，他刚从台阶下来，和她之间隔着人群。她从下望过去的视野里，只能看到他垂在腿边的手。他的手很好看，修长细白，骨节分明，像国画大家笔下的水墨青竹。

他站在几米远的人群外，没有再进一步，也没有随着其他人的脚步离开。

那双干净漂亮的手，指节不自然地僵硬着，垂在腿侧一动不动。

老师还在跟于诗遥说话："我跟教官说说情况，你先去旁边休息一会儿，等好一点儿了再进队军训。"

她不动声色地收回视线："谢谢老师了。"

老师扶着她起来，膝盖的疼痛让她站起来的动作有些迟缓。

借着起身的动作，她再次从人群缝隙里看向付峤礼，他仍然沉默地站在人群外，目光对视的这一刻，她不难猜到他想做什么。

她收回了目光，没有再看付峤礼。想必他已经想起她说的话，少管她的闲事。

老师带于诗遥去了医务室，皮肤没有大面积损伤，但是肿得厉害，做大一点的弯曲动作就会很痛。

军训安排得倒也没有不人性化，老师允许她休息一个上午，把她在医务室安顿好之后，便回了训练场地监督班上的同学军训。

她在医务室里，由校医帮忙上了药，而后就静坐着休息。

老实说，有些无聊。

外面的运动场上，各班的军训都已经开始了，能隐约听见各式各样的口号声。

不过这医务室还挺热闹的,就上午这么一小会儿的时间,隔一会儿就有人推门进来。

所以,当医务室的门再次被推开,外面的声音涌进来的时候,她根本没有放在心上,仍然低着头在看地砖的纹路。

再之后,她听到了付峤礼的声音:"医生您好,这边有个同学脚崴了,麻烦您帮忙看一下。"

她原本分散的注意力被拉回,几乎是有点迟钝地抬起头。

付峤礼扶着一个同学走到校医面前。他从她的面前走过,扶着那个同学坐下,没有分一丝余光给她,将陌生人扮演得彻底,像是真没有注意到她这个路人。

现在医务室里就他们四个人,校医在专注地问脚崴的情况,受伤的同学也在认真回答,没有把注意力放在她身上,她反倒没有什么顾忌地盯着付峤礼的身影看。

校医认真看了看情况之后,进去拿药。

那个受伤的同学对付峤礼说道:"麻烦你了,班长,耽误了你的课间休息。"

他依旧是平静的声调:"没关系。"

他的余光大抵是注意到了她一直盯着他的视线,微微侧头看了过来,四目相对的一瞬,她嘴角无声地朝他咧了个灿烂的笑。

他神色有些微怔。

"班长,你今天演讲肯定特别给咱们长脸。"

男生的话将付峤礼的注意力拉回,他收回视线,语气平淡:"没有那么夸张。"

"这哪儿夸张了,还有更夸张的,我这个暑假刷到好多关于咱们学校的帖子和小视频,评论里都在说你,很多高一新生都在打听你,还问新生大会有没有你,今天他们看到你演讲,场面一定很热闹吧?"

付峤礼无动于衷。

身后,于诗遥清了清嗓子,男生的注意力被吸引过来,付峤礼也看了过来。

她有点使坏地举手说道:"我,高一新生。"

男生茫然了一瞬,眼睛顿时亮了一下:"怎么样,热闹吧?"

"非常热闹,跟追星成功似的。"

男生一拍桌子:"我就说,班长,真的不是我夸张。"

于诗遥朝着付峤礼眨了眨眼睛,付峤礼露出一丝无奈的神情。

校医从里面拿了药出来,男生也老实坐好准备上药,不再东拉西扯。付峤礼把空间让出来,退到了一边。

医务室不算大,他现在站的位置距离她也就一米多远。

她趁此机会偷偷地小声叫付峤礼,他听到后回头看了过来,下一秒视线却落在了她满是瘀青的肿胀膝盖上。他的眼睫毛几不可察地微颤了一下,唇线不由得抿直,不过到底是什么都没有说。

她前倾上半身凑近些,小声说道:"你这个班长当得这么尽职啊,还扶同学来医务室。"

她故意问,他如实说:"我猜你可能在这里,所以想借此来看看。"

这么诚实,问什么答什么。

她把腿往他面前小幅度伸了伸:"看到了?摔得蛮惨的。"

"嗯。"他眼眸低垂。

她收回腿,叹了一口气:"不过也还好,只是瘀青,下午应该就不疼了。"

他还是只"嗯"。

她没有再跟他说话,他也沉默地敛回视线,安静地站在一旁,等自己的同学。

等校医上好了药,又嘱咐了一些注意事项,他才过去扶着同学离开。

付峤礼还记着她的叮嘱,在人前装作不认识她,扶着同学离开时没有跟她说再见,像进来的时候一样,没有给她一丝余光地离开。

医务室再次静了下来,依稀可以听见外面的运动场上军训学生朝气蓬勃的口号声,她也又开始无聊地望着地砖发呆,打发着时间。

在忽然归于寂静的医务室里,方才的动态在脑子里越发鲜活,连每个字的语气都能在脑海里重现,每一个细微的表情、每一个不动声色的眼神,甚至平静无波的回答里暗藏的是什么情绪都越发清晰。

她沉闷地长长叹了口气。

医务室里太安静,校医听到了她的这声长叹,笑道:"小姑娘家家的，怎么叹这么大一口气？"

她仍然低头看着脚下的瓷砖，说不上来是什么心情，只答："在想以前家里养的小狗，它对我很信赖，就算我手里没有拿小零食，我装作有小零食那样哄骗它，它跑过来后发现我手里空空也不会怪我。而且不管被我这样骗几次，它还是会满眼信任地朝我跑过来。"

校医也跟她随意聊着："挺好的呀，狗狗的感情很真挚的，认定了你就会一直陪着你。"

她轻轻晃了晃脚，在瓷砖上留下影影绰绰的影子。而后，她看着膝盖上的大片瘀青，叹了口气："所以才会在想到这些不把他的真挚当回事的时候，觉得负罪。"

校医调整了一下电风扇的风量，继续说道："那有什么关系，小狗会记得你的好。"

她没再接话。

头顶的电风扇"呼啦啦"转得很响，外面的军训口号一声高过一声。

膝盖上的瘀青凝成一片难以直视的痛，她仿佛又看到了付峤礼隔着人群看她的那一眼，指节僵硬着，很想到她身边，却偏偏不想让她不高兴，只能做个听话的人。

上午军训结束，到了解散时间，教官一声令下，学生们迅速四散开来。此刻正好是高二高三的放学时间，个个都往食堂赶。所有人在经过那条通往食堂的校道时都要放慢一点脚步，生怕被迎面跑过的人撞上。

走读生的路也不好走，放学的高峰期，通往校门的校道上人来人往，很是拥挤。

于诗遥的膝盖还肿着大片瘀青，一碰就疼，所以她不敢有太大动作，怕被人碰到膝盖，贴着校道的边缘慢慢从人堆里挤出了校门。

昨天付峤礼陪她报到的时候已经带她坐过回家的公交车，她熟门熟路地找到公交车站，站前已经堵了很多人，都是一中放学回家的学生。

她踮了踮脚，想看看站牌上的公交线路，再确认一下自己要坐的是哪一路公交车，还有多久才到。

这时候，身后有人扯了扯她的衣角。

她回头，付峤礼站在她的身后，但是他没有看她。他只扯了扯她的衣角就收回手，没有别的动作。

他们之间拥挤着几个人，开学的第一天，新生们抱怨上午的军训，其他年级的人聊着一个暑假没见的热闹事，个个都张着嘴有说不完的话。在众目睽睽之下，他这个微小的动作，也没有人发现，倒是挺避人耳目。

她还在疑惑他只是为了跟自己打个招呼吗，下一秒，看见他已经走到了慢慢开过来准备停靠的公交车前，她才反应过来，付峤礼是提醒自己车已经到了。

她跟随着付峤礼上车，但是走在她旁边的两个女生在上车的时候把她挤到了一边。两人跟在了付峤礼的身后，她们用余光偷偷看着旁边的付峤礼，相视一笑时脸带羞怯。

于诗遥看到了两人的表情，由不解转为了然，有些好笑地轻咳了两声。

在人挤人的车厢里，这两声咳嗽没人当回事。

只有付峤礼侧头朝于诗遥望了过来。

她看着车窗外，跟他没有任何的眼神对视，但是唇角抿着偷笑。

余光的视野里看到付峤礼露出茫然神色，于是她笑得更乐了。

正是放学高峰，一路站到了下车都没有空的座位。怕被人碰到膝盖上的瘀青，她下车时尽量走在最后，避开了最拥挤的人流。

付峤礼也陪着她到最后才下车。

他走在她的身后，不得不说，让她还挺有安全感的，不用担心身后的人挤到自己。

刚下车，付峤礼就问道："你刚刚在笑什么？"

她当然知道他说的是什么，偏要坏心眼地装作忘了："刚刚？我刚刚没笑啊。"

那已经是上车时的事了，他们的这一站很远，高峰期的道路又拥挤，车开得也不快，从时间上来说，的确过去蛮久了。

她装忘记，好像还挺合理的。

付峤礼沉默了一秒钟，垂下眼睑："是我看错了。"

她彻底被他这副什么都听她的样子逗笑了，也不再戏弄他，说道：

"刚才上车的时候,有两个女生想站在你身边,把我给挤到了旁边,我是笑你的魅力很大。"

但是他的关注点居然是:"膝盖有没有被挤到?"他微微蹙眉,看向她的眼神极其真诚。

她傻眼一瞬,带点不解地再次强调道:"那两个女生挺漂亮的。"

呆滞的人轮到付峤礼。他反应了一会儿,才试探着开口:"所以呢?"

说这话的时候,他眼睛里甚至有一点怕猜不中她的心意被她嫌弃的犹疑。

他好像真的没有什么想法。

她引导着问:"你难道没有一点开心和得意的心情吗?"

"没有。"

"那你的心情是?"

"我应该有什么心情?"

她彻底被打败了:"好吧。"

前面是向上的大台阶,为了避免膝盖过度弯曲牵扯到瘀青,她稍微侧了侧身,把重心都放在了另一条腿上。

付峤礼想扶她,但他的手最终还是没有伸向她,只是堪堪地停在离她近一点的地方以防万一。

她有所察觉,但是没有提,继续说着刚才的话题:"你也太乖了吧!之前我见过的那些臭男生,就是被女生看两眼,都能飘上天。要是听说哪个女生喜欢自己,他能在那堆狐朋狗友里吹嘘好几天,恨不得写进履历里吹嘘到毕业。像你刚刚那种情况,他们早就恨不得把这事写在脸上,说不定回家还得刻到族谱里。"

"我不会这样。"

她笑起来:"我是说别人,你不用跟我解释。"

"因为你不喜欢这样的人。"

付峤礼短短的两句话,让她脸上的笑有一瞬的凝固。

烈日从高空射下来,落到地面铺成光晕,她的影子一直都在脚下,沉默地跟随。

她再次扬起满不在乎的笑,问:"你怎么知道我不喜欢?"

他的语气平静又理所当然："你用的都是贬义词。"

她彻底被打败，仍然是那副什么都无所谓的腔调："好吧，不愧是学霸。"

付峤礼没接她调侃的话茬。

而后她也不装了，语气里是不再掩饰的厌恶："我一直都觉得那些男生很讨厌，女生在他们眼里跟游戏装备一样，得到的装备越高级越显得自己能耐。把别人的真心当成自己炫耀的资本，还特别自恋，有女生跟他多说几句话就觉得人家喜欢他，随意说低俗的笑话。女生要是觉得恶心，还说你这点玩笑都开不起。"

"是非常讨厌。"她转过头忽然质问，"你不会这样的，对吧？"

她双眼盯着他，颇有一种他敢说是就当场绝交的架势。

付峤礼回视她的目光依然平静得坦然："不会。"

得到他的肯定，她心情明显变好，觉得自己果然没有看走眼。

为了把重心放到没有受伤的腿上，她是微微侧着身上的楼梯，所以顺势拍了拍他的肩膀："我看人向来很准，我相信你。"

她只是很随意地拍了两下就收回手，短暂的身体接触轻微到几乎没有停留。她没放在心上，也没注意到付峤礼肩背在那一瞬的紧绷。

上完了楼梯，前面平坦的小巷不用再这样侧着身体，她走得自然很多，继续说道："我初中那会儿可是威名在外，那些男生哪个要是敢对我开低俗玩笑，我当场追着人骂，没有一个人骂得过我。还有那些自以为长得帅，在我面前炫耀有多少人喜欢他的臭男生，我也见一个骂一个。"

她正说得得意，但是付峤礼只是"嗯"了一声。

很不给她捧场。

她转过头去，正要佯装数落他一番，却从他漆黑冷静的眼里看到了悲悯，仿佛他已经穿过她故意用扬扬得意的语气说的玩笑话，看透了她现在因此承受的不堪。

中午的日光是炽烈的，刺眼的，从头顶直直地照射下来，他们在裸露的地面上一览无遗，每一寸皮肤都被暴晒着。

夏天其实已经过去，明亮在走向腐烂，热烈在走向落寞，但是高温、烈阳，这一切与夏天有关的东西仍然在维持着夏天的模样，让人误以为自己仍然在一个风和光都很长的季节。

这一刻日光灼烈,由草木、蝉鸣组成的夏日有一瞬的静止,头顶的烈阳摇摇欲坠。

她从付峤礼的眼睛里,看到的是被藏起来的、不想被看到的自己。像此时暴露在烈阳下的身体一样,她的灵魂也在他的眼睛里一览无遗,没有伪装,没有秘密。

当风吹过来的那一刻,发梢拂过的痒唤醒了她的知觉,她下意识的反应居然是落荒而逃地躲开了那双眼睛。

她扭过头不再看付峤礼,绷直嗓音继续说:"我跟你说这些干吗?走快点,这段路好晒啊。"

她说着还伸手挡在额前,遮的是阳光,也是自己的眼睛。

而后她小步跑到前面的树荫下,趁着付峤礼还没有跟上来的这一小会儿空隙,深深地呼了口气。

树影随着风停不再飘荡,在脚下静止,暮夏的蝉却还在拉长吱呀。

付峤礼走到她身边后,平静地说:"确实很晒,不过天气预报说明天过后就是阴天了,也许从明天开始军训会好过一点。"

耳边仍是聒噪的蝉鸣,她只能随口答着:"希望是吧。"

在楼道分别的时候,付峤礼提醒了她下午上学时别错过公交车,注意要出门的时间点。

楼道里阴冷、狭窄,脚步声再轻也会变得明显。于诗遥就这样一步一步、一步一步,在和付峤礼分开以后,听着自己的脚步声。闷钝的回声里,她还能想到他在树影下沉默又了然一切的脸,他仿佛早已看透了她若无其事下疲倦的灵魂。

到了家门前,她才收起自己的分散的思绪,拿出钥匙开了门。

一进门就是扑面而来的饭菜香,爸妈已经做好了饭在等她。

见她进门,果然,他们第一眼就看到了她膝盖上的大片瘀青。红肿已经基本上消了,瘀青只要不碰就不会太痛,但她皮肤白,从小被保护得很好,连磕破一小块皮爸妈都要心疼很久,这一大块瘀青在爸妈眼里自然是触目惊心。

她像是重症病人一样被爸妈扶到沙发上,两人紧张得要命,又是手忙脚乱地去拿药又是问着情况。

如果是以前，那个臭小子自然少不了一顿教训。

她能威名在外，让那些青春期的臭男生对她嘴巴干净，除了她自己说话毒辣，也是仗着自己有一个能让她不用看人脸色的爸爸。她家境好，家里又格外宠着，以前别人暗地里酸她叫她公主，现在看她的笑话也嘲讽地叫她公主。

可以前是因为她的确像是公主一样……

但是现在，一切都不一样了。

爸爸拿了药出来，小心给她上着药，还在追问怎么回事："在学校受了委屈一定要跟爸爸讲，你们陈校长跟爸爸是高中同学，怎么都会给爸爸几分面子。谁要欺负了你，爸爸去找他算账。"

她已经不能像从前一样，无忧无虑只往爸爸身后躲了。

她记得爸爸说的这个陈校长，印象中他与家里有过不少来往，每回跟着爸爸去参加他们的聚会，陈校长都会笑眯眯地夸她又长高了。两家之间一团和气，好像真的是多年的同学情谊。

但她也记得中考结束的这个暑假，爸爸几番奔波、打电话，将姿态摆满，陈校长才故作为难地说入学要交几万块的择校费。

那个时候，爸爸的治疗刚结束不久，家里积蓄不多，已经卖掉了从前住的房子，搬进了老旧的梧桐巷。

她的成绩不是很好，以前爸妈总是念叨让她好好学习，但实际上对她很纵容，她想做什么事都由着她去。中考结束后，她觉得上个普通的高中也没有关系，可即使家里已经落魄，他们还是尽量把最好的都给她。

她不想再给父母增加负担了。她面对的刁难尚且如此，成人的世界又怎么会轻松。

就像搬进梧桐巷之后，一家人面对着百般清苦的生活，谁都不适应，但是谁都在彼此面前好好地适应着。

所以她的回答也只是："就是不小心摔了一跤，你看，摔得也没有很严重嘛，只是有块瘀青，都没有擦破皮。只要不碰到就不会痛，没有什么影响啦。"

爸爸低着头给她擦药，空气凝固般的安静，他们又默契地在彼此面前好好适应着改变的生活。

妈妈在一旁打破僵局:"没事就好,你走路也要小心点,幸好这次摔得没有特别严重,不然这几天军训多遭罪。不过,要是真的遇到什么麻烦事,一定要跟爸妈说啊。"

"妈,你放心吧,你看我什么时候吃亏过,这次真的只是小事。"

吃完饭,爸妈让她抓紧时间去午休。她回房间躺下后,才放松了有些肿胀疼痛的膝盖。

爸妈估计一中午都没有睡,不知道是在心疼她的膝盖还是她的处境,又或者两者皆有。她起来的时候,他们还在客厅,见到她,还装作若无其事的语气跟她说拜拜,她也笑着回应一句"去上学了"。

她在楼道里没有碰到付峤礼,从巷子出来,远远地就看见了付峤礼已经等在公交站牌前。

烈日当头的中午,路上没有多少人,寂静得只有风吹树叶的声响,还有她的脚步声。

等她渐渐走近了,付峤礼闻声回过头来。

看到她的第一眼,他的视线也是不动声色地挪向她的膝盖,然后才看向她。

他开口:"还疼吗?"

付峤礼有一种不会让人感到冒犯的分寸感,很多时候,他其实已经读懂了她的想法,同时也读懂了她不想被揭露出来,所以装作没有读懂。

她忽然又想到了中午和爸爸、妈妈的对话,他们大概都猜到了她不是自己摔一跤,也猜到了她不想给他们增加负担,所以装作信了她的说辞。

她维持的自尊心那么明显,那么脆弱。

烈阳太刺眼了,她的眼睛又快要泛酸。

寂静的中午响起阵阵遥远的蝉鸣,风卷过树叶,在脚边留下晃荡的树影。在蝉鸣再次涌入耳朵时,她微微躲开了付峤礼的视线:"疼!"

公交车上没有多少乘客,静得可以听到车轮碾过马路的声音。车里开了冷气，温度适宜，稀薄的窗帘却遮不住外面毒辣的日光，光线落在眼皮上，让人昏昏欲睡。

中午，父母看到自己膝盖上的瘀青后，既担心又没有多问的表情，一直在于诗遥的脑海里浮现，所以她中午躺在床上并没有睡着，只是闭着眼睛硬躺到了闹钟响。

这会儿困倦的她实在抵不过眼皮的沉重，下午还要军训，她回头跟付峤礼说："到了站叫我。"

他坐在她的身后。

听到她的话，付峤礼点了下头，语气很轻地说："好。"

得了同意，她挪了个放松的姿势，靠着座位闭上眼睛。也许是因为真的太困了，又或者是因为翻涌的情绪到现在才慢慢平复下来，她很快就睡着。

但是车上坐着的睡姿到底没有那么舒服，她睡得并不沉，困倦中仍然能够感觉到刺眼的光线穿透眼皮，亮得让人直皱眉。

过了没一会儿，她在迷迷糊糊中感觉到阳光弱了下去，入睡时没有多余的精力去思考为什么，更深的困倦涌上来，昏昏沉沉被拽进更深的睡眠，只是在那微弱的清醒消失前，她心里大抵有个答案，是付峤礼吧，除了他还能有谁。

但是她那对别人不完全信任的警惕性仍然存在，在付峤礼叫她之前，她自己就醒了过来。

她困倦得眼睛还没有完全睁开，感觉到车还在行驶，开口问道："还没到吗？"

她还没有完全清醒，嗓音轻得连自己都怔了一下。

"没有。"付峤礼在身后回答她。

两句话过后，她困倦的眼睛也慢慢睁开，第一眼就看到了那块挡住了她旁边车窗玻璃的窗帘。

由于常年磨损，窗帘的尼龙扣已经没法扣在一起，布料也陈旧，稀稀落落地散在一旁，即使拉过来也会散回去，根本没办法遮光。

此时，付峤礼的手一直捏着靠近她这一端的窗帘，充当了那个尼龙扣，让窗帘能够牢固不落地遮挡会晒到她的阳光。

她因睡眠沉没的记忆也涌了上来，这就是她感觉到光线暗下来的

/ 067

原因吗?

　　她仍然保持着睡觉时的姿势,微仰的头望着他的手:"不累吗?"

　　他的回答还是少得像沉默:"还好。"

　　"还好?"

　　"嗯。"他解释,"手肘撑在椅子上,所以没有用什么力。"

　　"但也没有自然放着舒服吧。"

　　"还有一个站就到了,你还睡吗?"

　　静了一会儿,她没忍住轻笑一声:"我发现你这个人其实很聪明,不想回答的问题,既不否认也不承认,而是选择岔开。"

　　她继续道:"要么就是沉默。"

　　他不说话了。

　　她不逗他了:"手拿下来吧,我不睡了。"

　　不过他倒是很听她的话。

　　他的手放下来以后,失去控制的窗帘慢慢地滑落回去,光线再次从玻璃窗外涌进来。

　　好在这段路树荫浓郁,马路两侧的树冠几乎形成天顶,将光线遮挡了大半,只有从树丫缝隙里偶尔坠落的光痕。

　　于诗遥忽然好奇,问身后这个成绩优异的好好学生:"这是什么树啊,你认识吗?"

　　她就是随口一问。

　　但他还真的知道:"榕树。"

　　只是话仍然少得像是在沉默。

　　要不是跟他认识了,还以为这人高冷,对人爱搭不理。

　　不过,她一开始对他的印象,好像的确以为他是高高在上的那种人,大概是听多了那些贴在他身上的好学生标签,自然而然地将他划分为不同的人群。

　　但他说了,他只是普通人。

　　她又指向另一棵树:"那个是什么树?"

　　他答:"也是榕树。"

　　"可是它跟其他树比起来……好矮。"

　　"比较矮的榕树。"

068 /

"那个呢？"

"叶子比较少的榕树。"

"那个？"

"以后会长大的榕树。"

"都是榕树啊？"

"嗯。"

好没意思的对话，不过心情忽然变好，她稍微坐起来一些，不再保持刚刚那个懒散睡觉的姿势。

窗外浓绿的榕树，让人一点也感觉不到夏天已经过去。高温、烈日、蝉鸣，这一切与夏天有关的象征，都那么生机勃勃，给人一种昨日灿烂还在的错觉。

她又换了个话题："今天上午的演讲稿是你自己写的？"

"嗯。"

"这种事没少安排你做吧？"

"嗯。"

"你初中是在哪所学校上的？"

"二中。"

她想了一下，微微侧头，余光里有半个付峤礼的侧影："在我隔壁学校啊？"

"嗯。"

"那你初中的时候见过我没有？"

"见过。"

她摸了摸下巴："居然真的见过？可是我没印象啊。"

正经过一片浓密的树荫，树影投落下来，车里的光影都暗淡了几分。很快，车就从这片树影开了过去，又回到了金灿灿的阳光中。

他语气仍然平淡，淡得听不出任何情绪："你当然不会记得。"

她忽然好奇："你见到我的时候，我在做什么？"

"没有做什么。"

她"啧"了一声。

他回答："在跟别人说话。"

"没了？"

"嗯。"

"不过,我刚刚想起来一件事,"她又挪了挪身体,让自己坐得更舒服一点,"我好像见过你。"

她侧头望着窗外倒带的风景,虽然从小在南苔市长大,但出行基本上都是家里的车接送,少有坐公交车沿着固定的线路看这座城市的时候,困倦后醒来的中午本该是乏味的,这段路却莫名让人兴致勃勃。

在她说完这句话以后,她没听到付峤礼的声音。

她有些疑惑,正要转头,但是余光还没有看到他,就听到了他迟来的声音,平淡无波:"是什么时候?"

她转头的动作停了下来,继续看着窗外生机勃勃的风景,说道:"你们学校开运动会的时候。"

她故意只说个话头,不继续往下说。

停顿的这一下,付峤礼还真的追问了下去:"然后呢?"

他隐忍不了想知道的反应让她觉得好笑,话音都带了点上扬:"你们学校举行运动会的开幕式,你作为优秀学生代表在发言。"

越仔细想,回忆越清晰,她循着那点记忆又回忆起更多,说道:"那会儿我们班在上课,特别安静,我坐在窗边,你们学校喇叭里的声音我都听得一清二楚,我不爱听那节课,就走神把你的演讲听完了。"

他又不说话了,她也不催,上扬着唇角等他反应。

过了一会儿,她才听见他从喉咙里发出一个很轻的"嗯"。

窗外的树荫仍然浓郁,阳光被切割成细细碎碎的碎光,从树丫的缝隙里落下来。她懒洋洋地靠着椅子,望着窗外的一路灿烂。而付峤礼坐在她的身后,望着她落满碎光的侧脸。

在她没有回头看的身后,他的目光一如既往的安静、专注。

她没有再说话,他就安静地陪着她。

一站的距离并不远,公交车上的到站播报很快响起。

虽然她已经醒了,但他还是遵守承诺地提醒她该下车了。车靠站停下,他和她一前一后下了车,从满是冷气的空调车里出来,外面的热浪袭来,他们重新回到光线的炙烤下。

于诗遥径直去了军训的场地,走得远了,她才回过头看了一眼。付峤礼的教室比运动场离校门口更近一些,她此刻已经看不见付峤礼。

习惯了他总是能在自己回头的时候出现,这一眼空荡荡的,她竟然觉得有点失落。

再走两步就到了场地,已经有很多人来了,在旁边的树荫下等着。

唐依依和陈念是住校生,从宿舍下来得快,早就已经到了。见到于诗遥,她们连忙招呼她过来一起坐,把树荫下的位置挪了一块给她。

唐依依注意到了她刚刚回头看的动作,好奇地问道:"你刚刚回头看什么呢?"

她在她们俩挪出的空位坐下:"没什么。上午的军训累吗?"

"累死了,上来就站一个小时军姿,站完,腿都弯不了,差点没抢到饭。"唐依依抱怨完,看到她膝盖上那大片的瘀青,"嘶"了一声,"摔得这么严重,要不要跟老师说说,再休息一下?"

"只是看着吓人,不用力碰就不疼。"

"那还好。我听到你摔倒的声音时,吓了一跳,那些男生毛手毛脚的,走路一点都不小心。"

于诗遥只是笑笑,没有反驳。

军训将男生和女生分开,队伍在上午就已经分好,她们和另外一个班的女生混合在一起。

此时已经入秋,但是温度仍然居高不下,太阳晒得皮肤刺痛。几天下来,身边的同学都明显黑了好几层,但于诗遥仍然白得发光,在一群人里面特别显眼。

军训中途休息的几分钟里,女生们都在问于诗遥用的什么防晒霜,她一时答不上来,因为那是妈妈给她买的。她从包里翻出防晒霜,女生们纷纷拿过去看。

吵吵闹闹中,她蓦然想起来,在正式开学前的一天,妈妈把防晒霜塞进她书包里的时候,说是杜阿姨推荐给她的,去年付峤礼军训时用的就是这个。

她眼前又浮现出付峤礼的脸,他是真的白,五官冷冽,不说话的时候,给人一种拒人于千里之外的疏离感。

那种疏离感与其说是高冷傲慢,更像是不流于世俗的清淡,干净得像是一幅水墨山水画,身处俗世却不流于世俗。

/ 071

所以每次看他的眼睛的时候，总会觉得世界变安静了。

防晒霜还回她手上时，她才意识到自己刚刚又在走神。

军训的这几天无聊又煎熬，队伍前方正对着运动场的主席台，那天新生大会用的话筒喇叭还没有搬离，留着军训继续用。

站军姿的时候，于诗遥大多望着主席台发呆，而头脑放空的时候，脑海里浮现最多的，是付峤礼的脸。

天色真如付峤礼所说的灰暗了下来，虽然高温还没有降下去，但是没有了毒辣的太阳，总归是要好很多。

她每天早上上学都是和付峤礼坐同一趟公交车，有时候会在下楼时碰到他，有时候则是到了车站才会碰到他。

早上他们出门得早，坐车的那一站偏远，上车时，往往车上还没有多少乘客，天色也灰蒙蒙的，像是在经历一场不真切的梦。

他总是坐在她的身后，没有人的时候，她会回头跟他聊几句，他有问必答，随叫随到。

高一的学生军训期间不用上晚自习，军训结束就能放学，但是付峤礼他们照常上晚自习，所以，到了晚上，她只能自己一个人回家。

跟他一起回家的时候也没有跟他说多少话，他很有分寸感，她不搭理他的时候，他就安安静静地不打扰她，给人的感觉像是沉默跟随着她的影子。但是她一个人坐车时，看着车窗外倒带的风景，同样是安静无声，却无端感到无趣。

车行驶到那个榕树地段，道路两侧的榕树仍然茂盛浓绿。傍晚的夕阳从天际燃烧下来，浓绿承接住了蔓延而下的火焰，车从遮天的树冠下行驶而过的时候，树影遮住了太阳，光线变得暗淡，她像是在一片火海中穿过的幸存者。

这种感觉很奇妙，她下意识地转头，在看到身后是陌生乘客后，才慢半拍地意识到付峤礼不在自己的身边。

偶尔她会在放学的路上碰见他，她因为军训腿脚酸痛，在人群里走得很慢，迎面看到他从教学楼出来，他高且瘦，眉目清俊，周身独有的清淡疏离感在人群里尤为特别，与同龄人很好地区分开来。

他的身边有其他人，应该都是跟他关系不错的男生，一直在跟他说话。他虽然话很少，但是会很耐心地听，他身边的女生显然没有另外几个男生跟他熟悉一些，一路过来都找不到跟他搭话的机会。

他要去食堂，于诗遥则要出校门，相反的方向，正好迎面撞上。

他抬眸看到她的这一瞬，目光很明显地停滞。

同行的女生正鼓起勇气跟他说话，问着："班长到时候要不要一起去？"

两个男生见他没答话，暗自用手肘捅了捅他。

他才回过神似的收回目光，语气仍然很淡："我就不去了。"

女生有些可惜，闪烁的目光失落："啊……好吧。"

同行的男生怕对方伤心，安慰道："他这人就那样，无趣得很，不是学习就是学习，不然你以为他那常年年级第一怎么来的，上次约他出去还是中考完的暑假。哎，不过我说，付峤礼唱歌还真好听。"

暮蝉嘶嘶，人来人往，树影间落下的碎光摇曳，她从付峤礼的身边平静而过。

但在她走过以后不久，付峤礼回过了头，她走得很慢很慢，前面是石阶，她小心地下着台阶，一级一级慢慢地往下走。

同行的人没有察觉，仍然在兴高采烈说着刚才的话题，扭头问他意见，他沉默地收回视线，"嗯"了一声。

一群神经大条的男生没有一个人察觉到他的心不在焉，只有身边的女生循着他刚刚视线的方向回头看了一眼，但是人来人往的校道上都是放学的学生，没有什么特别的地方。

那个时候，没有人把于诗遥跟付峤礼联系在一起，付峤礼是品学兼优在整个南苔市都闻名的好学生，而于诗遥真正的高中生活随着军训的结束才刚刚开始。

军训结束的那天晚上，高一新生正式开始上每晚固定的自习，老师借着晚自习的时间开了个班会。

经过这段时间的"折磨"，新生入学时一张张娇嫩的面孔都黑了好几度，于诗遥这样仍然雪白的肤色在一众人里就变得尤为突出。当她走进教室时，班上男生几乎都在看她。

她生了一张极为出众的面孔，即使是随手在脑后束个马尾，穿着朴素的校服，往人堆里一站也绝对是第一眼让人注意到的。

她长得好看，从小到大在同龄人里很受追捧，到哪里都是众星捧月，可背地里的尖酸刻薄言论也少不了。但她从前家世优越，别人只敢在背后说一说，所以家里落魄后，积压的恶意以几倍叠加的程度向她释放。

班上男生居多，再小声的骚动也引人注意。

唐依依察觉到了，看向于诗遥的目光多了几分说不上来的复杂："那些男生是不是都在看你呀？"

陈念偷偷回望了一圈教室，小声说道："好多男生都在看你，那个，曾凯他们也在看你。"

班上发了新的课本，于诗遥清点着数量，随口应了句。

"他旁边的几个男生都在看诗遥。"语气是羡慕的、失落的。

她手指停顿一下，再数了一遍，这次是真的确认，书少了一本。课本太多，班上的人也多，漏发一两本也是正常。所以，在老师来了以后，她跟老师说明了情况。

老师核对后确认没有多余的书，数量是一人一本刚好够的，为此，在班会开始前，特意问了一下班上有没有人多出一本课本。

没人回应。

老师再次说道："大家都仔细看看自己的书，看有没有多发了一本，顺便也清点一下自己的课本，有遗漏的及时告诉我。"

班上的同学都在清点自己的书，但是每个人都够，没人有多余的课本。

老师也没辙，让她这几天先跟同桌共看一本。

于诗遥的同桌是唐依依，座位是暂时按照开学那天大家随意坐的位置，唐依依倒是乐意把课本分给她一起看。

但是唐依依喜欢聊天。

翌日上午，两人凑在一起共看课本的时候，距离很适合说悄悄话，唐依依把短短几天从四处听来的八卦都讲了一遍，尤其是有关曾凯的事迹，边边角角的料都聊得眉飞色舞。她一边讲，一边暗自打量着于诗遥的反应。

老师很容易就发现两人说小话，转身敲着讲台，朝她们的方向警告，唐依依才暂时闭了嘴。

只是没消停一会儿,唐侬侬又忍不住开始聊天。老师忍无可忍,让她们两个去教室后面站着听,说完就继续念题,黑着脸丝毫不给辩解的机会。

于诗遥被她连累,只好跟着一起去罚站。

但是她转过身,教室后排那几个男生正勾唇盯着她,见她看过来,不怀好意地挑了下眉,颇为恶劣。

唐侬侬到底脸皮薄,被当众叫起来去罚站,脸上挂不住,拿起书低着头走去了教室后面。

她走过去以后,于诗遥也跟了过去,一条腿突然伸出来拦在了她的面前。

过道本就不怎么宽,这样一拦,将她面前的路堵得严严实实。

老师在上面专注讲着例题,低头念着书上的题干,他们的恶劣明目张胆。

"叫声哥哥就让你过去。"梁石说这话的时候,下巴朝着旁边的曾凯抬了抬,意味很明显。

曾凯吊儿郎当地靠着椅子,丝毫没有要管他们的小把戏的意思,连眼皮都没有动一下。但他没有阻止就是默许,他们做的这一切都是在讨好他罢了,从前到现在都是。

于诗遥的目光转向了曾凯。

桌椅间空间不大,这一切都在他的视野里,包括她看向他的动作,旁边的几个男生暗自得意着。

于诗遥却平静地扔下两个字:"幼稚。"

而后她也不再管梁石挡在她面前的腿,不让她继续往前那她就不往前,反正他们在最后一排也不听课,站在这儿挡着的是他们,又不碍着她什么事。

曾凯脸色一僵,几个男生快要得逞的计划也忽然落空,嘴角的弧度僵硬下去。梁石正要开口讽刺她几句,老师在这时读完了题,抬起了头,准备抽人起来回答问题,梁石暂时把话咽了下去。

而后老师一直在抽人起来回答,然后分析同学的答案,他们也没再有做小动作的机会。

直到下课。

这节课是上午的最后一节课，放学铃一响，教室里的人一窝蜂就冲出去了。

从于诗遥身边走过时，梁石微微侧头，恶劣地玩笑道："公主，咱们有的是时间。"而后口哨一吹，招呼着兄弟们一起出了教室。

这一幕被唐依依目睹，刚刚于诗遥被梁石一条腿拦在那儿，她就感到不对劲，她走过的时候明明是畅通无阻的，他明显是刻意拦着于诗遥。

后面他们的互动她也全部看在眼里，虽然听不清楚他们在说什么，但那样子绝不像是新同学之间普通的聊天。

还能看到教室外面曾凯他们的背影，他们在走廊遇到几个认识的女生，个个高挑漂亮。不知道曾凯跟她们说了句什么，满脸的痞坏，惹得几个女孩笑得又娇又美。

唐依依有些试探地问于诗遥："你跟曾凯他们是不是认识啊？"

这样的语气对她来说，太容易识破。她笑笑，只轻描淡写道："初中同校。"

她不愿多说，唐依依更加狐疑，继续试探道："他看起来好像……对你有点不同啊。"

于诗遥回答简短，但是令人不难遐想。于诗遥在她见过的女生里漂亮得格外出众，曾凯又是出了名的坏学生，招惹的人多到数不过来，于诗遥看起来也不像是内敛不起眼的那一类人，同校又同年级的话，曾凯不可能没有注意过于诗遥。

她又说道："你们以前，是不是——"

于诗遥的脚步停下，转头看过来。

她眼神无波无澜，但是蓦然让唐依依感到一丝紧张，话就这样停顿在这里。

于诗遥微微一笑："我想起来我有东西忘了拿，我回去一趟，你先走吧，不用等我了。"

清纯好看的面容笑起来是明丽无害的，方才一瞬的感觉好像只是她的错觉。唐依依本能地点头，"哦"了一声，于诗遥从她的身边擦过折返回了教室。

于诗遥再次从教室出来，走廊里的人已经少了很多。

付峤礼等在公交车站，身边有个同学正跟他说着放学前最后一节数学课上讲过的题。她刚从校门出来，付峤礼余光就注意到了，他不动声色地看着她走过来。

走得近了，他才看清，她的脸上没有什么情绪，平静的面孔比平常更让人感到心惊肉跳。

他不动声色地皱了眉。

公交车很快就到了。高峰期的公交车格外拥挤，排队上车时，于诗遥始终平静着，心思明显不在这里，他放慢脚步走在她的身后，以防周围的人又把她挤得太远。

但是跟付峤礼同行的男生显然不知道他的这些心思，粗神经的男生一心催他快点上车吹空调，外面热死了，看他脚步不紧不慢的，还替他着急："付峤礼，你怎么不上车？"

于诗遥听到了这声"付峤礼"，才抽回心绪，这才注意到，付峤礼在自己的旁边。

人群很挤，他声音很小地跟她说："上车吧。"

付峤礼的声音不大，但是拥挤的人群距离很近，他的同学听到了他的声音，以为是在跟自己说话，但这语气听着跟平常不一样，他恍惚了一会儿，没发现周围有其他人跟付峤礼认识，所以只迟疑了一会儿就回应道："我刚还催你呢，班长你走得好慢啊。"

这一路上，他身边的同学都在跟他说话。车厢里都是一中的学生，载满一车厢的热闹，每个人都在跟身边相熟的朋友聊着天。

付峤礼就站在于诗遥的身侧，却像隔得很远。

玻璃窗外是飞驰而过的落叶，每一片都在走向凋落。

车上的人陆陆续续下了车，他的同学也在某一站跟他告别，车里渐渐静下来，付峤礼还站在她的身边。

她忽然开口："你觉得，人能抓住夏天吗？"

"夏天还会再来。"

他的回答有些出乎意料，她怔了一会儿。

车还在继续向前行驶，车窗外光影掠过，曾经的感觉再次降临，那一瞬间，她忽然很想很想离开这里，去一个不会被人找到的地方。

/ 077

"付峤礼。"

"嗯。"

她语气轻松地笑:"你看,我们现在像不像从火海中逃亡?"

"像。"

"那你这是要跟我一起逃吗?"

他转过头,看着她的侧脸:"你想带上我一起吗?"

车驶离了榕树地段,窗外的白昼如倾天焰火,随着倒带一寸一寸燃烧,一寸一寸枯萎。

那是她第一次感觉到自己没法回答付峤礼,认真的也好,玩笑的也好。

他的目光始终落在她的身上,哪怕他之前在跟别人聊天,她也一直都能感觉到他的余光。

光影在她的瞳孔里浮浮沉沉,她始终不敢转头看他一眼。她说:"我不知道。"

回家的路上,于诗遥向付峤礼借了高一的课本。她只说班上发书的时候少了一本,等老师调了书补上,她就可以还给他。付峤礼没有多问,她解释什么他就信什么,等她说完,他只回了一个"好"。

中午上学在公交车站碰到他,他的手里拿着她要借的课本。他说:"不用急着还给我。"

那个时候她还理智地想着,不要欠他太大的人情,她怕还不清。所以她只是笑笑,客气地拒绝了:"过几天就能还你了。"

借到了付峤礼的书,不过那天下午没有这门课,所以暂时没有用上。她把付峤礼的课本放在了最底层,不会被别人轻易看到。

但在那天下午,她意外找回了没有发放到自己手上的课本。

她坐在前排,老师进来后把作业随手给了前排的几个同学帮忙分发下去,然后又有事匆匆离开。

那时是课间,教室后排的那一群男生都还在外面,座位空荡荡一片,即使已经临近上课,那群男生往往也要老师亲自去提醒才会进来。

她把作业分发到后排时,看到梁石和曾凯并排的桌子上放着的课本,崭新的,没有动过。

虽然他们不怎么听课,但是书崭新到这种程度,实在异常。

又或者是她心头涌上的直觉。

她翻了一下那本课本,崭新、干净,像是一本完好没动过的书,连名字都没有写。他们再不怎么听课,至少名字还是会写上的。

恰逢梁石进来,看到她翻书的动作,张口就嘲讽道:"公主殿下,怎么有闲心翻我们的书啊?"

她的手指停下,对他这样阴阳怪气的称呼没有什么波动。她回头:"这书是你的?"

梁石料到她已经猜到七八分,故意吊儿郎当地说:"在我桌子上,你觉得呢?"

于诗遥的手收了回来,被翻动的书页全部落了回去。

梁石走到座位前,拉开椅子坐下,懒散地靠着椅子,二郎腿一搭,道:"听说你没课本,这几天都是跟同桌看一本?都是同学,我也乐于助人,只要你答应我一件事,这书我就给你。"

他们一帮人行事张扬,开学没多久就已经在年级里出名。这么短短几句话,已经招惹了班上不少人回头看。教室门外,刚才跟梁石他们玩闹的其他班的人也听见动静看过来。

男生女生都有,暗自打量着她。

于诗遥眼皮都没抬:"不用了,你的书你就自己留着用吧。"

梁石有些傻眼,随即又料定了她会妥协似的,挑挑眉又笑道:"又不是什么大事,周末跟咱们去唱个歌。地方你也熟,你以前生日请大家玩的那里。怎么样,公主殿下,赏个脸?"

她本不想理会。

梁石满脸的恶劣,暗讽她现在的落魄,提及她以前能一掷千金办生日会请大家去玩,试图来刺痛她的自尊心。

他勾着唇角,胜券在握,稳稳当当地等着看她平静的脸出现裂痕,一步一步崩溃,最后向他求饶。

但是他不明白,他们所有人都不明白,包括报到那天向她暗自炫富的许琪,所有人都以为,从众星捧月到跌落泥潭,一定会遭受巨大的打击,会不敢面对,会觉得羞愤,会不敢再抬起头。

人活在世上,好像就是图一张脸皮。

所以,谁都想看她被撕碎自尊心难堪的样子。

可报到的那天，付峤礼捉住了她的手腕，拉住了她差点就踩空坠落楼梯的身体。

付峤礼是第一个追问她真正想要什么的人，尽管他一开始也像他们一样问了她一个听得烦了的问题，从富贵到落魄，好像的确很难接受。

但是那双眼睛里的诚挚，那么真。

她没能忽视那双眼睛里自己的倒影。

从爸爸病倒，命悬一线，四处求医，到他从生死关头捡回了一条命起，她的愿望就只有一个，那就是一家人在一起，平平安安。

花光了家里的积蓄也没关系，从此变得落魄也没关系，以前的讨好都变为冷言冷语也没关系。

世态炎凉，他们一家人面对的人情转变就像从宽敞明亮的别墅搬进梧桐巷的老旧房子一样，走的走，散的散，趁此踩上一脚的也大有人在。可是他们一家人都在好好地适应着，爸爸、妈妈有他们的世界，她也有她的世界，他们都在好好地面对着，维护着一家人想要好好在一起的愿望。

这一切的人情冷暖里，唯一的变数，是付峤礼。他是唯一一个，仅有的一个，还不了解她是怎么样的人，就站在她这边的人。

可她的确不算什么好人，从来都不是老师父母眼里的好好学生。

她余光里瞥见曾凯出现在教室后面的瞬间，她拉过梁石的衣领，倾身压低，很近地看着他。

她猝不及防地靠近，梁石整个人都怔住。

她长了一张很漂亮的面孔，小脸白皙，清纯的眼睛轻轻一笑就漾起涟漪，勾人心魄。

在他这片刻的失神里，于诗遥用只有他们两个人能听到的声音问他："你这么替曾凯出头，是不是很看重这个好兄弟？"

听到她的问话，梁石才拉回一点意识，但大部分注意力仍然在她勾人的眼尾上。

青春期的男生再怎么故作早熟、浪荡，也只是躁动的小毛孩一个，真以为学着大人那一套万花丛中过的模样就是大人了，装什么不知天高地厚。

她眼尾仍然勾着笑，惹得人心绪难定，而后继续小声告诉他："劝你别太过分,不然,我能让你失去这个好兄弟。"

梁石仍然盯着她漂亮的笑颜,思绪慢了半拍,她开口道:"他现在就在门口看着。"

这句话好似惊醒梦中人,梁石立即推开她站了起来,看向了教室后门。

曾凯面无表情,梁石脸色一时难看,急得不知道如何开口地喊了声"凯哥"。

于诗遥没要他桌子上的那本书,虽然本应该物归原主,但是已经过去很多天了,老师大概这两天就能调到补货的课本了,而且她已经借到了付峤礼的课本暂用。

她已经不需要了。

她发完手里剩下的作业,头也不回地回了自己的座位。

班上不少目光在打量她,好奇的、嫉妒的、看热闹的,复杂到每一种目光单拎出来对视都会让自尊心刺痛,但是她已经能做到不在乎。

她的名声一点一点变坏,她不在乎。

这座南方小城,她不会待上一辈子,总有一天她会去更远的地方,所以,她不在乎。

从那天起,梁石每回碰到于诗遥,都像避嫌似的不跟她接触。体育课在学校的超市里碰到,他都要绕到别人身侧的另一边。

于诗遥从冰柜里拿了瓶水,看见梁石这避之不及的样子,忍不住偷偷抿唇笑起来。

等她结完账出来,那群男生已经走了。

她走下台阶,正要拧开汽水瓶盖,一抬头,看见付峤礼正在前面的不远处。他手里拿着本子和笔,旁边站了不少人,其中不乏她班上的女生。

操场旁边的男生在做引体向上,正做得热火朝天。

最近天气还热着,每次体育课的自由活动时间,班上的女生大都是找个阴凉的地方聊天。这会儿大概是看这边有趣,好多人都在围观,几个男生做引体向上做得格外起劲。

于诗遥理所当然地混入其中。

她偷偷窜到付峤礼身边时，他就有所察觉，或者说，他早就看到她了，他的手停顿一下，余光朝着她瞥过来。

她小声地与他打招呼："嗨。你们班这节是体育课？怎么之前没有见过你？"

他低低的声音被热闹淹没了大半，恰好让两人听见："今天老师临时调了一下课。"

"你注意点儿，好多人在偷偷看你。"

他低下的视线收了回去，又回到自己手里的本子上，答应得好乖："好。"

乖得让人又想使坏。

但是周围的人太多了，她甚至在走过来的时候就听到了班上几个女生在窃窃私语说着付峤礼的名字。

他这么冷淡的一个人，却走到哪儿都是引人注目的焦点，也因为太冷淡，不像那些不知天高地厚的臭男生，别人都只敢远远看看。

但是这么一个好好学生，怎么在她面前就这么乖呢。

恰好一组男生做完引体向上，过来跟他报数，他找到相应的名字记上去，然后安排下一组。

她也没走，站在旁边装得像那些看热闹的女生一样，一脸围观地凑过去看他本子上的计数。

等他叫完了下一组男生的名字，他们各就各位，他趁热闹低声问她："你刚刚在笑什么？"

她扭头不可思议地看了一眼付峤礼："你看到啦？"

"嗯。"

"那么远都看得见？"

"不远。"

"这还不远，到超市得有二三十米吧。"

"十七米。"

"啊？"

"去年运动会的时候，刚好帮老师量过这块地方的距离，从超市到这里，是十七米。"

她脸上露出装作不认识他的表情，望着那群男生，看热闹似的融入其他围观群众,付峤礼这一本正经又有点乖的回答,让她差点没绷住表情笑出声。

周围人吼得起劲,朝气蓬勃,掩盖掉了许多声音。

她轻笑:"你不是在帮老师统计成绩?"

"也能看见你。"

"你别给人家记错了。"

"不会。"他问,"这几天有什么开心的事?"

"勉强算是吧。"

"可以告诉我吗?"

"放学回家的路上告诉你吧。"

"好。"

话说到这儿,在做引体向上的一个男生忽然一声吼,拼着劲儿往上拉。下面几个男生应该是他的朋友,冲着他喊"再使把劲儿"。当他拉上去后,下面的人都在为他尖叫着欢呼。

那天天气很好,温度高,但不燥热,风轻轻的,光线也温和,一群男生大大咧咧笑得像是没什么头脑的样子。

她忽然觉得,青春好像也不完全是潮湿又阴暗的。

她不由得感叹了一句:"青春真好。"

付峤礼在旁边听见了,声音很轻地回应她:"你也可以很好。"

"希望吧。"她不以为意,仍是那副看热闹的表情看着那群在做引体向上的男生。

阳光灿烂而美好,落在他们的脸上、身体上,没有打量、试探、笑话,自以为是的恶劣、不知天高地厚的自信,只有朝气而单纯地想赢,这好像才是青春的本来面目。

这一年多以来,一步一步溃烂得面目全非的校园生活,好像在这一刻才短暂地找到正轨,潮湿紧绷的心情前所未有地放松下来。

剩下的半节体育课,于诗遥哪里也没有去。

她就这样站在付峤礼的身边,看着那些男生做引体向上,贪恋着在他的视角里才能看到的短暂的、正常的青春。

Chapter.04
是我喜欢

她抬头看着面前这个固执的大傻子,静了好一会儿才开口,重复着他说的那句永远相信她,认真地问:"永远?"

那天课间的事传得很快。

于诗遥所在的班级,包括邻近的几个班,许多人都还像初中时那样肆意挥霍着时光。异性、八卦、小团体,像是投进森林里的荤腥,瞬间招惹四处藏匿的野兽。

关于于诗遥和梁石的八卦版本有很多,但中心思想都是她多么不要脸。

她初中的坏名声也被许多"知情人"透露出来,那几天学校的"表白墙"上隔三岔五就有人投稿关于她的事,下面的评论像苍蝇一样群魔乱舞。

从她的样貌到她的性格,甚至她每一根发丝都被人用最恶意的角度抨击。

连她以前发的朋友圈截图也再一次被人翻出来放上去,每一个字都被放大解读、歪曲理解,他们试图以此来证明她这个人有多么坏、多么烂。

这是一场狂欢,所有曾经嫉妒她的、羡慕她的、看不惯她的,都选择抓住这一次可以把她踩在脚下的机会,光明正大地往她头上踩几脚,想看她崩溃,看她求饶,看她被万人戳着脊梁骨辱骂地败落。十五六岁正值风华正茂的年龄,他们可以恶意到这种程度,所有人都又以扒到了她的隐私为乐。

于诗遥究竟是个怎样的人呢，好像不再有人记得。

那几天她无论走到哪里，都有人偷偷指着她，小声跟同伴"科普"她被发在学校"表白墙"上的劣迹，细数她的坏和蠢。而后对方发出惊讶的感叹，再看她时眼神变得厌恶，目光里还隐隐掺杂着把一个曾经被捧着的人踩在脚下的兴奋。

学校"表白墙"上的狂欢，于诗遥原本是不知道的。

她在初三那一年被强制戒掉手机后，渐渐习惯了不去看这些东西。开学时爸妈给她注册了新的号码，所有的社交账号都重新注册过，现在她的联系人里唯一的同龄人是付峤礼，但也仅限于电话号码，没有加过其他的社交账号，更别提学校贴吧、"表白墙"这一类公共讨论平台，她都没有点进去看过。

但是她不去看，自然会有人迫不及待地想把刀子捅到她的心口。

在有人投稿她的劣迹罪行的当天，隔着半条走廊，开学以来几乎没有见过的许琪凑巧地在教室门口偶遇了她。

许琪依然笑脸盈盈像姐妹一样跟她打招呼，惊讶地说着"好巧啊，好几天没有见了"，在出校门分别前，状似不经意地"关怀"道："我看他们又在学校的'表白墙'上胡说八道了，把你初中那些事全部扭曲地讲了一遍，坏死了，你可千万别去看。"

在听到"表白墙"三个字时，她有片刻的恍惚。

但许琪笑意盈盈的眼一直盯着她，透亮的瞳孔像精密的摄像头，试图从她细微的表情里捕捉到她崩溃痛苦的瞬间。

于诗遥给了她一个让她失望的微笑："谢谢你的提醒，我不会去看的。"

许琪还没有死心，想要继续刺痛她的伤疤："他们就是乱说话，完全不了解怎么回事，明明就是那些男生对你死缠烂打的。"

她点点头："是啊。"她语气平静到像是敷衍，丝毫没有放在心上。

许琪边说边盯着于诗遥的每一个细微表情，语气体贴得像是处处为她着想："他们什么都不知道就乱说话，诗遥，你要不要也去'表白墙'那里投稿，给自己澄清一下？"

她的目的在这里。

她盯着于诗遥的脸，等着于诗遥进入圈套。

但于诗遥还是那副无所谓的口吻,心不在焉地敷衍道:"等有时间吧。"

许琪还不死心,又道:"我知道你肯定不在乎这些,但他们在那里说得有鼻子有眼的,现在学校里好多人都在说你不好,不明真相的人肯定对你印象很差。"

走出了校门,许琪还在抓住最后的机会:"万一你身边的人也信了怎么办?就算不完全信,听多了也会被洗脑,关系再好也会有嫌隙的。"

她声音轻柔,说出的话却带着刺痛的重量:"你也不想被在意的人用那样的眼光看待吧,对方未必会相信你呀。"

于诗遥脚步停了下来,转过身,对上了那双像精密摄像头般死死盯着她的漂亮瞳孔。

猝然的对视,令许琪有片刻的紧张。

于诗遥抬起手伸向许琪,看到许琪下意识紧绷想要躲开,不动声色地笑了笑。她扶了扶许琪头上的发卡:"蝴蝶结歪了。"

她放下手。

许琪暗自松了口气,提前结束了好姐妹的戏码:"谢谢你哦。车在那边接我了,我先走了,下次见。"

许琪走后,耳边的聒噪忽然就消失了。

她踢了一脚脚边的小石子,小石子在路灯下蹦了几下,滚到了一双白球鞋前。

那双球鞋眼熟。

她抬起头,付峤礼正站在不远处的路灯旁看着她。他的个子很高,影子长长地拉到了她的面前。

车站旁边有很多等车回家的走读生,学校旁边的店都还在热热闹闹地营业,烤肠、奶茶的味道浓郁,越发显得那只在路灯下缭绕的飞蛾落寞。

身后有人欢笑着朝他跑来,一个女生举着刚刚买来的烤肠到了付峤礼面前:"班长,你的。我在学校的'表白墙'上看到过很多次了,很多人都说这家新出的烤肠很好吃。"

而后过来的好几个男生,面孔熟悉,于诗遥隐约想起来之前在他身边见过，应该都是跟他关系不错的朋友。他们没有像要回家的走读生一样背着书包，看起来只是趁着晚自习结束出来放放风。

付峤礼的注意力被他们拉扯过去，他看了眼女生递来的烤肠，礼貌但疏离地说了句："谢谢，我肠胃不好，晚上吃不了东西，抱歉。"

随后过来的男生跟那个女生说道："我就说吧，班长不会要，你看班长什么时候吃过这些东西。"

女生有些懊恼地收回手。

另一个男生在这时开着讨人厌的玩笑："班长不要，你就自己吃两根呗，反正你也挺能吃的。"

"赵清耀，你找死是不是！"

话还没落下，男生拔腿就跑，两人打闹着跑远。

另一个男生跟付峤礼说了句"明天见"就连忙追上那两个人。

付峤礼将注意力从走远的朋友身上拉回的时候，于诗遥已经走到了站牌旁，背对着他，望着车来的方向。夜风凉凉地吹过她脑后的马尾，她没有回头看他。

旁边马路上一辆大货车"呼啦"而过，划过轰鸣，带起的风略带凉意，褪去了暮夏的高温。

倒灌进领口的风吹进了心口，凉到刺痛。

下车的人随着一个个车站停靠慢慢减少，夜晚的南苔市在灯光闪烁里变得越发沉默，只有彩色的灯光从皮肤上划过。

于诗遥没说话，车厢里沉默得只有车辆行驶的声音。

下了车后，走进狭窄的梧桐巷里，路灯都暗了下来，付峤礼几次欲言又止，视线里只能看到她的马尾。

她在晦暗里无声地疏远了他。

之后几天，她都很少跟付峤礼说话，甚至避开与他的视线接触。

以往在上下学的公交车上没有同校学生的时候，她偶尔会回头跟他东拉西扯几句。可这几天，她像自己最开始跟他说的那样，在别人面前，他们互相不认识。

唐依依默不作声地收回了课本，不再跟她同看一本。

没有通知，没有理由，没有解释，装作不知道之前答应同看一本

/ 087

课本这回事一样。

　　课间的聊天她们也故意避开于诗遥,每天下楼做课间操的时候,也不再叫她,那几个开学以来与她关系还算不错的女生也没有要叫上她的意思。

　　无声无息地、不动声色地将她孤立在外。

　　她早就预料到了这一天,所以早早借了付峤礼的课本,也早早习惯了没有朋友,自己一个人,需要注意力集中一点,及时听清老师的通知和安排,因为不会有人提醒她。

　　现在的一切,不过是初三那年的情景再现罢了。

　　被疏远、被排挤,想看她笑话的人添油加醋地再踩上几脚,信以为真的人纷纷疏远,身边的朋友一个一个离开。

　　而她从无所谓到迷茫,再到被日积月累的指指点点侵蚀得也开始怀疑自己,不敢再相信身边的任何一个人,害怕从熟悉的面孔上看到鄙夷的目光,害怕他们将自己视为肮脏的存在。

　　令人最痛的到底是什么,是语言的利刃,还是在意的人的目光。

　　她手指捏着的页面上写着付峤礼的名字,熟悉但不敢触碰。

　　走神的这一秒,老师抽到她:"于诗遥,你起来说一下你的理解。"

　　老师的声音将她从浸泡的泥泞中抽离出来,头顶的电风扇"呼啦啦"在吹,日光从门口倾洒进来,外面有其他班同学在上体育课的跑跳叫喊声,吵吵嚷嚷,又遥远又真切。

　　鲜活的画面试图将这一切和记忆里的初三那年分割开来,但始终有一种还在泥泞中的窒息感。

　　她根本没有去思考老师的提问,身边也不会有同学提醒她,甚至有人想看她答不出来的笑话。

　　她慌忙拿起课本,再看一遍课文里的句子,抓紧想想有没有什么头绪。

　　然而却看到了课文下方锋利清秀的字迹,一行行整齐干净,她匆忙扫了一眼,照着念了出来。

　　老师听了之后大为赞赏,满意地让她坐下,连连夸她思考得很认真,让大家向她学习。

　　班上的许多人因此向她投来好奇的目光,不是恶意的,只是单纯地好奇能答出这个答案的同学是什么样的人。

浸泡在空气里的阳光忽然让人想要大口呼吸。

教学楼外在上体育课的男生还在澎湃地叫嚷，恰好一个大嗓门激动地嚷道："付峤礼，你把球给我啊！"

喊声遥远而模糊，但是仿佛穿过迷雾，试图将她从噩梦中拯救，相信青春也可以正常的欢乐、明亮。

斜洒进教室的阳光将课本上锋利清秀的字迹照亮，她捏着页角，转头望向了窗外，明亮灼灼，天光正亮。

"那个于诗遥，曾凯他们是不是谁看上她了啊，他们好像很爱惹她。"

"你不知道啊？那女的在初中的时候很有名，人家以前是公主，傲气着呢，不缺人献殷勤，曾凯也是其中一个。"

"我前几天在学校'表白墙'上看到好多她以前的事。"女生的嗓音透着隐秘的兴奋，"看她长得清清纯纯，没想到是那样的人。"

"你想不到的事还多着呢。她以前只跟有钱人家的大小姐玩，看不上普通人，经常欺负别人，在背后说别人的坏话。别看她长得一脸无辜，其实恶毒得很，哪有你善良贴心。"

"哎呀，你讨厌死了。"

随着两个人走远，娇嗔打闹的话也渐渐消失。

于诗遥拧开水龙头，清凉的水从手掌滑过，缓解着室外的高温。现在的气温远比盛夏时舒服了许多，但是在太阳底下站一会儿还是出汗觉得黏腻。

她洗完手，随意甩一甩手上湿淋淋往下落的水。

这时候付峤礼从旁边递上一包纸巾。

她怔了一下，没想到付峤礼会忽然出现。

她接过来，说了句"谢了"。

他没吭声，沉默无声地拧开水龙头。

于诗遥刚刚趁着下课时间下了楼，远远就看见他们班在教学楼旁边的篮球场上打篮球。他看起来是主力，球场上一队的男生都围绕着他，场边站了很多围观的人，喊的也是付峤礼的名字。

她下课过来,他们的球赛刚好打完。

他扣上最后一个球,掀起衣角擦了擦汗。

老师也喊了停,他们原地集合,他站在班级的最前排,走过来时就看到了站在球场边的于诗遥,他的脚步顿时停在那里,视线停滞地望着她。

隔着几步的距离,她朝着他微微笑了一下。

他的同学过来拍他的肩膀跟他说话,他才回神地收回视线,进了集合的队伍,配合老师清点人数解散。

他拜托就近关系好的男生帮他把篮球还回器材室,男生也不多问什么,很乐意帮他忙,拍胸脯说:"班长,你放心吧。"

这一系列的事做完,于诗遥已经朝着老旧实验楼后面的洗手池走过去,他提起脚步追上于诗遥的背影。

付峤礼打了一节课的篮球,浑身的汗和热气还没缓下来,老实验室后面的洗手池逼仄寂静,能听见他急促的脚步声和呼吸声。

他转弯进来,看见于诗遥果然站在这里。

只是,他还没有开口说句话,洗手池的背面有人经过,是他班上的女生,刚刚下了体育课从这里经过,她们的对话隔着一堵墙全部传进了他们的耳朵,直到她们离开。

在没有光线照进来的洗手池,阴暗的墙壁背面,涌上一种让人闷钝的窒息感。

而她从头到尾,都很平静。

他走到她的旁边,拧开了另一个水龙头,手捧着水洗了把脸。耳边的短发都湿了,有水珠顺着手掌滑过手臂,细白的腕骨,肌肉紧实。

她是第一次见付峤礼打篮球,他给人的感觉干干净净,温和沉默,总觉得他应该是在教室里安静看书的那种文静的人。

此刻她才意识到,他看似沉默内敛的皮囊下,其实也是一身少年气的莽撞和劲头。

她打量了一眼,忽然"啧"了一声。

他洗完脸,拧上水龙头,于诗遥拆出纸巾递给他。他闷头接过,擦了擦脸上的水。

从头到尾都沉默着，要是平时，他早就禁不住问她刚刚喷什么了。

她主动说道："我记得我第一次见你那天，你帮我把书一口气搬到了六楼。"

他擦水的手一顿，"嗯"了一声。

"我当时还担心太重了，第一次见，就让你干这么累的活。"

"嗯。"

"运动会的时候，你是不是老师的重点安排对象，给你安排了很多项目？"

"一个人只可以参加四个。"

"那你参加了几个？"

"四个。"

她乐得笑出声来。

她把纸巾放好，塞进他的衣服口袋里。他还在擦脸，感觉到衣服的扯动，紧绷地停顿了一下。

她没有察觉，放好纸巾就准备走了："那我先回教室了，晚上放学见。"

但是在她轻飘飘说完一句转身的时候，她的手腕被人匆忙抓住了，掌心很热，还有湿漉漉的水。

她怔了一下，回头。

付峤礼已经放下擦脸的手，一只手捏着纸团抵在洗手台上，另一只手却抓着她。他的腕骨清瘦却有力，细白的手臂线条清秀得像水墨清竹，此时因肌肉紧绷着，仿佛被压抑的困兽。

他一双眼睛漆黑，无声却固执地凝视着她不放。碎发上还挂着尚未擦干的水珠，顺着下颌向下滴。

洗手池背面的操场上渐渐开始有脚步声，上完体育课的人陆续收拾着东西回教室，会从前面经过。

学校在实验楼里修建了新的洗手池以后，这里就闲置了，已经很少有人用。但是现在天气热，学生出了很多汗，新洗手间挤不开的情况下，随时可能会有人来这边。

她没有动，也没有开口问他什么意思，只是站在原地回视着他。

片刻后，他说道："她们说的话，我没有信，也不会信。"

他的掌心湿润，冰凉的水融入了他的体温，她没有反应，仍然无波无澜地看着他。

他有些无措地抿了下唇线，而那双漆黑的眼睛牢牢望着她，始终执着："你可以永远相信我，我不会去听别人说了什么，不会因为别人说的话而改变，我永远都会站在你这边。不管别人说什么，我都不会信。"

暮夏已经过去，蝉鸣也变得微弱，只有在烈日当头时才断断续续发出几声微弱的嘶鸣。

水流顺着洗手台向下流淌，滴滴答答，像脆弱的心跳。

而抓住她手腕的手仍然执着。

付峤礼个子很高，站在她的面前，她总要微微仰头才能看到他的眼睛。见到他的时候，也总是隔着人群。他身边的人跟他一样，是学校重点栽培的好学生，常年在学校的光荣榜和各种表彰里见到。现在他就站在她的面前，却也只能陌生地对望。

可是，无论在哪里出现，他的眼睛里都会有她的倒影。

下课后，她合上课本，指尖下是他的字迹。教学楼外的球场上的喝彩声还没有停，她的教室所在的楼层低，下楼一趟很快，所以她几步就下来，看到了热闹的篮球场上的付峤礼。

和她印象里的干净沉默不同，他一身的少年意气，大汗淋漓，在场的年少轻狂的少年那么多，他当数最万众瞩目的一个。

但是在散场的那一刻，他抬头就看见了她。他的注意力一下子全部转移到她的身上，脚步在刹那停顿，隔着人群定定地望着她。难以置信地、惊喜地，像做梦一样地望着她，连眼睛都没有眨一下。

他浑身的肆意锋芒顿时收敛起来，只剩下了在她面前的安静柔和，像他每一次陪在她身后的沉默，像他从不问为什么的承诺，像他第一次说"一起回家吧"时的眼睛。

她没有说一句话，他就会跟着她的背影来到这里。

别人眼里疏离又淡漠的付峤礼，只看她的眼睛。

她一身淤泥，他还是只看她的眼睛。

水流全部顺着水管流了下去，湿漉漉的滴答声也渐渐停了，只剩遥远的树丫上传来阵阵微弱的暮蝉嘶鸣。

等到那阵蝉鸣也消失了，她才开口，说道："为什么不信？所有人都那么说，连我以前的朋友都那么说。"

他的掌心像穿过湿热的潮水，在沼泽下死死抓住了她。

"我有自己的判断。"

"你用什么判断？"

他停顿片刻："心。"

而后，他补充："我的心能感受到你是什么样的人。"

微弱的蝉鸣在这一刻忽然放大，然后又消歇下去，她笑着问他："倘若我就是那样的人呢？"

"你不是。"

"别人都这么说，有截图、有照片、有聊天记录，真相很难不是那样吧。"

"你不是。"

两句不带思考般的回答让她的笑容终于挂不住，那双漆黑的眼睛沉默但固执地凝视着她，她叹了口气，晃了晃手腕："先放开我？"

他的力气松了一些，迟疑了一下，还是没有放开。

她再次叹气，抬头看着面前这个固执的大傻子，静了好一会儿才开口，重复着他说的那句永远相信她，认真地问："永远？"

他几乎是下一秒就回答："永远。"

她笑了笑，向他解释道："我已经不相信任何人了，最初的时候，我还抱有善意地相信那些说会在我身边的人，结果，他们只是假借对我好，博取我的信任，然后诱导我说出更多可以让他们大做文章的话，把我推进更深的深渊。从那以后，我就不再相信任何人了，不是不愿意，而是不敢，我想保护自己。"

于诗遥在说这些话的时候，付峤礼的手越发绷紧，清瘦的手背上显出冷硬的血管。

但是她被他握着的手腕感觉不到他的用力，他一点多余的力气都舍不得让她感受到。

所以，再相信最后一次吧，在逃离这座像地狱的小城市之前。

"希望你说的永远站在我这边，永远都会相信我不是骗我的。"她笑着，"放开我吧，要上课了。"

/ 093

握着她手腕的手真的松开了，他的掌心好热，带着这个年龄独有的朝气和执着。他的手松开以后，她还能感觉到他残留的温度。

在跑出洗手池之前，她最后回头看了他一眼。

他的手垂回腿侧，只是那双漆黑沉默的眼睛仍然望着她，将她的倒影清晰又深刻地映进瞳孔。在他的眼睛里，她能看到自己的影子，那么清透、那么真。

她朝他笑笑："你也回教室吧，放学见。"而后大步地朝着背阴以外的阳光下跑去。

没多久，学校又发了一批课本，上一次各班缺漏的课本一起补了过来，于诗遥也终于领齐了所有的课本。

但是向付峤礼借的那本课本，她忽然暂时不想还给他，并且想着可不可以把他的其他课本也借来。

那可是年级第一的课本，上面的笔记可以省掉她好多功夫，许多知识点走个神她就听不懂，但是一看他的笔记，又能马上跟上。

她以前成绩一般，虽说不是一团糟，只能算是中规中矩，但是见识了付峤礼的笔记以后，她深深感觉到了自己和学霸之间的差距。好几次写作业的时候焦头烂额，他的笔记都救了她。

周六晚自习结束，回家的公交车上，她加上了付峤礼的微信。

一中的周末安排是从周六下午放学开始，周六的晚上不用上自习，大多数人在下午放学时就纷纷收拾东西回家，那个时段的车格外拥挤。

但是付峤礼会在教室里按照晚自习的时间学习到晚上，然后乘坐末班车回家。

距离开学已经过去了几周，第一周的周六放学时没有在车站见到付峤礼，她就问过了原因，她也就知道了他的这个习惯。

她没有想要和他一起，他也没有提过。

所以这周的周六晚上，晚自习结束后，走到公交车站，付峤礼在冷冷清清的路灯下看到于诗遥时，他怔在原地很久。

高温降下来后的夜晚带着点冷意，小腿露在风里有点凉，她百无聊赖地活动着，在路灯下走来走去，走到另一头再转过来，这一转身就看到了几米之外的付峤礼。

他的表情可以用呆滞来形容。

清冷的路灯灯光落在他的眼睫毛上，他怔怔望着她，像是怕惊醒一场模糊的梦。

还是她走到他的面前率先跟他打招呼，他才回神，声音很轻地问："你怎么还没有回家？"

"我妈不是想要我好好学习考个大学吗，努努力让她高兴高兴呗，在教室里学习了一会儿。"

他的喉结滚了滚，才"嗯"了一声。

"没当过名列前茅的好学生，只好有样学样了，反正跟着你学肯定错不了。"

"嗯。"

"不过——"她故意拖着长腔。

他问："怎么了？"

"学不太明白。"她眨着眼笑，格外诚实地承认自己的失败，"除了刚开始那阵儿能听懂，后面的越学越不明白，尤其是数学，我弯腰捡了支笔，起身坐正的时候就已经听不懂了。"

后面的话多少有点夸张的意思，但她确实学起来很费劲，写个作业都要用好久时间，错误率还很高。有时学得头大，想撂挑子不干了，可是想到妈妈特别希望自己能好好学习考个好大学，她又硬着头皮坚持。

付峤礼被她夸张的话给逗笑了。

他笑起来的样子跟其他人都不太一样，只是眼角眉梢浅浅轻弯。

他平静的时候给人一种冷淡的感觉，但是随着他的眉眼弯起来，他的五官变得柔和，冷白的皮肤也仿佛染上了灯烛的雪色。他眼睫毛细长，在路灯下清晰分明，漂亮得动人心魄。

他察觉到了于诗遥在盯着自己看，身体下意识地紧绷起来，语气有点生硬地镇定着说："你如果有什么不会的，可以问我。"

她收回视线，耸了耸肩："我不会的太多了，估计得从头学起吧。我可不敢耽误你的时间，你是老师的重点培养对象，你妈妈都不太乐意让你跟我玩，怕我带坏你。"

"不会耽误。"

/ 095

"我怎么问你？我跟你只有每天上学放学的时间可以碰个面。"

他好像真的被她难倒了，抿着唇，一时没有说出话来。

她从兜里拿出手机："这样吧，加个微信，我有不会的题发给你，你看见了抽空回我。"

他眼睛漆黑，看她的目光却柔和："好。"

在寂寥的夜色里，隐隐融着星光般的灯火。

她新注册的微信号里，联系人列表空空荡荡，只有爸爸、妈妈。通过付峤礼的好友申请后，看着聊天框里的系统对话，她仍然有短暂的恍惚。

但是这个心有余悸的恍惚只有一瞬。她想，就算赌输了也没关系，大不了自认倒霉，她反正也是要离开这个地方的。

她顺手就点开了付峤礼的资料，他的微信名看起来没有什么含义，一个孤独的英文句号，一个不起眼的小点，他的头像是一片树林，这风格说是她爸妈那个年龄段的都不为过。她妈妈的头像是一朵荷花，她爸爸的头像是山的风景照，付峤礼这片树林的头像还挺融入的。

虽然他性格是比较静，但是这头像，也太质朴了点。

好友加上，她又把手机揣回了包里，余光瞥见付峤礼手机屏幕的光，她顺口提醒道："备注别写我的全名，万一被别人看见。"

"这样可以吗？"

他问着，手机朝她伸过来。

她闻言就转头去看，手机刚好凑到她眼皮底下，备注的那一个字无比清晰地映入视线。

——遥。

只有这一个字。

说不上来的感觉，和他对视都变得有点不自在。

她抬头看了看付峤礼，漆黑的眼、平直的唇线，灯光在他的皮肤上无声跳跃。他整张脸看起来颜色不变，平静中甚至透出几分纯粹的无辜感，好像觉得不自在的只有她，他的本意只是为了符合她的要求。

确实很符合她的要求，没有写她的全名，就这么一个字，就算被谁看见了，也不会直接联想到她头上。

算了。

她撇回头:"就这样吧。"

他很乖,得了她的应允才把手机收了起来。

她没有给付峤礼改备注,手机对她而言只有一个最基础的通信功能,联系人里一共就三个人,不用改什么备注都能区分出来谁是谁。

第二天写作业的时候碰到难题,她想找付峤礼借一下他的其他课本,在等他回复的几分钟里,她无聊地点开了他的朋友圈。

毫无意外,他的朋友圈干干净净,没法从他的社交账号里得到任何有关他的信息。

或者说,这样的干干净净就已经是他给人的印象。

朋友圈的背景图有一点眼熟,她看了好一会儿,才想起来是那家书店靠着楼梯的那面墙。那排书架上放着她暑假时常看的书,所以她认了出来。

终于,手机振动两声。她等到了付峤礼回的微信:你可以现在下来拿。

她立马翻身下床,手指飞速地回他:我来了。

在得了付峤礼的回复后,她连忙换上鞋下了楼。

敲了门,她还换上礼貌乖巧的表情,但是门一开,是付峤礼开的门。

他只看了她一眼就知道她的考虑,说道:"我妈妈出去打牌了,应该到晚上才回来。我爸爸在公司加班,通常都是晚上才回家。"

怪不得他说可以现在就下来拿。

大人不在,她的行为举止放松许多,贴心地替他把门关上,跟在他的身后进了屋,打量了一眼他家:"你妈妈好像很喜欢打牌,好几次碰到她都是从牌局回来。"

"嗯。"

"所以,周末的时候,一般都是你一个人在家?"

"嗯。"

"你一个人在家都干吗啊?"

"学习。"

"噢。"

进了客厅,她没再跟着他去他的房间,像第一次来的时候那样,在客厅的沙发坐下等他。

这次她等得很安分，但是当付峤礼抱着他的课本从房间走向她，这一幕还是让她不合时宜地想到了刚认识他的时候，看他浑身干净清冷的气质，惹人想要使坏。

那时候于诗遥让他猜她的名字是什么意思，本来只是逗他好玩，但他居然真的猜对了。

现在回想起来，他不是猜对，应该是早就知道了吧。

他走出来，没注意到她的走神。除了课本，他还拿了很多其他的辅导书和笔记，一起放在了课本最上面。

到了她的面前，他还在向她介绍着这些辅导书："我都已经分好类了，最上面蓝色封皮的这个系列比较基础，你如果是知识点还没有学懂，可以从这套入手。下面是我的笔记本，里面有知识框架和例题，都是按照进度写的，你按照顺序翻开就能找到。"

他一边说，一边翻着书给她指，告诉她说的哪些是哪些。

"如果有什么不懂的，随时都可以找我。"

他说完，从这堆书里抬起头，这一眼却撞上她正盯着他看的眼睛。他的话头戛然止住，对视的这一眼，他的眼睫毛微不可察地轻颤了一下。

很快，他冷静地撇开视线，语气也冷静："有点重，我帮你抱上去。"

这次她倒是没有拒绝，跟在他的身后理所当然地接受他的好，笑嘻嘻地说："那就麻烦你了。"

"不麻烦。"

她先一步走在前面替他开门，拖着懒懒的调子有些无聊地叫他的名字："付峤礼。"

他静了一下才应声："嗯。"

"你的笔记是不是特别抢手啊，很多人都想借？"

他以为她是担心有其他人来借笔记，说道："这些都是高一的书，暂时用不上，所以不会有多少人来借。"

"那你现在的笔记呢？"

他眼睛眨了一下，略显迟钝地领悟着她的意思："你现在应该用不上高二的笔记。"

"万一我就是特别聪明，学完了高一的想提前学高二的呢？"这话说得挺不要脸的，毕竟她连现在的课程都学得焦头烂额。

果然，说完这句话，付峤礼沉默了。

沉默过后，他还是很平静地给她留了面子："如果你想要，我也可以给。"

他说得没有丝毫不情不愿，也没有暗讽嘲笑，跟他以往每一次答应她时的语气一样，听话到看他一眼他就会乖乖跟上。

于诗遥短暂地有一点负罪感。

她继续往下闲扯："应该很多人想借吧？毕竟你蛮抢手的。"

"我会给你。"

快要到她家门前，走上了最后一级楼梯，她脚步停下，转过身来，借着台阶，她才站得跟他一样高。

他正对上她笑得弯弯的眼睛，她一脸兴致盎然地使坏："你果然很抢手啊。"

他好像忽然听懂了她兜这个圈子的画外音，明里暗里是指他抢手，他的那句回答也忽然变得意思不寻常起来。

从耳根到脖子，冷白的皮肤似乎在隐隐发热。

他情绪不外露，所以整个人看起来冷静到疏离，要不是这样近的距离可以好好看清他眼神的闪烁，她就要被他这副清冷的样子骗过去了。他紧绷得连耳根都在发热，衣领外向上蔓延的白，覆盖之下是被沸腾的血液烫过全身的热。

他这样顿了好一会儿，怔怔地想要开口解释什么。她忽然手指抵在嘴唇边，做了个"嘘"的动作，而后指了指身后的门，凑近一点，用气音告诉他："我爸在家。"

楼道狭窄，所有的声音都会被放大，他想说的话顿时全部有所顾忌地收了回去，嘴唇抿着，一双眼睛漆黑，他闪烁的眼眸静静望着她。

脖子雪白，眉目清冷，他眼睫毛细微地颤着，像是落在人间的雪，白得脆弱，可以被染上任何一种颜色。

于诗遥忽然有种不该开他玩笑的负罪感。

十五六岁的年龄，最大的好处就是，这个年龄有明确的主线任务，省掉了许多迷茫，找不到方向的时候也会记得要好好学习。

于诗遥基础不太好，从小她就很受宠，她什么都感兴趣，唱歌、跳舞、画画什么都学，爸妈也什么都乐意让她学，学习成绩相对来说就很平庸，进入一中后，她显然学得有点吃力。

好在高中刚开始，课程进度安排得不是很紧，自己多抽点课余的时间学习也能补上，实在弄不明白的还可以求助付峤礼。他讲得很详细，文字太多，有些符号很难打出来，所以有时候他会发一条一条长串的语音，有时候会打视频，镜头里是他写好的草稿纸。

怕她听不明白，他的语气放缓，不知道是不是因为声音在电子设备里过了一道，跟现实里有一点偏差。从视频里听到他的声音，低低沉沉，不像他平常给人的冷淡印象，柔和得让人不由得跟着他的声音静下去。

等到他讲完，没听到她的声音，他开口问："你在听吗？"

"在。"

他又问："能听懂吗？"

"懂。"

他静了一下："如果听不懂可以告诉我。"

看他都已经讲得这么细致，还担心自己做不好的样子，她都不好意思欺负他了。

学霸都这么小心翼翼吗？

她收起书，感谢道："没有，你讲得很好，我听懂了，改天请你吃东西。"

她当时只是顺口一说，但是在学校碰到付峤礼的时候，还真想起来了这回事。

学校组织了篮球赛，只有高三年级的学生不参加，高一和高二各班各自组队报名。国庆节收假回来，各班的男生都格外兴奋地备战，体育课和晚自习前的放学时间就成了打篮球的主场，球打得风生水起。

从队伍选拔赛开始，气氛就有点剑拔弩张了，课间都是那群男生扯着大嗓门吼着去打球，不知天高地厚的莽撞上头，热血得好像和人家有世仇。

他们吼得气氛正浓，班上的女生也很感兴趣，一股莫名的集体荣誉感，每回他们打球，班上都会去一大半的同学在旁边加油，尽管只是私底下练习。

于诗遥跟班上同学的关系都说不上好,只是做着普通同学,他们有自己玩得好的小团体,没有人搭理她,她也没有精力搭理别人。

那些热闹,她也没想去凑。

由于篮球赛火热,曾凯他们那群男生倒是没了什么工夫来招惹她,一天天抱着球去球场,旁边献殷勤混脸熟的女生一大堆。

教室变得很清静,周围没了别人,她也可以无所顾忌地拿出付峤礼的笔记和书,在教室里埋头苦学。

那天是意外,笔写到没墨了,备用的笔倒是有,但是用完也得买,她正好学了一天,脖子有点酸痛,便趁着现在放学去买点笔芯,活动活动腰酸背痛的身体。

从教学楼到学校门口的文具店,要穿过篮球场。

那个时间段,球场上气氛很浓,还没到正式比赛,现在都是各班的自由练习,但是热闹得好像正式比赛一样。球场旁边围满了人,一个个奋力呐喊着加油,她才从教学楼出来就被篮球场那边通天的叫喊声震到。

走得近了,她从震耳欲聋的叫喊声中分辨出一个熟悉的名字。

"付峤礼"三个字钻进耳朵,她转头朝着水泄不通的篮球场看了过去,人头攒动,正在激烈的时候,场边叫喊着付峤礼名字的声音几乎要盖过一切。

随着篮球重重扣进篮筐的碰撞,那些声音转为更兴奋的欢呼。她也终于从晃动的人群缝隙里看到了此时人潮中的主角。看样子他这场球赛中赢了,队里的其他男生过来搭他肩膀,格外激动地叫喊着。

他好像也很开心,眼角眉梢浅浅地弯着。

这个时候,在于诗遥前面的女生忽然扬起手臂叫他:"班长,你们的水。"

他们闻声看过来,几个男生走过来,说着"谢谢"接了过去。

付峤礼却在转过来时看见了人群里的于诗遥。

他怔了一下。

那群男生互相递着水,没见到付峤礼,问着班长呢,一回头,看到他还在后面慢悠悠地磨蹭,连忙招呼他:"班长,快点儿,你不

/ 101

渴啊?"

他敛下视线,走了过来,接过了他们递给他的水。

离她更近了,只有前面几个他们班正在跟他说话的人。

他出了很多汗,说话间是略不平稳的呼吸,冷白的皮肤露在运动服外面,可以看到紧实的肌肉。随着汗水滑过身体线条,他浑身的锋利意气难收,眼角眉梢是内敛却难以忽略的锋芒。

在场的人明里暗里都在往他身上看,落败者是谁,好像都没有人在意。

她就这么站在他面前的人群里,跟其他人一样看着他。

人太多,他没敢将视线看向她。可是她莫名就是知道,他的余光全部在看她。

他旁边的男生还在兴奋地讨论刚才的练习赛:"我之前听他们说高一(9)班那几个很猛,刚刚碰到的时候就想跟他们打一下,就怕班长不同意,结果今天班长这么好说话,我都还没耍嘴皮子,班长就点头了。"

付峤礼接过水后,只是沉默地拧开瓶盖,听到高一(9)班后面的话,他正要喝水的动作顿了一下。

那几个男生还在继续说:"打一下摸摸底也行,听他们吹得厉害,尤其是那个叫曾凯的,我在学校贴吧和'表白墙'看到很多次了,吹得我还以为他多厉害呢,还不是被咱们班长压得死死的。"

他在旁边默默喝水,他们说得越来劲,他越是心不在焉地沉默。

那个男生过来碰他肩膀:"是不是啊?"

他视线下意识就要朝她瞥过来,眼睛眨了一下又及时收了回去,只小声地"嗯"了一下。

于诗遥在人群外面偷偷地笑,他大概是余光看见了,拧回瓶盖的手指越发僵硬无措起来。

那群男生赢了也高兴,准备回教室,球场上的学生也开始各自散了。

于诗遥看完热闹,也没忘正事,去一趟文具店把笔买回来。

这个时间段的文具店比较冷清,吃饭的基本上都吃完了,这几天各班的球赛又吸引了很多人,没有多少人在外面逗留。

她站在货架前,看着各种各样的笔,旁边的阴影暗了下来。

她转头，付峤礼高高的个子遮住了她旁边的光线。

见她看过来，他也转过头来，安静的眼睛，细长的眼睫毛，好乖。

她看了一圈文具店，暂时没有别人。她小声跟他说话："你跟着我来干吗？"

"看到你没有回教室，想知道你做什么。"

"我能做什么，你不是最清楚吗？我这段时间很努力在学习。"

他眼尾弯了弯："嗯。"

她从货架上拿了笔芯，闻到门口的烤肠很香，顺便拿了两根打算一起结账。结果等她拿了烤肠回来，付峤礼已经给她结过账了，他刚在微信上转了款，手机还在手上。

她一脸无奈地看着他："你怎么打球都带着手机啊？"

他收起手机，接过她递来的烤肠，没有回答她的话。

但她忽然想起前几天他同学和他的对话，她有些迟疑地问道："哦，你是不是说你晚上不吃这些东西来着，现在这个点……算晚上吗？"

"没关系，我可以吃。"

"你不是说你肠胃不好？"

"只是个理由而已。"

"啊？"

"拒绝别人的理由。"

"哦。"她前几天说过请他吃东西，总不能就只请一根烤肠吧。她转头看到隔壁的奶茶店，飞速地跟他说了句，"在这儿等我。"然后两步进了奶茶店。

她以前很喜欢喝这些东西，熟悉每一家奶茶店的招牌和口味，什么奶茶加几分糖好喝，什么奶茶全糖才好喝，哪家出了什么新品，她都会第一时间品尝。不过，在家里经济逐渐紧张后，她开始戒掉这些东西，很久没有再喝过了。

等待店员做奶茶出单的时间，她无聊地敲着前台，回头看了一眼。

付峤礼没等在旁边的文具店里，而是站在奶茶店对面，校门口的另一侧。为了避人耳目，他站在那里一直没有看她，而是望着校门的那一边。他的侧脸轮廓清秀又冷淡，身上穿着宽松的短袖短裤球服，露出的小腿肌肉线条流畅有力，手里还提着她刚刚买的花花绿绿的笔。

/ 103

有一种乖乖地在等她的感觉。

沿路高高的榕树垂下树影，时而有风摇曳地吹过。

他偶尔转过头来看看她好没有，没料到她也正在看他，对视的这一眼，他怔了一下，而后仍然是那副安安静静的样子，眉眼温和，落在他身上吹乱了树影的风都变得温柔起来。

店员将奶茶递给她，她才回身拿了奶茶，自己拿了一杯，然后把另一杯放在旁边的桌子上。

她朝付峤礼招招手，等他过来后，她就走开，回头看着他从桌上拿了奶茶，然后小幅度地跟他做了个拜拜的动作。

她拿出手机，给他发了条微信：请你喝奶茶，我回去上晚自习了，晚上见。

他走在她身后不远的距离。

没一会儿，收到他的回信：好。

她才收起手机，准备提起脚步，加快一点速度回教室。

身后忽然有认识付峤礼的人过来，看到他手里的奶茶，惊讶的语气特别夸张："班长，你、你居然喝这个啊？"

她刚要加快的脚步暂时停了停，走在前面偷抿着笑，听他只"嗯"了一声。

然后她又听到那个男生很夸张地惊讶道："你什么时候爱喝这些了，你不是只喝矿泉水吗？那些女生请你喝的五花八门的饮料多得能开超市了，你不是都不爱喝吗？"

"……今天打球有点累，想喝。"他只能这样解释。

她在前面抿着的笑都要收不住了。

那个男生嗅觉有点灵敏，神秘兮兮地说："不可能，绝对不可能，这东西不像是你自己想喝的。你老实说，是不是哪个女生请你喝的？她对你死缠烂打，你实在推托不掉才勉强接受？"

他一时的迟疑没有否认，让那个男生像嗅到了惊天大秘密一样，顿时两眼放光，更兴奋地说："不对，死缠烂打的多了，也没见你中招过。而且你居然没丢掉，一口一口地喝着。老实说——你是不是自己就不想推托？"

她终于忍不住了，走在前面捂着嘴偷笑出了声。

声音不大,后面的人听不见,但是付峤礼从刚刚开始就一直看着她的背影,她笑的时候肩膀微动一下的动作被他捕捉到。他不得不否认,只能闷着声说:"你别乱猜了,只是奶茶而已,我就是想尝尝。"

临近晚自习,许多人都已经陆陆续续回了教室。

但是后排的那群男生都不在,晚自习的时间快要到了,他们才拍着球进了教室。老师听见篮球的声音,制止他们在教室里拍球。这要是在平时,他们八成得一人贫嘴几句,但是今天一个个死气沉沉的,连声都不吭。他们向来招摇,在班上很瞩目,听到他们进来的动静,好多人都转头去看。

于诗遥听见旁边唐依依回头跟后座的几个女生小声说道:"他们看起来心情好差,输了球肯定很难受……"

后座的两个女生语气也很心疼:"其实他们打得已经很好了,对手可是高二的学长。"

"就是嘛,而且只是碰到了打场练习赛,不算正式比赛。"

"可是看到他们这样好心疼啊,希望他们能心情好点。"

她在旁边听着,嘴角上翘。

但翘到一半,翘不下去了。

她落笔时发现笔芯没有墨,才想起来自己出去一趟就是为了买笔,结果笔是买了,但落在付峤礼那里忘记拿回来了。

她只好拿出了自己仅存的那支备用笔芯。

那群闹腾的男生情绪低迷,课间也不打闹了,平时教室能被他们掀翻天,老师都嫌管起来头疼,今天一个个死气沉沉的,难得清静。她在前排心情很好地写着作业,写完作业就复习。

整个晚自习过得特别快,到了放学时间,她还心情好得嘴角能翘到天上。

出教室门的时候,那群男生也拽着书包从教室后门出来,一个个垮着一张对谁都没好心情的臭脸,跟他们认识的女生同路的时候在旁边安慰道:"没关系的,他们本来就是高二的学长,而且是去年的冠军,打赢了也正常,趁现在还有时间,好好练练。"

只是女生轻声细语带着讨好的安慰还没说完,曾凯冷冷地看她一眼:"你懂什么。"

那女生吓到失语,呆滞在原地。

放学的高峰期,走廊里都是放学回家的走读生,目睹这一幕,有人看笑话似的指指点点。

女生脸皮薄,泪水在眼眶里打转,旁边有朋友马上安慰她。

在拥挤的人潮里,这一段插曲引起不小骚动,于诗遥也听到了,好奇发生了什么,回头一看,曾凯正冷着脸往前走过来。

她仍心情很好地扬着嘴角,没太明白后面的情况,正要转回头去,途经她身边的曾凯脚步一顿,低下视线看向她。

她注意到了,无所谓地回视过去,这一眼比之前都更清晰地看清楚了他的脸色有多臭。

被缠了一年多,她自然无比熟悉他这张臭脸是心情差到了什么程度。

啧,付峤礼下手这么狠,给人心气都打没了。

曾凯只看了她一眼,实在是心情不好,连多余的找她麻烦的精力都没有了。他旁边那些唯他马首是瞻的兄弟平时最爱招惹她,这会儿连她在旁边都没看见,一个个垂头丧气地走了。

于诗遥心情更好了,走在路上就差哼小曲了。

惦记着自己放在付峤礼那里的笔,她刚出校门就拿出手机给付峤礼发微信提醒他别忘了拿自己的笔。

但是到了公交车站也没等到付峤礼的回信,也没见到他人。

站牌的提示屏上显示着还有一站,车就即将到站,付峤礼还是没有来。

十几分钟后,付峤礼回了她的信息:"老师有点事找我,我带上了,明天早上给你。"

他从校门出来时,校门口已经很冷清了,只有零零星星几个走得晚的学生。

盛夏已经过去了,晚风迎面而来,带着凉意。校门口的路灯亮得炽白,视野里除了眼前的白晃晃,任何遥远的事物都是模糊的。当他走过那几盏亮如白昼般的路灯,快要走到公交车站,却看到冷冷清清的公交车站牌旁边站着的于诗遥。

她在看手机，屏幕的光线浅浅亮着，映亮她的轮廓。

她给他回了信息，因为很快他就感觉到手机振动了一下，他拿起来，最新消息里，于诗遥回他：我也出来晚了，没有等到上一班，只能等末班车回家了。

她听到脚步声回头，付峤礼只怔了一下，连忙拉开书包，从里面拿出她的笔："给你带了。"

她接了过去，将笔放进自己书包的时候，听到他问："你怎么也出来晚了？"

她随口说："有个题很难，放学的时候才做到一半，把它做完我才出来的。"

"嗯。"

"骗你的。"

他的眼睫毛细微地颤了一下。

她笑嘻嘻地说："其实我早就出来了，故意等你的。"

他的手里还拎着书包，刚刚拉下来后还没来得及背上。

招摇耍帅的男生最喜欢的就是不好好背书包，要么拎着，要么搭在肩上，觉得自己这个样子又痞又帅。但是付峤礼现在保持着这个拎着书包的动作，反倒整个人透露着一种柔和的感觉。他的头发柔软，站在她面前高高的，却让人想踮起脚摸一摸。

她放好了笔，重新背好书包，继续说道："一个人回家多没意思呀，而且进巷子的那条路好黑，一个人走的时候心里毛毛的。"

"嗯。"

她倒也没有一直找他说话，看着马路对面跳动的霓虹灯。

直到车到站，她上去找了位置坐下。

只是她刚坐下，旁边的暗影一落，付峤礼在她的旁边坐了下来。

不是坐在她的身后。

她原本就望着窗外的霓虹灯，知道他在自己旁边坐下后，反而更加只敢看着窗外的霓虹灯。

付峤礼见她从车来之前就一直盯着那边看，问她："你在看什么？"

她还是望着窗外，只抬了抬下巴："在看那家店的字幕，强迫症，想看完那串字显示的是什么。"

/ 107

"嗯。"

车上没有多少人,也没有同校的学生,静得能感受到这座城市被浸泡在五光十色里的声音。

她不跟他说话,他也一直很安静地坐在她的旁边,静到她都怀疑他是不是睡着了。

怎么连呼吸声都那么轻呢。

她一直扭着头看窗外,脖子都有点酸了,人也在寂静里被磨到没了耐心,她缓缓地把头转了回来。

她一动,他就察觉了。

她余光里可以看到他转头看了她一眼,见她仍然沉默的样子,他又敛回了眼眸,安安静静地坐在她的身边。

城市的灯光从玻璃窗流淌进来,划过他的手臂、手背,再到手指。他的手很好看,指甲干净,形状也整齐,手指细细长长,连接着细白的腕骨,像水墨山水画里清秀的竹,也像远山上清冷的雪。

明明看着是斯斯文文、内敛又温和的那种人,打球有那么厉害吗?

她忽然问他:"你今天怎么会跟我们班的那几个男生打球?"

无论她什么时候跟他说话,他都在好好地听,下一秒就回答:"在球场练球的时候碰到了,随便打打。"

"随便打打,把人打成那样啊,他们可是低气压了一晚上,一个个垂头丧气的,平时招摇得不行,今天连句话都不说了,闷得班上其他人连大声说话都不敢。"

他眉眼很轻地笑了一下。

"你还笑?"她故意凶他。

"对不起。"

怎么这么乖,这样就道歉。

刚刚那点难挨的寂静都没了,一看到他这副什么都任她宰割的模样,她就想欺负他。她又兜转回了开始的问题:"你今天为什么要跟我们班男生打球啊?"

他眼睛很轻地眨了一下,抬起来看向她。

被问第二次,他再像刚才那样平静地回答,显然变得难言多了。

静了这一会儿,挨不住她一直看着自己,他还是没能逃避过去:

"他们想跟我们打,我同意了。"

"你们跟其他班这样私底下打过吗?"

"……高一的没有。"

"只挑中了我们班是吧。"

他声音很轻:"嗯。"

"你是不是——"她凑近一点问他,卷翘的睫毛下眼眸清亮,映着夜色浸泡着的灯河,让人呼吸紧张,"看了不少关于我的事啊?别骗人啊。"

"……嗯。"

"想不到你看起来斯斯文文的,打球很厉害嘛。"

"嗯。"

"还有其他擅长的吗?"

"不算擅长。"

"那你最擅长的是什么呀?"

"我不知道。"

"那你——"

"别这样问了。"付峤礼第一次打断她像是故意欺负他似的提问,那双眼睛看着她,和他的声音一样轻柔。他的眼睫毛敛下,遮住直接透过他的眼睛就能看到的真心,"你明明全部知道的。"

车在沉默地向前行驶,摇摇晃晃,他们还浸泡在城市的夜色里,除了他们彼此,谁也没有惊动,谁也没有察觉。

灯火从他的脸上流淌而过,如同温热的星河,那么真切、柔和,让人心软。

她也不由得放轻语气问他:"你下次打球,我还请你喝奶茶?"

"好。"

他声音好轻啊。

"别人问你为什么喝奶茶,你怎么说?"

他敛下的眼眸再次慢慢抬了起来,那双深色的眼睛像此时的夜色,灯光闪烁,他静静地看着她:"是我喜欢。"

那段时间,班上那群男生都消停了不少,教室也变得清静多了。

不过，来献殷勤的女生也多了，想在他们心情不好的时候扮演一个治愈他们的角色，曾凯依然没有什么心情，对人爱搭不理。

从前他们出教室的时候经过她的桌子，脚步声重得很吵，她皱着眉抬头看一眼是谁走路这么吵，然后看到曾凯抬着下巴从她旁边走过。她对这幼稚泛滥的招数很想翻白眼，随后低头继续看自己的书。

由于基础不太好，新知识学起来有点慢，她总会趁着放学的这一个多小时把今天讲过的内容再看一遍。付峤礼的笔记很详细，他挑选的参考书也很好用，大多数自己学起来都没有什么问题。

正式比赛临近，放学后球场比之前越发热闹起来。

往往她在教室里看书都能听到外面的叫喊声，每天都很激烈，她有时候也会被气氛吸引，学完当下的那点东西就下楼去看看。

篮球场就在她这栋教学楼旁边，出了楼道，外面热烈到掀天的喊叫声迎面扑来。

球场边围了很多看球的人，有许多都是跟她一个年级的高一新生。她很自然地混在了其中，由于人早就已经挤满了球场，她只能远远地站在最外层，在付峤礼进球的时候，还会跟其他人一样欢呼。

她混迹在里面，非常自然，谁也不知道。

战况激烈，他打球投入，没有分神去看围观的人群。更何况，在付峤礼往她这个方向看的时候，她还会蹲下去一点，把自己埋进人群里。

过了一会儿，她再慢慢地站起来一点点。看到他已经看向了其他方向，她才继续混在人群里，继续跟其他人一样兴奋过头。

等球赛打完，她趁着人多，混在人群里飞快地溜走。

她自认为神不知鬼不觉。

等到了晚上放学，回家的公交车上，同校学生陆陆续续下车后，她回过头，状似什么都没看的样子问他今天球练得怎么样，他也一五一十地说。

同样的，他也会问她今天的学习怎么样。

她信心满满："你就放心吧，期中考试，我肯定不是垫底。"

他眉眼浅浅地笑，那么柔和，好像无论她说什么，他都喜欢听。

直到正式开赛，校园里比赛的气氛也真正浓烈了起来，教室里仅剩的几个跟于诗遥一样在学习的人都不在了，篮球场上的欢呼声格外热烈。

许多班还组织了啦啦队,加油声喊得整齐划一,一浪高过一浪,甚至有人还买了塑料鼓掌手拍,高声欢呼每一个进球。

她当然也混迹其中。

她没问付峤礼的比赛都安排在哪天,他也没有主动提过要她一定来看,不过她有自己的办法。

篮球场就在教学楼旁边,她每天吃完晚饭就过去看一圈,看付峤礼班上的人在不在。看的次数多了,他班上的人她甚至都已经认得七七八八。

赛程过半,付峤礼班上的比赛她一场不落,自己班的比赛却一次都没看过。

不过,她看晚自习的气氛也能知道成绩,如果赢了,班上的人会躁动很多,旁边的唐侬侬她们也一个个笑容满面,说着曾凯怎么怎么帅。

曾凯从于诗遥桌子旁边走过的时候,高抬的下巴都从倨傲变成神气。

她一个眼神都没给。

晚上放学回家的路上,她还跟付峤礼吐槽这件事:"这些臭屁的男生能不能心里有点数啊?耍帅不叫帅,赢了球跟我嘚瑟什么,好像不看他打球是我吃亏似的。我喜欢看的自己会看,我还一场不落地看。"

不管她说什么,他都会在旁边好好地听,即使她在毫不客气地吐槽别人,转过头看他时,他的眉眼里也总是有柔和的浅浅笑意。

他的话很少,她得不到回应,瞪他一眼,他立马知道该捧场。

但他不像她会说这么气性大的话,只能很诚恳地说一句:"嗯,他们打得确实不好。"

算了,不为难他了。

她心情很好地翘着嘴角:"等遇到他们的时候,你好好地打,让他们消停消停。"

本以为付峤礼一定会答应,但他居然说:"看情况吧。"

她不满道:"你还要手下留情啊?"

"不是,我的意思是,如果他们积分不够被淘汰了的话,我可能遇不到他们。"

/ 111

她装作没看过他的比赛:"你们班赢了很多吗?"

"还没有输过。"

"厉害,下次看你比赛。"

"嗯。"

由于于诗遥根本没去看自己班的比赛,所以直到看到付峤礼对面站的对手时,她才知道那天比赛开始前,为什么班上那群男生比以往更看重,从早上到学校起就精神紧绷着,如临大敌。

班上的女生也都站在球场的另一面,一个个铆足了劲喊加油。

她们从早上开始就在准备了,又是买水又是买啦啦队的东西,把气势造得很大,好像这场比赛非赢不可似的。

于诗遥站在付峤礼他们班这边的人群里,旁边很多高二的学姐、学长,看他的人不少,相比之下,这里更像是付峤礼的主场,关于他的事,随便找个人都能打听到。

于诗遥跟谁都能聊两句,付峤礼的几场比赛看下来,常见的几个都混熟了,一见面就会聊天。她从他们那里得知,这场比赛可以说是自己班的生死局,输了的话,积分排名就掉下去了,会被淘汰。

他们之前私下练习约的比赛输得很难看,今天又是决定会不会被淘汰的生死局。

实力差距很大,不是这段时间加紧练习就能赶得上的,比赛过半时,比分已经被压得很死。

自己班的球员肉眼可见的疲惫,曾凯那张不知天高地厚的脸都逐渐变得压抑和暴躁,隐忍待发。

中场暂停的时候,他们凑在一起,一个个大汗淋漓,喘着气,谁也没有说一句。

旁边的女生开口安慰他们,让他们加油别放弃,梁石暴躁地吼过去:"是我想放弃吗?你告诉我怎么打啊?"

他这一声吼得青筋直跳,在场的人都听见了,纷纷往他们那边看过去,连付峤礼这边的几个人都看过去了。

谁知道这句话像是导火索,几个队员积压的怨气都爆了出来,互相指责谁刚刚在拖后腿。说到激动处,气性上头,梁石用手指着对方:"你再说一句?"

对方也不甘示弱:"我说得难道不对吗?你看看自己的进攻,哪次不是被压得还不了手?"

眼看着就要打起来了,裁判连忙介入,他们才臭着脸闭嘴,但是谁也不看谁一眼。

在场所有人都看得到他们的这场闹剧,班上的女生们都急得不行,撕心裂肺地还在给他们喊加油。

于诗遥听到付峤礼旁边的同学笑着说了句:"他们内讧了啊?"

另一个男生也玩笑道:"唉,现在的小弟弟们就是心高气傲。看看咱们班长,当初不声不响的,还以为是因为个子高被拉进来凑数的,上场后却杀得他们片甲不留。"

付峤礼在旁边安静地喝着水,除了在曾凯他们内讧的时候看了几眼,平静的神色无波无澜,本分地做着自己的事。

听到队员在旁边胡侃,他也很少干预,只要不出格就随他们开心。

他看着冷淡,但是相处久了会发现他真的很好说话。

甚至旁边他班上的女生找他,问他老师布置的作业,他都尽责地回答了。有人找他请假想先回教室,他回答对方没锁教室,想回去可以直接回,还招呼了一下其他人,如果累了可以先回去。

但是大家都很热情,笑嘻嘻地说着:"自己班的比赛肯定要看完啊,我们才不会回去。"

他眉眼浅浅地笑了下,天气有点燥,班上的同学在旁边喊了整场的加油,他拿矿泉水的时候跟他们说:"口渴的话可以直接拿,是班费买的,大家都可以喝。"

仿佛班长才是他的本责,带着大家打篮球只是班长身份的责任之一,他只是分出一点精力来陪大家一起参加学校的活动。

他的神情和往常一样平静,唯一一次有波澜还是那个女生在找他问作业的时候,玩笑地说,今天赢了可不可以让老师少布置一点作业。旁边的同学都笑得嘻嘻哈哈,赞同地嚷着,让付峤礼去跟老师说一下。

他喝着水咳了一下,他们起哄起来不依不饶,他把拧好瓶盖的水放回去时,有些好笑又无奈地说:"你们是不是看准了刘老师从来没骂过我。"

/ 113

半场的暂停很快结束,比赛又继续。

比分已经拉开很大,曾凯他们又已经内讧,谁也不理谁,没有了任何交流,下半场更没有什么悬念,付峤礼这边游刃有余,打得很放松。

他的目光自始至终都没有看过于诗遥这边,她自认为完美地藏匿在人群里,没有被他发现。

直到比赛的最后,被压抑了整场,随着淘汰的到来,曾凯的怨气终于抑制不住。球从他手中气急败坏地重重被抛了出去,失了准头和耐心,那个球失控地朝着球场边的人群砸去,凌厉带风。

她身边都是女生,被突如其来的球吓得惊慌一片,纷纷侧身要躲。

她也第一时间反应,蹲下挡住自己的头,避免被砸中。

但她蹲下前的一秒,视野里是付峤礼看到球飞出去的方向,整场下来都游刃有余的平静脸色在那一瞬变了。

随着急促的脚步声到了她的面前,篮球重重地砸在地上。

她怔怔抬起头,付峤礼刚到她的面前,匆匆跑过来的动作都还没停下,篮球已经被他拦下抛回了球场。

他和她之间隔着前排的几个女生,可是他的视线那么直接干脆地落在她的身上,他脸上挂着的急切和担心快要溢出来:"你——"

他的声音及时停顿,目光也转向了她旁边,对每个人都看了一眼:"你们没事吧?"

旁边都是高二的,有他班上的同学,也有其他班的学生,都认识他。见到付峤礼,都如同劫后重生般,庆幸着球被他拦下来了,连忙跟他说没事:"谢谢班长,幸好班长看到球过来了。"

"吓死了,我刚刚看到那个球,大脑一片空白。"

他装作看着人群里每一个人,视线没有一次聚焦定格在于诗遥身上,但他松了口气般放轻的声音,显然是说给她一个人听,轻得心有余悸:"没事就好。"

比赛已经结束,裁判喊了停,最后计分宣布结果。

他转身回了球场中央,跟班上的队员集合。

两个班的队员再次站在一起面对面,付峤礼的眉眼冷得有明显的厉色。

他本就五官偏冷,只是为人内敛温和,给人的感觉虽然难以接近,但是并不凌厉。而他此时浑身戾气难收,淡淡扫过去,看向对方队员们的视线冷如刀刃,对视的这一眼他们仿佛被碾压得难以喘息。

比赛结束,作为败方,班上一片垂头丧气,收拾着东西回教室。

而付峤礼还在组织着班上的同学搬东西回教室,面对自己班上的同学,他仍然是那副好好班长的样子。但是,熟悉他的人,仍然能够看到他眉宇间没有完全被压抑的戾气,只是他全程克制着,其他人几乎没有察觉。

"付峤礼。"

曾凯走到他的身后,不服气和屈辱的表情一并浮在脸上。

听到曾凯的声音,他原本克制着的冷厉又一瞬间回到了脸上。

他冷漠地侧头,面无表情地等曾凯的下文。

曾凯原本因为输了比赛的不甘,被他的这一眼惊到一时哑然,但很快,屈辱感又涌了上来:"跟我单挑一次?"

付峤礼捡起地上的篮球,原本应该放回器材筐里,他这短暂的停顿,于诗遥几乎一眼就看出来他想做什么,他还在为刚才那个差点砸过来的篮球生气。

她混在他旁边的人群里,见状连忙咳了一声。

虽然她和他之间隔了很多人,但是她知道他一定听得到。

果然,他的手僵硬了片刻,还是听话地按捺下去。他收回了侧过去的视线,轻飘飘地将篮球扔回了器材筐里,很淡地扔下两个字:"不打。"

曾凯急着追问:"为什么?"

"没时间。"他说完,曾凯似乎还想纠缠,付峤礼虽然听她的话,没有应下他的单挑,但并不打算让对方好过,"我跟手下败将没有什么好打的。"

说完,他抱起器材筐走了。

曾凯被这句话狠狠戳到了痛处,留在原地越发觉得屈辱和不服气,却连句反驳的话都说不出来。

付峤礼抱着器材筐经过于诗遥身边,脚步刻意放慢。她借着他的身体挡住了别人的视线,偷偷朝他比了个大拇指。

他满脸的冷硬这才缓和下来,眼尾斜斜的余光看向她。看到她弯弯的笑眼,他也不由得浅浅地牵起了唇角。

Chapter .05
拉 钩

"把我当作你的影子也好,什么都好,只有你需要,我才会在,不需要的时候我会藏起来。"他的声音停顿,"我不是一定要你的回应。"

比赛落败,班上那群男生起了内讧,不再像以前那样聚众凑一起招摇过市,上课时各睡各的觉,被老师抽到提问,不再互相起哄;下课后他们也各玩各的,不像以前,所有人都堵在教室的后门,嗨得整个教室里都是他们大笑的声音,闹得像菜市场。

没了比赛,他们也没了劲头,球场也没去了,每天放学后出去吃饭,找个玩的地方玩到上晚自习的铃声响起。

但是,付峤礼的比赛还没有结束。

之前是听到外面比赛的气氛,热闹得让人心痒,于诗遥悄悄跑过去看。自从知道付峤礼一早就发现自己也在,她也就光明正大地待在人群里了。

付峤礼听到她混在人群里的加油声,唇角扬起浅浅的弧度。他笑起来很好看,清淡的眉眼,随便笑一下都会融化,惹得在场的女生们才喊完加油又掀起一阵高呼。

等晚自习回家的时候,他已经又是那副内敛冷清的模样了,瘦瘦高高,往微凉的夜色里一站,疏离得让人难以接近。

哪有下午打球时招蜂引蝶的影子。

感觉到她的打量,他有些不自然地紧绷,放轻声音问她:"我哪里不对吗?"

她摇着头"啧啧"两声。

感觉到她又要说什么让他难为情的话,他已经身体紧绷,却安静地任由她盯着自己看。

"之前小看你了,现在看来,你这么招人喜欢也不完全是因为成绩好得出名。"她踮起一点脚,离得近了,更能看清那双好看的眼睛。她有点坏地故意说,"再笑一个让我看看。"

她凑近距离到他眼下,眼睛眨得像星星一样又亮又美。

他没说话。

这样近,她能看到他细长的眼睫毛颤了一下。

马路上一辆车呼啸而过,带起的夜风卷起她的裙摆,在路灯下像绚烂的花。

见他不说话,她想耍赖继续捉弄,这个时候才注意到,他那么近的眼睛也在看着她。霓虹闪烁,灯光在他的眼里跳动,他的眼神却没有移动半分地静静看着她。

光亮又一下跳动了。

像火种烫到了皮肤,她在这一瞬撤回踮起的脚,拉回了原本的距离。

离得远一些了,胸腔的心跳声仍然在听觉里无限放大,让人不敢再去看他的眼睛。

她收回视线,这时候才听到付峤礼的回答:"我没有对别人笑。"

他的声音低缓,和往常一样,又乖又平静的语调,可是仿佛融进了夜色,和那跳动的霓虹一样,烫得心"怦怦"跳。

她低头踢着脚边的石子,有一下没一下的,让自己看起来心不在焉。

见她不说话,他主动又道:"下周你还会来看吗?"

"看吧。"她又踢了一脚石子,想把它踢进旁边的花坛里,几次都没成功,反而激起了她的胜负欲,非得踢进去不可。

她在这里自顾自地踢得上瘾,他见她没有要搭理自己的意思,只"嗯"了一声。

夜色静下来了。

那颗石子终于被她一脚踢进了花坛,分散的注意力一下子又回来了。

夜色的寂静在感官里忽然被放大了很多倍,她让自己看起来跟平常一样,一副东拉西扯地跟他闲聊的口吻:"你是不是早就知道我看你比赛了?"

"嗯。"

"怎么知道的?"

"看到了。"他又说道,"你一来我就看到了。"

"之前的比赛?"

"也知道。"

"你是怎么看得到我的,你不是在打球吗?"

"因为我想看到你。"

"所以?"

"所以,你一出现我就看得到。"

她再也没法继续用这副闲聊似的口吻说下去了,甚至后悔自己选了这个话题。

霓虹灯的跳动快要将夜色淹没,风很凉,却没法吹散她手心的热,还有胸腔无法稳定平静的跳动声。

好在,公交车随即就到站了,她若无其事地上了车,还是和往常一样坐在了自己喜欢的座位。

让一切都和平常一样。

周末回家的公交车上,同校的学生只有于诗遥和付峤礼,付峤礼在她的旁边坐了下来。

从他的气息靠近开始,她紧绷的神经就再也没有放松过。

那是她第一次觉得这趟车的路程漫长,夜色是寂静的,霓虹在玻璃窗外漫过,他们像是被浸泡在水里,隔着鱼缸在看外面的世界。

窗外灯光变暗的一瞬,她在玻璃上看到了付峤礼的影子,才平息下来的心跳,又涌上来了。

进了梧桐巷,她也只在进楼道后跟他匆忙地说了句"拜拜"。

他还是安静跟在她的身后,很轻地"嗯"了一声。

那个周末是于诗遥开学以来过得最难安的一个周末,她不喜欢碰手机,手机却一直在桌面放着,就在手边。

她几次摁亮手机,也不知道是想看什么,意识到自己反反复复在做这种无聊没意义的举动,她干脆把手机压到了枕头下面。

结果，她人是静下来了，作业却被耽误了。

当她周日下午再次打开手机，看到这周老师布置的周末作业，她才发现自己做错了作业，要做的那本作业现在还在教室里躺着。

老师规定要在晚自习之前做完作业，他会在晚自习的第一节课讲题，为了防止大家不写，他还明明白白说过会挨个检查谁没做。对于这门课程，连班上那几个调皮捣蛋的男生都会借别人的作业抄一抄应付过去，因为老师很严格，被逮到了真的会很惨。

返校的高峰时期，回学校的公交车上又堵又挤，走走停停。眼看着离上晚自习的时间越来越近，她就算赶到学校也来不及写了。开学以来她跟班上同学的关系都很普通，借也借不了别人的作业。

临近傍晚的日光斜斜地照进车厢，晒着她的半个轮廓，已经入了秋的凉意里，她竟然热得出了薄薄一层汗。

当公交车再一次因堵车停下，她终于拿出了手机，妥协地打开微信。看着整个周末都没有过聊天的聊天框，她给付峤礼发了信息：你现在是不是已经到学校了？

车堵在这里走不了，时间才熬过一分钟，她却觉得格外漫长。

没能等到付峤礼回复的这一分钟，她已经耐心告罄，直接给付峤礼打了电话过去。

呼叫声很长，每一次顿响都让她的心高悬不下。

在她以为付峤礼不会接这个电话的时候，电话接通了。他问："怎么了？"

从没有哪一刻那么想听到付峤礼的声音，有一种从溺水中被捞上来获救的感觉，她连忙跟他讲了原委，然后问他："你可不可以帮我把后面的几道大题做一做啊……前面的选择题我还可以乱填糊弄过去，但是大题一道都不写的话，完全没法交差，那些题又很难，我到学校之后急得一团乱麻，肯定是来不及做了。"

在说这一长串话的时候，心仍然悬在嗓子眼，如果他帮不了她，那她真的就得视死如归了。

但是好在，他是她的救星。

"没关系，我帮你做。"他的语气跟平常一样，平静得让人无比安心。

她重重地松了口气，而后听到付峤礼问："我怎么拿到你的作业？"

又是一个难题，难道要让付峤礼去她的教室吗？这个时间点，教室里肯定已经有很多人在了，他出现在她的教室，而且还在她的课桌里翻来找去……

她大脑运作想办法的这个时间，听到付峤礼那边有人叫他，声音远而小，但是依稀听得见："班长人呢？班长——"

远远地，还听到了篮球的声音。

她好像意识到了什么，问道："你在哪儿？"

"篮球场。这周是决赛，所以下午我提前回了学校，陪他们练球。"

"那我……是不是耽误你了？"

"没有。"他没给她继续追问的机会，想着怎么帮她补作业，"你的作业是练习册还是老师发的试卷？"

她连忙道："练习册，学校统一订的，黄色的那本。"

"从第几页到第几页？"

她好像明白了付峤礼要做什么，语气变得有些激动："我微信发给你。"

"好。"

本应该立即挂断电话把作业发给他，于诗遥却忽然停顿在这里，听着他那边篮球场上的打球声。

车堵在了半路，夕阳斜斜地洒进车厢，浓烈到刺眼。她因紧张而一直高悬的心还未落下，握着手机的手心都出了薄薄一层汗。

付峤礼察觉到了她的安静："怎么了？"

她望着投在手背上的夕阳光线，轻声说道："谢谢。"

"你不用跟我说谢谢。"他说道，"把作业发给我吧，我去找高一的朋友借一下，题做完我会拍照发给你。"

她没再说什么，把电话挂断，然后把作业截图发给了他。

强烈的光线投在手机屏幕上，高悬的心终于慢慢平复，这时她才听到电话以外的声音，路段拥挤，谁也不让谁，车喇叭按得停不下来，甚至有人打开车窗对骂，乱得一团糟。

她慢半拍地想着刚刚冒出来的那个念头，是上次付峤礼先一步帮她付了钱时，她一脸无奈地说他怎么打球都带着手机，当时他只是沉默着什么都没有说。

他沉默不语之后的回答,她好像在打通他电话的这一刻,忽然明白。

当公交车终于摇摇晃晃赶到学校时,距离晚自习开始还有十几分钟,比她之前预估的时间提前了很多。

手机微信的消息一直没有断过,付峤礼每做完一道题就给她发一张照片。

他给她做的题不是按照练习册的先后,他好像很懂怎么应付老师检查作业,先把要一个步骤一个步骤详细列出来的大题做了发给她,然后把前面选择题里比较简单的部分给她做了出来。

最后两道比较难的大题和选择题,他都留到了最后。因为这符合印象中中等成绩的学生,老师允许不那么优秀的学生不会做这一部分题。

她匆匆进学校时,付峤礼刚好把一道做完的题拍照发给她。

从照片背景的地面可以看出那是学校的篮球场,他还在篮球场。

她转头看向了篮球场的方向,树丫挡住了她看过去的视线,但是能够听到篮球场里打球的声音,还有打球的男生在兴头上的叫喊声。

随着石梯一阶一阶上去,篮球场也逐步出现在了视野里。

球场上几个男生正打得尽兴,传球时笑得嘻嘻哈哈,还没到晚自习的时间,有很多人在嬉笑打闹。而付峤礼坐在球场边的长椅上,本子放在腿上,正低头飞速地写写画画。

傍晚的夕阳渐渐转为橘红,风吹过他头顶枝繁叶茂的树丫,像一面在燃烧的扉页,而他安静地坐在树下,是这面浓烈的扉页上清隽的一句诗。

远远地看到他停了笔,拿过手机。

没过一会儿,她的手机响动。她低头去看,是付峤礼把刚做好的题再次发给她。

他做得很快,几乎每隔几分钟就会给她拍一张。

周围那么吵闹,他把本子放在腿上,不平整地写写画画,好像都没有耽误他的速度。

球场上,他的同学在叫他:"班长,你有什么急事啊,这个时候学习,等会儿晚自习有的是时间让你学。"

他拍完照发给她，给她发了一句：全部做好了。

然后收拾着笔和本子，从长椅上起来，接过他们抛给他的篮球。

她放下手机，看了一眼那张照片，而后匆匆往教室赶。

距离上课只有十几分钟的时间，于诗遥的座位在前排，她要在老师进教室之前抄完。

付峤礼的字很工整清晰，空白的练习册很快就被她写满，只剩下了最省事的选择题。她没有刚开始那么急了，甩着酸酸的手抬头，老师还没来，时间也还剩很多。

她这个时候才发现，连选择题付峤礼都把思路和公式列好了，同答案一起发给她。就算到时候老师抽问，问到她为什么选这个答案，她也能根据他写的思路答出来。

当她大功告成，抬头看着空荡荡的讲台，已经说不上来自己现在的心情。

把手机收起来之前她看的最后一眼，是那张她偷偷拍下来的照片。

付峤礼安静地坐在树下，像燃烧的扉页上一句清隽的诗。

那张照片一直躺在她的相册里，即使后来过去很多年，她已经忘记了当时拍下这张照片时的心情。

她后来对他说过很多狠话，度过很多孤独的夜晚，流浪过很多地方，唯独这张照片一直陪在她的身边。

思念如长河，她只信过这一次永远。

耽误了付峤礼的训练，她自觉要为他做点什么，所以去给他当啦啦队了。

他嘴上说着不用，不想耽误她的时间，让她去做自己的事，可是听到她说要给他加油的时候，他眼尾浅浅的弧度藏都藏不住。

球场上看比赛的人很多，为了避免被人认出来，于诗遥都是站在高二年级的人群里。但凡付峤礼班的人进了球，她都会非常自然地融入其中一起欢呼。

他知道她在，中场休息坐在长椅上喝水的时候都变得安静许多，乖得像是坐在她身边，那么乖又那么意气风发。

由于于诗遥的班级已经被淘汰了，这段时间班上很少有人再去篮球场。曾凯他们起了内讧，班上气氛低迷，也没有人再提有关篮球赛的事。她平常会等到比赛快要开场才去，但决赛那天，下课铃一响她就匆匆准备去篮球场。

正是所有人都像解除了封印似的往教室外跑的高峰，她收拾着桌上的书，动作匆忙，一只手没拿稳厚厚的书，被旁边出教室的人撞了一下手肘，书散落掉到了地上。

其中有一本是付峤礼的笔记，掉下来后还摊开在她看的那一页。

她俯身去捡，但是被另一只手先一步捡了起来。

那只手明显是男生的手，她下意识有种不太好的预感，站起来后，看到是曾凯，那种不好的预感化为实质。

她伸手就要去把付峤礼的笔记本拿回来。

曾凯的手往旁边一躲，她扑了个空。他看着笔记本上的字，问道："这是你写的？"

其他还没有出教室的同学注意到了他们，纷纷投来好奇和疑惑的目光。那种被探究的黏腻感又涌了上来，她的情绪在刹那有短暂的失控。她深吸了一口气，将黏腻感按捺下去："还我。"

"这不是你的字。"他的目光从笔记本移向她，下的结论斩钉截铁。

算起来，这还是开学以来，曾凯跟于诗遥说的第一句话。

从发现他们同班到现在，刁难她的、打抱不平的都是他身边的人，他从不搭理她，甚至没有给她一个眼神，好像对她一点都不在意，但是他的默许让那些恶意变本加厉，所有人都以侮辱她为乐趣，讨好着他。其中有想跟他打好关系的同学，还有怕惹上麻烦而从众的附庸。

此时此刻，因为不想得罪人而跟她关系一般的同班同学，以探究和警惕的目光打量着她。

就是这样的注视，让那股熟悉的黏腻感再次上涌。

他无所察觉，仍然在等她关于笔记本的回答。

他们僵持在桌椅间的过道上，她的座位就在前排，许多从班级门口路过的人也看到这一幕。高一的人几乎都认识曾凯，也因此猜出了她是谁，嬉笑声和玩味的目光变得更浓稠。

嘈杂的声音中依稀可以分辨出那些熟悉的字眼：茶、装，像一个腐烂的泥缸，空气里都是发臭的气味。她的头仿佛被摁进了深水里，氧气被抽走，只有越来越紧的窒息和痛苦。

随着打量和好事的眼睛越来越多,束缚的窒息感几乎快要扼住她的喉咙,她的手掌在不受控制地颤抖。她僵硬地握成拳,用最后的冷静说出两个字:"还我。"

曾凯本想刨根问底,却看到她情绪不对,她的面部因用力而紧绷,还能看到细微的颤抖,眼眶也红如嗜血,这一眼竟然让他感到心惊肉跳,他像是做了罪大恶极的事。

他下意识地放下了笔记本:"还你了。"

她仍然死死地盯着他,他不敢再招惹,从她的座位走开。走出教室前,他回头看了她一眼,她还僵硬地站在那里。

过了好一会儿,于诗遥才像想起来怎么使用四肢一样,缓慢地拿起笔记本。

"班长,怎么感觉你心情不好啊?对面确实蛮厉害的,都已经打到决赛了,肯定不可能像之前那么顺风顺水,不过你也不用太担心嘛,你不是经常劝我们重在参与吗?"

中场暂停的时间,两边的队员在各自商量下半场的战术。

由于双方实力相当,讨论也很激烈,但是付峤礼从头到尾安静得像心不在焉,跟他说话他也都在听,也能提出自己的意见,可是众人就是能感觉到他的低落。考虑到是决赛,他是主力又是班长,现在比分咬得很紧,大家觉得他紧张也很正常,开始拍着他肩膀安慰他。

付峤礼拧好矿泉水的盖子,放回旁边。面对大家的安慰,他扯了个笑作为回应:"我没事,你们也别太紧张,全力以赴就行。"

班主任看他情绪低落,当起了情绪调动员,让大家凑一起搭上了手,鼓劲道:"来,我们最后喊一次——全力以赴!"

几个男生齐声喊完口号,旁边班上的同学也在大声喊着"加油"。气氛感染到了其他人,此起彼伏的加油声浪几乎盖过了所有的声音。

暂停时间结束后,双方队员再次回到球场上,决赛很激烈,气氛比以往任何一次比赛都要热闹,球场边人挤人,不剩一点缝隙。

回到赛场前的最后一秒,付峤礼都还在细细看着球场边的每一张面孔。

但是他依然没有看到于诗遥。

他无数次怀疑,是不是因为人太多了,她又躲在人群后面,当他朝她的方向看,她会蹲下去藏起来,故意不让他发现。

可是明明过去的每一次比赛,他都能找到她。

不管她怎么藏怎么躲,他都能找到她。

直到比赛结束的那一刻,他没有在跳跃欢呼的人群里看到于诗遥的身影,这一整场下来都令人难安的自我怀疑才终于到了底。

她真的没有来。

身边的队员揽着他一个劲儿欢呼,他分神地仍然不死心地在人群里张望。

班上又赢下了比赛,大家收拾东西都格外有干劲。

他心神不宁到了顶点,跟班主任请假:"老师,我能不能晚点回教室?我想去医务室一趟。"

班主任对这个各方面都优秀的班长很是放心,关心他是不是受了伤。

他面不改色地说谎:"没有,可能是有点累,肌肉有点酸痛,去喷点药就好。"

"行,你去吧,我跟第一节晚自习的老师打声招呼,你要是有事一定要跟我说啊。"

"好,谢谢老师。"

"行了,去吧。"

得了班主任的应允,他几乎是等不了一秒钟地就转身跑出篮球场。

班上的人看到他离开,不明就里地问:"班长去哪儿啊?"

"他去趟医务室。"班主任继续组织大家收拾东西,"你们几个男生把没喝完的水搬回去,别一个个闲着。"

篮球场在身后越来越远,热闹也离得越来越远。

这个时间点已经快要上晚自习了,穿过篮球场前面的小路后,几乎看不到什么经过的学生,四周静得能听到他还没有平静的呼吸,短促而焦急。

踏进那条狭窄有青苔的路,随着他放慢放轻的脚步,老旧实验楼后几乎被废弃的洗手池也渐渐出现在了视野。实验楼挡住了所有的阳光,不管外面多么温暖晴朗,这里永远是阴冷的、潮湿的。

青苔布满了边角,水流滴滴答答,寂静的空气里,只有他被放大的呼吸,急促而不安。

他果然在这里找到了于诗遥,她坐在路边的石头上,抱住屈起的腿。听到了脚步声,她也没有抬头看,依然空洞麻木地望着前方。

他的手指仿佛牵扯着心脏,难受得僵硬紧绷。

他很轻地走到她的身前,蹲了下来。

他缓缓伸出手,小心翼翼地、很轻地握住了她抱着膝盖的一截指尖。

从他手指传来的温度似乎终于惊醒了她,她微微抬起头看了过来,四目相对的一刻,看到她眼底有自己的倒影,他才感觉到没有那么紧绷,心脏收缩的痛却仍然还在。

他用很轻的声音:"是我,付峤礼。"

"我在。"

住在这样一座遛个弯打听几圈就能认识一个人的小城市里是什么样的感觉呢?

会从身边无数人嘴里听到无数其他人的名字,也会听到自己的名字,一点风吹草动,流言就会像苍蝇闻着腥味儿一样四窜,没人在意是真是假。

穿着稍微短一点的裙子,或者染个颜色鲜亮一点的头发,从街上走过就会招惹无数目光,有惊艳,但更多的是复杂,风言风语会从一张张嘴中传成真的。

女孩子漂亮一点,一定是有坏心思的。

被人缠上,一定是本身就不检点。

为什么别人没有这样的传闻,只有你被这么多人说?说你的人都是你的同学,他们难道不清楚你是什么样的人吗?一定是你本身就坏,你要是自己没有问题,谁会说你?

规矩、保守、安分,好像才应该是这座牢笼里的规则。

如果你偏要鲜活得格格不入,自会有大把大把的流言磨断你的骨头,直到把你规训成和所有人一样腐烂的淤泥,看着你低头、求饶,变得和他们一样平庸。

曾经于诗遥有着家里的庇护,可以抵挡那些腐烂的恶意,但是随着大树倒下，那些早就堆积的恶毒，排山倒海一般覆过来，她生活中的每个人都迫不及待地想要看那张曾经只能仰望的脸向他们求饶。

看她哭泣，看她流血，看她崩溃，看她狼狈不堪，然后手舞足蹈地向更多人大肆渲染，这是她坏事做尽的报应，兴奋地欣赏着她被越来越多的人诋毁。

她能做的是什么呢——

只有强撑着自己的头颅，绝对不能低下，绝对不能让他们得逞。

要笑，要笑得好看，要笑得满不在乎，要笑得和从前一模一样。

她反反复复地告诉自己不要在乎，不要去看，不要去听，迟早有一天她能够离开这座城市，去一个可以容得下很多灵魂的地方，好好生活。

可是，语言的刺，真的不会令人痛吗？

即使是刀割般细小的伤口，一次又一次，密密麻麻的，也会有遍体鳞伤的一天。

从娇生惯养到落魄，不习惯的到底是身体上的不适应，还是心理上的折磨？

那一年她刚满十五岁。

第一次崩溃是初三那年，就像今天在教室里一样，浑身的血液逆流，身体不受控制地颤抖，脸颊因为紧绷而变得充血狰狞，眼睛也透着猩红，如同一座随时会爆发的火山，想要摧毁一切，想把面前的所有人都撕碎。

那天救了她的是爸爸打来的电话。

那时候她已经放学，爸爸给她打了个电话问她什么时候出校门，他和妈妈刚好从医院做完检查回来，顺路与她一起回家。她那丧心病狂的状态在接到爸爸的电话时暂停，血液仿佛冷却下来，大脑因为蓦然停下的疯狂而嗡嗡直响，像电影里爆炸后静音的耳鸣。

冷静下来以后，她回想刚才的状态，连自己都后怕。

她好像做得出来任何事。

从那以后，她开始强制自己戒掉了手机，不再使用以前的号码，不再去回想以前的事。

断绝了一切的往来，不再去接触以前的一切，把自己隔绝开来，让自己慢慢冷静，像正常人一样继续生活。

初三结束的那个暑假,她在别人的视野里消失了很久,没有人知道她去了哪儿。那些学校的贴吧和"表白墙"里仍然乐此不疲地发布关于她的爆料,即使是最简单的一句分享日常,也会被扭曲成恶毒,没了当事人,乐子少了许多,所以他们想要逼她露面。

而她在那个夏天搬进了梧桐巷,她第一次见到了付峤礼。

巷子里因为常年采光差而有一股霉味儿,每天各家各户都有吵不完的架,锅碗瓢盆摔摔打打。

生活的落魄遮掩了心里的痛,她遮掩得很好,没人察觉。

所有人都问她习惯这里的生活吗,只有一个人,看她的眼睛时,仿佛穿过了瞳孔看到了她遍体鳞伤的灵魂。

那是她第一次不敢直视一个人的眼睛。

可是这个人说会永远站在她这边,不管别人说什么,都永远只相信她。

她告诉自己,这是最后一次相信一个人,如果信错了也无所谓,反正都要离开的。

可是心底的声音,真的只是如此吗?

开学以后,她换了新的手机,注册了新的社交账号,每天都告诉自己,只需要再熬过三年的高中,她就可以彻底离开这座城市。

唯一的,让她留下了与这座城市有牵连的,是新的通讯列表里除了爸爸、妈妈的第三个人。

只有这一个人。

那个疯狂的状态冷却以后,她想来的地方,居然是这个阳光很难照进来,布满青苔的废旧洗手池。

那场轰动又热闹的胜利,即使是在角落里也听见了,盛大的落幕里,听得清清楚楚谁是获胜者。

可是这个万众瞩目的获胜者,带着一身的焦急跑到了这里。

她从膝盖里抬起头,看向了面前的付峤礼,他的面孔是偏冷的,即使是笑也是很浅的弧度,旁人很少从他的脸上看到夸张的表情。可他现在看她的眼神,担心和心疼都快要溢出来了,不需要猜测解读就可以看出他的心情。

他的指尖很热,对比她冷静后如坠冰窖般的体温,他的热像是她遇见他时，那个高温热烈的夏天。

她偏过了头，避开了付峤礼注视她的视线。

"你怎么会来这里？"她开口时才发现自己的声音哑得近乎失声。

"我想找到你，先来了这里，我运气好，一来就看到了你。"他回答的时候，眼睛一直看着她，又温柔又急切，话语还不忘带上一些玩笑的成分，想让她心情放松一点。

她不想再看到他这样，她再次把脸埋回了膝盖里。

寂静潮湿的角落，他还没有完全平息下来的急促呼吸声那么真实，像全世界仅剩的真实。

"付峤礼。"好半晌，她试着开口叫他的名字，他凝神听她的下文，而后她说道，"你还是……不要跟我走得太近了。"

世界忽然安静下来了，他没有说话。

她没有抬头也知道他现在是什么样子，他一定又在皱眉。

他很听她的话，很少拒绝她，所以他不愿意做的事就会用沉默来代替。

她哑着声音解释："我不想伤害到你。"

他的手指很热，仍然很轻地握着她的指尖，那么轻又那么热，好像是试图向她证明他的存在。

可就是因为已经明白了他有多好，她才会感到不忍心。

"我现在，情绪很不稳定，别看我平时笑得开开心心的，其实每天都要花很多时间让自己冷静。我不说话的时候，不是我喜欢安静，而是我需要让自己起伏的情绪冷静下来，不然我会控制不住自己说很多伤人的话。

"我失控的时候会像疯了一样，我觉得我的身体像是一个装满了毒药的玻璃瓶，很容易被打碎，一旦碎了，毒液和碎玻璃会一起砸向你。我会伤害身边的人。"

她埋着脸始终不敢抬头去看他，说这些的时候，声音哑得很厉害。

这无异于揭开自己最丑陋的一面。

付峤礼握着她的手指，仍然没有放开。

他没有追根究底地去探究她的痛处，他声音很轻地问："叔叔、阿姨知道吗？"

"我不想告诉他们,他们会担心我,会对我愧疚,会自责让我变成这样。而且,我查过,这方面的治疗很麻烦,药都很贵。现在家里能卖的全部卖掉了才能勉强维持爸爸的治疗,爸爸的病真的很需要钱。"
　　说到爸爸,她总会难过,鼻尖和眼眶都酸得厉害。
　　她的声音哑得更厉害了:"我这点问题不算什么,自己忍一忍就过去了,而且我查过,没到很严重的时候是可以靠自己调节的。可是爸爸的病,不治疗真的会死,我不想失去爸爸。我忍受这一切,都是想要爸爸能够好好的,我想要我们一家人都好好的。"
　　水流声滴滴答答,在静下来的角落里被无限放大,像谁的心跳声。
　　僵持了很久,她想抽回自己的指尖。
　　付峤礼用力地握回去,不肯放开。
　　听不到他回应,她再次开口:"以后——"
　　他无比固执地打断了她:"我不要。"
　　半响后,她说道:"我没有你想象中那么好,所以也不值得你对我好。"
　　他不说话,握着她的指尖始终用力地不肯放开。
　　她继续向他解释:"你的好太珍贵了,我不想看到我在你心里的印象碎掉,然后连这点好都失去。"
　　"不会,我说过永远。"
　　"永远是多远?"不等他回答,她继续说道,"看到我不堪又丑陋的时候,真的还会有永远吗?我已经失去了很多人,不相信我也好,害怕被牵连也好,曾经的朋友都已经渐渐远离我。那样的痛,我真的不想再经历了。如果我再失去一次,我恐怕真的会彻底病下去。"
　　她说完,他没有任何回应,可是他的沉默已经将他的反抗说得明明白白。
　　她又试着抽回自己的指尖,却得不到任何一点放松。
　　那股被压抑下的暴躁忽然就涌了上来,她提高音量说道:"你怎么就听不明白呢?付峤礼,不是你不好,是我不好,你能听明白吗?我让你以后别跟着我了,你能听明白吗?"
　　她一通脾气发完,寂静的洗手池将她的歇斯底里放大了数倍,任谁听了都会觉得刺耳伤人。

她后知后觉地意识到自己在对付峤礼做什么，后悔地颤了颤眼睫毛："对不起。"

"我现在，真的很糟糕。"她对自己的失控很懊恼，"我真的不想伤害你。"

她感觉到指尖上的力气渐渐松了，她尝试着动了动，就从付峤礼的手中轻而易举地收回了手指。

真的挣脱的那一刻，说不上来是高兴还是失落。

但她还没有来得及仔细分辨，就已经听到付峤礼说道："是你不明白。如果我让你感到有负担，其实你不用太在意我的感受，把我当作你的影子也好，什么都好，只有你需要，我才会在，不需要的时候我会藏起来。"他的声音停顿，"我不是一定要你的回应。"

水流声滴滴答答。

这个世界仍然是寂静的。

他这样近地蹲在她面前，几乎可以遮挡住她的全部视线，让她只能看到他。

他看着她的时候，眼眸总是很安静。

她微微抬着头看他："就算我是神经病也没关系吗？"

"会好起来的。"他的声音也总是好轻。

"如果好不起来呢？"

"会好起来，我会一直陪着你，我会陪着你好起来。如果……就算真的好不了，我也会永远陪着你。"

她本来想笑，可是露出了一个比哭还难看的表情，眼眶泛酸："你在说什么傻话啊付峤礼。"

他眼眸仍然温和，安静地看着她，向她伸出小指："拉钩。"

"你是小孩吗？"

"现在我才十六岁，我只能给你小孩的承诺。等我能给你更多的时候，我会用成年人的方式。"

眼皮快要支撑不下去，她没法再去看那双安静的眼睛。

好一会儿，她终于控制不住地别开了脸，用那副满不在乎的语气遮掩自己："那就等你长大再说，我才不跟小孩拉钩。"

闻言，他也终于很轻地笑了起来。

他伸手拉着她的胳膊扶她起来:"回教室吧。"

他手掌热得仿佛全是力量,高高的身影也能遮挡住所有会刺向她的光。出去之前,他才放开她的胳膊,说道:"明天下午放学后,我给你发信息,你注意看一下手机。"

她不由得问道:"你要给我发什么?"

远远地,听见教学楼响起了上课的预备铃,这意味着距离晚自习开始还有三分钟了。

来不及问,从这里回教室还挺远的,她在往教学楼赶前,小声威胁他:"晚上问你,不许不说。"

他眉眼浅浅地笑:"好。"

回到教室的时候,于诗遥心情已经平复很多了。

整个年级里跟曾凯攀亲道故的人很多,关于他的事,几乎不用大肆宣传,很快就会有很多人知道。他在放学的时候帮她捡起笔记本,跟她说话的那一段,估计也早就传得有模有样。等她回到教室,看到唐依依打量和嫌恶的目光,就已经猜到了。

但是好在她已经可以装作没看到似的在自己的座位坐下。

晚自习上完,她像往常一样收拾好书包出了教室。

她到公交车站时,付峤礼还没有来。听到付峤礼身边那几个常见的男生的声音时,她闻声回头。

他们赢了比赛,上了一晚上的自习,仍然在兴头上,没走近就能听到他们兴致高昂地谈论,甚至有人提议周末出去庆祝一下:"班长,你可一定要去,你是主力,大功臣,你不去多没意思啊。"

她看到付峤礼在那几个男生中间,他听他们说话的时候眉眼浅浅带笑。

他远远就看到她了,见她回头看过来,视线悄无声息地看向她,眼底的笑迎着夜风更浓了。

他的同学仍很兴奋地说着篮球赛的事,等到车来了,上了车继续说。学校的篮球赛只有高一和高二参加,他们连着两年都拿下了冠军,因为这事他们班上兴奋了一晚上。

旁边都是学校里的人,她不方便跟他说话,于是很自然地拿出手机,给付峤礼发了微信：你明天放学要跟我说什么？

从她拿出手机开始，他就猜到了她是给他发微信，所以他提早就拿着手机等她的消息过来。

他回：等他们下车再说，可以吗？

她又问：他们还有几站下车？

他回：可能三四站吧。

旁边的人见他一直在回手机信息，平常也没见他这样，手机都很少用，连忙问他："班长，你在跟谁聊天啊？"

另一个男生也凑热闹，他在对方视线挪过来之前先一步摁灭了手机，对方什么都没有看到。不过这个举动反倒引起了他们的遐想，一个个拖长腔调地起哄，惹得车里其他人都往这边看。

几个男生一个接一个地问是不是有什么情况，于诗遥站在付峤礼附近，也装作是那些好事的人转头看着他。

他感觉得到她的目光，原本还不为所动，此刻变得紧张起来，他的表情很淡，但是相处久了，熟悉他的人很容易看出他细微的紧绷。

她一直盯着他看，甚至能看到他的视线几次差点控制不住地朝她的方向转过来，很快又克制地收了回去，他抓着栏杆的手臂都绷紧了。

她浅浅抿着唇偷笑。

他估计也看到了，僵硬得更不自然了。

等到那群哄闹的同学陆陆续续下了车，车里的人都下得差不多了。等到最后一个同校生下了车，车门一关，她直接挪过去坐在了付峤礼的旁边。

她很少这样明目张胆地靠近他，他大概是没料到，整个人有一瞬没有反应过来的茫然。

她坐下后朝他弯了一个笑，他才慢半拍地反应过来。她没有下一步举动，他也拘谨得不敢轻举妄动，颇有种任她宰割的乖。

远没有下午说那些话时的固执。

原本想知道他明天下午要给自己发什么消息，可是经过刚才他的同学那样一闹，她忽然心情很好地问他："问一点你的私事。"

这次是他坐在靠窗的位置，她侧身看着他，颇有种把他堵在里面，不好好说就不放他走的架势。

书包已经被他拿下来抱在腿上，他的手放在书包上，细长的手指被黑色的书包衬得很白，白得像第一次见他那天，雨水潮湿，他白皙的手从地上帮她搬起箱子，泥沙沾染在他的手上，清冷得让人想冒犯。

尤其是他现在大概猜到了她要问他一些什么样的问题，安静的模样就差把准备好被她欺负写在脸上了。

"追着你跑的女生多吗？"

她第一个问题就问得很直白，直白得让他不知道怎么回答。

她又接着问第二个："那给你送信的女生多吗？"

他不说话。

"这个也为难啊？那有人跟你表达心意吗，这个总说得出来吧？"

他终于"嗯"了一声。

"你朋友他们也这样起哄吗？"

她凑近一些："干吗又不说话？"

"有时候看到了会。"

"那你也会不好意思吗？"

他又一次不说话了，确切来说，从头到尾他都只回答了两次。

车窗外的霓虹又一次无声地从他的轮廓划过，晃过他的眼睛时，像隐隐燃烧的焰火，灼灼滚烫，迷人眼。她感觉到自己的心跳忽然间加快，可是这次她没有挪开与他对视的眼睛，任由胸腔里的跳动不停，看着那双同样也在看她的眼睛。

直到那一段火树银花闪过，他的轮廓又暗了下去，那迷人眼的霓虹也从他的眼底暗了下去。

晦暗里，她仍然能感受到自己剧烈不停的心跳，还有他看向自己时，永远专注的目光。

他终于开口，声音轻得像不忍打破夜色："你明明，全部知道。"

他说这话的时候，仍然在看着她。

而后又安静了下来。

外面夜色匆匆而过，五光十色，迷乱了人的心。

她不再逗他了，坐正回来，说回正事："你明天下午要给我发什么信息？"

"明天是星期六。"

"所以呢？"

"晚上，我们出去玩吧？"

她怔了一下，转头问他："你周六晚上不是都要在教室里学习到晚自习结束才回家吗？"

"嗯。"

"明天晚上不学了？"

"嗯。"

"为什么啊？"

他一时没说话的这一秒，她笑嘻嘻地问："怕我心情不好？"

他还是很轻地"嗯"一声，又感觉到了那种触动的心跳，夜风微凉，她好像又能听到洗手池那滴滴答答的水流声。他看她的目光那么安静，可是不肯放的指尖无比固执。

他继续说道："刚放学的车上人太多了，路上也很挤，我们稍微晚一点出校门，到时候我给你发信息。"

她没拒绝，笑着答应他："好啊。"

"你有什么特别喜欢吃的吗？"

"先去吃晚饭？"

"嗯。"

她想了想，以前她对吃吃喝喝很讲究，基本上都是爸爸、妈妈订好的高档餐厅。不过她从小在南苔市长大，对南苔市哪里热闹很是了解。只思考了几秒钟，她便说道："文和街吧，那边热闹。"

"好。"

"我记得我们学校有个前几届的学长，现在当明星拍戏去了，他家开的火锅店就在文和街。他演的电视剧我还看过，确实长得好看，可惜现在还没火，不过我觉得他火应该是迟早的事。"

"好，我查一下。"他打开手机，正要搜索，却感觉到她靠近过来的一点影子，他转头问道，"怎么了？"

她正在看他，笑嘻嘻地说道："你也挺好看的，你要不要也去当明星，肯定大红大紫。"

他没说话。

"算了，你这种脑子当明星屈才了，你应该去做造福人类的事。"

"没有那么夸张。"

"付峤礼,你有梦想吗?你以后想做什么?"她忽然问。

她问得很随意,像是一句闲聊。

他反问道:"你呢?"

她又坐了回去,懒洋洋地靠着椅子,视线落在车顶,许久后闲聊似的说道:"流浪吧。

"去很多很多地方,遇到感兴趣的城市就短暂住下来,找个包吃包住的工作维持生存,刷盘子、当服务员都行,睡大通铺也行。不想干了随时都能辞职走人,再换下一个城市,直到找到一个让我想要定居下来的地方。"

说这些的时候,她脸上的表情渐渐生动鲜活起来,好像真的在描绘一种很向往的生活。

最后,她似乎是觉得自己这个主意很不错,笑嘻嘻地说:"有那么多城市,总能有一个让我想留下来的地方吧。"

他静静看着她的侧脸,直到手机屏幕的光自动熄灭下去。

她说得兴致勃勃,得不到他的捧场,觉得无趣地用胳膊肘捅了捅他:"怎么不说话?"

他没有回应她,敛下了视线,重新翻开手机,递向她:"找到你说的那家火锅店了,就吃这个吗?"

她果然被火锅店吸引了目光,顺手在他的手机上点了几下,确认道:"是这个,就它了。"

"好。"

星期六放学,于诗遥在教室里不紧不慢地写着老师随堂布置的周末作业,手机开了机,等着付峤礼的信息。

她现在也像付峤礼一样留在教室里上自习,到了晚自习结束的时间跟他一起回家。

普通班里大多数是跟她一样成绩平平,放在全年级都排名靠后垫底的学生。起初,同班的人看到她放了学也不走,还坐在教室里翻着书,个个都觉得新鲜得不行,在小圈子里说上好几圈。这事也被放到学校的"表白墙"上说过,许多人都在等着看她假清高的笑话。

甚至认出她的人在见到她的时候还会冷嘲热讽几句"大学霸",笑着问"今天又在努力学习啊"。

就像此时此刻,几个女生从她的桌子旁边走过时,笑嘻嘻地说:"我们可不像人家还要在这里学习。"

她维持冷静的时候,能像以前一样,虽然心里仍然会有不舒服的刺痛感。

她连眼皮都没有抬一下,丝毫没有分心地做着作业。

今晚约了出去玩,没等到值日生打扫完,付峤礼就给她发了信息,一个定位点,在马路对面的公交车站。

她收拾好东西准备离开教室,此时正在打扫教室的几个男生注意到了,丝毫不掩饰地讨论她:"今天不装好学生了。"

"我就说啊,要学习在哪儿不是学习,非得在教室里装模作样,迟早翻车。"

"就是装给大家看的,私底下比谁都乱来得多。"

她面不改色地装完了书本,拽出书包,出了教室,那群男生胡说八道的声音随着她出了教室门就不再听得见。

付峤礼给她发了信息:我已经到了,我在这里等你。

她一边走一边回他:我也出教室了。

迎面撞上刻意停下脚步挡住她的人,她正要说句抱歉,抬头正对上许琪笑靥如花的脸,她语气亲切地关心道:"诗遥,今天怎么这么早就放学了?"

旁边好多认识于诗遥的人都看好戏似的朝她看过来。

她平静地言简意赅:"家里有事。"

"噢,这样呀。"许琪仍然笑得贴心,"我还以为——你坚持不下去了呢。"

这句话一说出来,旁边的人都"哧哧"笑了起来。

一个高挑的熟面孔走过来搭着许琪的肩,同样关切道:"坚持不下去也正常嘛,咱们公主哪里需要吃这种苦,随随便便混个学历就行了,反正一辈子衣食无忧。"

旁边的人也笑吟吟地说道:"是啊,谁不知道我们公主家大业大,多少人上赶着捧在手心里呢。"

等她们你一言我一语地刻薄完,许琪又装作好姐妹的样子让她们别说了:"你们别再胡说了,你们都忘记了吗,诗遥家里现在出了点状况,已经大不如前了,你们这样说不是在戳她的痛处吗?"说完,她还不忘体贴道,"诗遥,你别听她们的,现在你变得这么落魄,当然要好好学习,将来考个好大学,也许还能有出路呢。"

那双精美得像宝石般漂亮的眼睛盯着她,将自己的善意和体贴伪装得淋漓尽致。

用最漂亮的笑容,在她最痛的地方扎下刀子,然后细致地盯着她的一举一动,想要看到她痛苦求饶,像围观畸形演出里的动物,以看到动物痛苦哀嚎为乐。

她点头,露出一个从前在她们面前,她们最熟悉的小孔雀般自信的笑容:"你说得对,不然以后小孩都只能给人当私生女。"

还没有等于诗遥说完,许琪就已经变了脸色,她气得狰狞,那好姐妹的戏码再也演不下去,抓狂着要伸手打于诗遥。

她轻轻松松就捏住了许琪扬过来的手,仍然弯着那小孔雀般的笑:"怎么了?我的好姐妹,从初中到现在不是你最关心我了吗?刚刚她们嘲笑我的时候,你还帮我说话呢,怎么这就要打人了?"

许琪已经气到控制不住自己,越是拦着她越是气不过,开始不管不顾地破口大骂,走廊里路过的同学都能听到她疯了似的咒骂。

正是放学检查卫生的时候,老师很快听到动静,大声朝他们这边道:"你们在那里闹什么!"

几个女生害怕事情闹大,连忙拉着许琪劝她冷静点。

但于诗遥的话正戳中许琪最大的痛处,她的出身是她从小到大的痛处,现在的她完全维持不了理智,仍然狠狠瞪着于诗遥,不断挣脱阻拦,恨不得把于诗遥撕烂。

"刀子扎回自己身上怎么就知道疼了,我只是说个事实就让你受不了了,你胡说八道的时候有想过别人的痛苦吗?"

"你们还帮着她啊,知道她以前怎么在我面前说你们的吗?"她看向两个在拉许琪的女生,添了一把火,"说你人丑多作怪,要不是嘴甜会说话才懒得搭理你,除了讨好别人没有一点用。至于你呢,说你腿粗得像两根石柱子,也好意思穿这么短的裙子。"

两个女生都变了脸色，旁边其他在场的同学都眼神复杂地看向许琪，小声说着："她怎么是这样的人啊，平时天天跟她们两个一起玩，背后说得这么难听……"

"对啊，她的嘴怎么这么臭啊？大家都是同学，怎么能说出这么难听的话。"

许琪终于在这样怪异的气氛里冷静下来了，看着周围复杂的目光，忽然无措得浑身发凉，一时间连否认都忘记了。

看见于诗遥唇角牵着笑地看着她，被揭穿后的冰凉瞬间变成恼羞成怒，恨恨地指着她："你居然、居然背刺我！"

这话一说出来，于诗遥刚刚那些话反而落实了，那两个女生也从质疑到相信。

她不紧不慢地回应："这两句话，哪里比得上你的背刺。贴吧和'表白墙'上的诋毁，以为匿名就猜不到是你做的吗？我说的都是你的原话，原封不动，但你造我的谣还少吗？"

许琪又要恼羞成怒地扑上来，但是老师赶来了，立即拉开了她们，然后把几个人全部叫去了办公室。

年级主任挨个问她们的班主任叫什么，然后打电话叫各班班主任过来领人。

班主任来了，几人又挨了一通骂。

几个班主任都在一个大办公室里，要骂一起骂，几个女生哭哭啼啼，于诗遥从头到尾没吭声，只是点头。

从学校出来的时候，天际的黄昏已经谢幕，夜色笼罩下来，放学的高峰期早就已经过去，校门外见不到几个学生，冷冷清清。

灰暗的天色下是沿路亮起来的灯，孤独又沉默地照亮着马路上的车水马龙，无论多少行色匆匆的人走过，它都始终停在那里守候。

到了斑马线前，随着那辆呼啸而过的大货车离开视线，她看到了马路对面的付峤礼。

他还站在约定好等她的公交车站，隔得远，她看不清他的表情，但是看得见他一直站在那里。从她抬头发现他起，他就已经在看着她。

她过完马路，走到他的面前时，已经换上了轻松的表情，仍是那副嬉皮笑脸的样子，说道："路上碰到老师了，作业没做好，被老师

/ 139

拉进去骂了一顿,现在才放我出来。"

他垂着眼睑,挡住了他的眼底,只能从他很轻的声音里听到一点点没有藏好的疼:"老师骂得凶吗?"

"还好,我不怕老师骂。"

"嗯。"

夜风穿过林荫,"沙沙"作乱。

忽然就安静下来了。他的静有一种能看穿一切的感觉,包括此时她在开裂的伤口、流淌的血迹,和碎裂的灵魂。

她率先打破平静,回头去看站牌上的提示:"车子还有几站到啊?"

"两站,快到了,你来得刚好。"

她嬉皮笑脸:"看来我运气挺不错的。"

"嗯。"

他伸手从口袋里摸出巧克力给她:"饿不饿,过去还有好一会儿,你要不要先垫一垫?"

她不客气地拿了过去,剥开包装将巧克力塞进嘴里:"好吃。你身上怎么会有巧克力?"

"刚刚等你的时候买的。"

"谢谢你啊。"

"嗯。"

她这一路上话很多,跟兴奋过头的小朋友一样,从等车的时候惦记着车怎么还没有来,再到上了车后拿出手机提前看菜品,还不忘搜一搜那位前几届的学长。她搜出剧照就递给他看,问他有没有看过,他回答没有,于是她把整个电视剧的剧情从头到尾讲给他听。

她讲得兴致勃勃,还不忘互动,问付峤礼:"你猜那些人的结局怎么着?"

他安静地听着她的每一句喋喋不休,她问,他就顺从地回答:"怎么样?"

"她们坏事做尽,当然是恶有恶报,罪有应得,全部死翘翘了!"她兴致勃勃,胳膊环着前座的靠椅,歪着脑袋,笑嘻嘻地跟他说。

他仍然静静地看着她:"嗯。"

她不满地嘟囔了一下:"反应这么平淡啊。"

"如果真是那样,结局挺不错的。"

夜风从没有关紧的窗户钻了进来,拂开她额边的头发。她任由那些头发在脸颊上乱飞,冰凉的风吹得胳膊都有点僵硬了,可她还是保持着这个动作。

而后,她平静地说:"骗你的,她们好着呢。"

她的发梢在风里凌乱飞舞,时而拂过她的脸颊、耳朵、脖子,可是她的眼睛在一片缭乱里仍然亮得让人揪心。

"她只是在那个镇子上生活过一段时间,那段时间连两集都不到,随着她的离开,那些人的下落也不会再有交代。她们都是镇子上的普通人,也许,结局就像这世上的大多数人一样过完一生吧。"

"不过——"她又挂上那副嬉皮笑脸的表情,"反过来想,只要离开了那个镇子,就再也不会遭遇那些事了,对吧?"

她笑吟吟地歪着脑袋看他,可是这次他的回应只有无声的沉默。

她也不再说话,不再像从校门出来后就喋喋不休的样子。

风仍然在喧嚣,凌乱的发丝在落寞夜色里动荡不停。

很久之后,付峤礼才很轻地"嗯"了一声。他伸出手,拂过那些她脸颊上凌乱的头发,一点一点地将那些逃窜的发丝捋到她的耳后,看着她的面孔又重新回到柔和干净。

他指尖的动作很轻,无可避免地触碰到她的脸,那么轻的触碰,可她还是感觉得到他指尖的温度,那么温热。

她没有动,也没有躲,就这么眼睛亮亮地趴在前座的靠椅上,任由他一点一点将她凌乱的头发整理好。

然后他把窗户推过去关紧,不会再有风吹进来了。

"付峤礼。"

"嗯?"

"你觉得,如果人想要自由自在的,逃到一个没有枷锁的地方去,逃到哪里最合适?"

"我不知道。"

"我想知道。"

"流浪吧。"他认真地看着她说,"像流浪一样生活,遇到感兴

/ 141

趣的城市就住下来，不感兴趣了就离开，直到你找到下一个让你想要留下来的地方。"

这回是她没有回答。

窗外的霓虹亮了，像一场盛大的焰火，在她的头顶绽放，绚烂在她的脸上姹紫嫣红般地盛开，而他始终静静凝望着那双在夜色里闪烁的眼睛。

直到再往前开一段路，车到站了。她那片刻隐隐可见的软弱也不见了，又像今晚见到他时那样兴高采烈地从座位上起来，高高兴兴地催他下车："走啊，饿死了。"

Chapter .06
不会忘记你

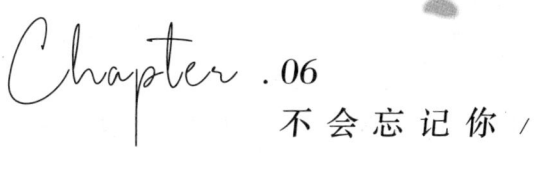

"你跑得太远了,我找不到你。所以我就在最亮的灯下面等你。"

"我要是不回来找你呢?"

"那就一直等。"

文和街位于新老城区的交界处,建在老区,但是规划得很好,多年来已经成为南苔市最热闹的地方。

南苔本地人出去吃喝玩乐,第一个想到的就是文和街,外地的朋友也一定会被推荐去这里逛逛,走上一圈就能够大概了解整个南苔市。

整条街都是人挤人,吃喝玩乐什么都有,灯火辉煌,沿路的热闹仿佛将昼夜替换,忘记时间。

去那家火锅店的路上,有乐队在表演,他们看起来很年轻,唱的歌很小众,听了一会儿也没有听出来是什么歌,但很好听,吸引了很多人围观。

他们也因此唱得开心,跟观众互动起来。有个女生被身边的朋友怂恿着上前,她红着脸鼓起勇气问可不可以一起合唱,主唱和吉他手都很乐意地招呼她一起来。那个女生的朋友在底下更来劲了,围观的群众也嚷得热闹许多。

于诗遥频频探头看了好几眼,但是因为人太多,只能从人影憧憧里依稀看到几个轮廓。

可是她真的饿了,不然想过去看一会儿。

到了火锅店坐下时,她仍然转头朝着靠门的那边,听着远处传过来的歌声,她称赞道:"这个主唱唱歌蛮好听的。"

付峤礼"嗯"了一声。

"希望等会儿我们吃完,他们还在那里。"

"嗯。"

她转着头听外面的乐队唱歌,忽然,一道声音在耳边响起:"两位,点菜?"

听到身边来了人,她连忙转回头,一抬眼,看到一张无比熟悉的脸。她盯着看了一会儿,眼睛一亮,脱口而出:"学长好。"

对方只愣了下,看见他们身上还穿着校服,笑了声:"一中的啊?"

"是的,学长,你怎么在这里?"

"没工作,回来帮忙,顺便赚点零花钱。"他把单子上的桌号填了,给她留在桌上,"你们先选,好了叫我。想吃什么随便点,我给学弟、学妹打折。"

"打折的钱从你零花钱里扣吗?"

他笑了声:"不缺这点零花钱,碰见学弟、学妹打个折还打不起?"

"那就谢谢学长了!"

等学长走后,她拿过单子看了几眼,然后凑近问付峤礼这个吃不吃那个吃不吃,他都很简略地回答了——"嗯"或者"好"。

她停了嘴不问了,也不说话,盯着他看。

感觉到她隐隐的不满,他迟疑了一下,问道:"怎么了?"

她反问:"你怎么了?"

他不说话。

她也不细问了,只问了句"你没有什么忌口的,对吧",听他"嗯"了一声,她就全凭自己的喜好点了。

她勾完,转头问他:"就这样了?"

"好。"

她再次盯着付峤礼看了几秒,后者仍然平静地回视着她。

她回身去找周嘉也在哪儿,然后朝他的方向喊了声"学长"。

身后付峤礼扣住她的手腕,将她拽了回来。他的掌心好热,温度是猝不及防的烫,甚至有几分压抑的霸道。她准备起身却被拽回来坐了下去,还没来得及问他干什么,他已经拿过她手里的单子,从她面前走了出去。

她转头,看着付峤礼的背影穿过热热闹闹的大厅走去找周嘉也,把单子递给了他。

等他再回来,她已经换上了然的目光,隐隐忍着笑,但他从过来到坐下仍然面不改色,甚至还拿过杯子给她倒了杯水。

他把杯子放到她的面前,手正要收回。

她在这个时候开口,含着几分笑意:"学长。"

他的手一顿,但还是若无其事地收了回去,而后拿过第二个杯子给自己倒水,只"嗯"了一声,应得跟平常一样。

她饶有兴趣地撑着下巴问:"这个称呼怎么了?"

他很平淡:"没怎么。"

"那我这样叫别人,你为什么不高兴?"

他不说话。

她再一次笑吟吟地开口:"学长?"

"说句话啊,学长。"难得一次,她不依不饶,他仍然无动于衷。

服务员过来把锅底和火都准备好,她侧身让出空间,干脆趁这个时候去调蘸料。

等到菜品都陆陆续续上来,锅底也热腾腾的可以下锅了。

店里生意正好,服务员忙不过来,最后几个菜品是周嘉也帮忙送过来的,他顺口招呼了句"吃开心点"。

她应声只回了四个字:"好的,谢谢。"

等周嘉也走了,她把省掉的称呼朝着付峤礼说道:"学长。"

他的无动于衷终于维持不住了,热气缭绕里,他轻轻放下了筷子,用很轻的声音说:"你刚刚说话,在笑。"

"当然笑啊,咱们学校出了个明星,还被我这么幸运就碰见了,这事能吹好几天吧?"

"嗯。"

"这么容易不高兴啊?"

"嗯。"

"那你忍忍吧。"

"好。"

她忍不住笑出声来:"你怎么这么乖啊?"

他沉默不语。片刻后,他重新握起筷子,但他抬眸向她看了过来,隔着朦胧的雾气:"我想看到你能这样笑。"

"对别人笑也行?"

"嗯。"他拿过旁边的菜品轻轻放下去,水雾里,他的轮廓那么柔和,"只要你是真正的开心。"

"你不会不高兴了?"

"我没有真正的不高兴,但我希望,你能够真正的快乐。"

他说完这话后很久,沸水翻腾,热气上涌,他用勺子把里面煮好的东西捞进她的碗里,见她安静着,提醒道:"这些都好了。"

她如梦惊醒般,立刻换上嬉皮笑脸:"谢谢学长了。"

他这次依然只"嗯"了一声,但是不敢再去看对方的人是她。

由于他们来得晚,等他们吃完的时候,已经过了店里人流的高峰,只有几桌人还在。那些人喝了酒,酒气上头吼得热闹。

付峤礼在结账,她被里面的热气蒸得有点热,先一步出来等他。

外面微凉的夜风一下子让人清醒,旁边有人跟她打招呼:"吃好了啊?"

她转头,看见靠在门边的周嘉也,他站在灯的另一侧,半隐在晦暗光线里,所以刚刚出来第一眼没能发现他。

但他手里猩红的烟头格外明显,她随口问道:"学长在外面抽烟?"

"这不是怕在里面熏着别人。"

闲聊原本就到这儿,但那刺鼻的味道涌进鼻腔,难受的感觉反而把心底千疮百孔的痛苦都堵满,像是饮鸩止渴、剜肉补疮,她第一次感觉到,自救的快感远远大于痛苦。

她不由得问道:"抽烟是什么感觉?"

昏暗光线里,周嘉也的轮廓模糊许多,那半张隐在夜色里的面孔随着烟灰的掉落,让人感到无边的落寞。

片刻后,只听到他一声低笑:"好好学习,不该学的别学。"

"我成绩现在一般,不过再努努力应该也不错,但我朋友学习很好,非常非常好的那种好。"

"他人也挺好。"

她惊讶一下："你认识他？不能吧？"

"他对你很好。"不等她再多问，他敲了敲烟灰，下巴轻轻抬了抬，示意她身后，"下次再来啊。"

她转回头，付峤礼正从里面出来，刚刚走到她旁边。还没多想别的，她在夜风里闻到了身上散发的火锅味，心里顿时凉了。

"坏了，应该找个靠外面的位置，这一身的味儿，回去你妈肯定知道你没在教室上自习。"

"没关系，篮球赛赢了的庆功宴。"

她愣了一会儿，上下打量了一遍付峤礼，她摇了摇头："看不出来，你连怎么撒谎都想好了。"

"嗯。"

"别'嗯'了，跟我去江边散散味儿。"

她拉着付峤礼就走，嫌他走得不紧不慢，她用力拽着他催他快点。

周末，许多家长带着孩子出来玩，沿江这条路热闹得亮如白昼，许多小商小贩在做着生意，到处都散发着食物的香气。

好几个小孩踩着滑板跌跌撞撞地冲过来，路过的人都纷纷避让。有小孩滑得好，大家会笑着多看几眼。于诗遥是在被付峤礼忽然用力拉到他身边时，才发现旁边有个踩着滑板溜过去的小朋友。这个小朋友滑得不错，一溜烟就窜过去了。

旁边几个同龄的小男孩看到了也跃跃欲试想玩，大人劝道："哪有滑板给你玩，现在去买哪来得及。"

旁边一个大人听到了，指了一个方向："这不用买的，那边有家玩具店，门口支了摊子可以租滑板，几块钱玩一个小时，小孩实在想玩就给他租一个呗。"

那人才说完，家长还没问，小男孩已经跳着不停喊"要玩要玩"。

家长无奈，领着小男孩去了。旁边几个小朋友也嚷着想玩，家长无奈道："你又不会，摔着怎么办？"

于诗遥踮脚看了看店在哪儿，然后拽了拽付峤礼的袖子："我们也去看看。"

直到看到于诗遥向老板问了价和归还手续，准备拿出手机扫码付押金了,付峤礼才怔怔问道:"你要玩这个?"

她飞速地点到了付款页面,顺口回他:"是啊,不然我来干吗?"

"我以为你只是看看——"

他的话才说到一半,收到了付款的老板把几个滑板都摆出来,放到前面的小摊上:"来挑一个吧。"

她蹲低一点,兴致勃勃地在面前一排滑板里挑挑拣拣,然后从里面抱起来一块:"就它了。"她站起来转过身,笑得一脸雀跃,"走吧。"

"……嗯。"

"走啊,还站在这儿,挡住人家老板做生意了。"

走出去好几步,付峤礼见她把滑板放下就要踩上去,有些担忧地问:"你会滑吗?"

"不会。"

他当即就伸手去握她的胳膊,怕她踩上去就摔倒:"那你小心一点。"

"骗你的,我小学时就会了,小时候参加市里组织的比赛我还拿过奖。"她见付峤礼还不放心地握着自己的胳膊,有些好笑地安慰他,"真没事,再说了,大不了就是摔几个跤。"

他的手松开了一些,但是迟疑着仍然没有放下。

她开始叫他名字:"付峤礼?"

"好。"他放下了手,看她的眼睛仍然藏着紧张,"你小心一点。"

"放心吧。"她稳稳地踩了上去,他走在她的旁边看着她,每一步都很谨慎地盯着,随时防止她有什么危险。

但是她踩上滑板以后,一步一步稳稳当当,越来越快,越来越快,快到已经领先了他好长一段距离。

她转了个身,倒退着一边继续向前,一边跟他挥挥手。由于距离拉开得有一点远,她扬着声喊他:"付峤礼——

"我就说我没问题吧,不用担心我。"

他走在逆光的夜色里,她看不清他的脸,但是迎面的夜风让人快乐。她见他没有什么反应,又跟他挥了挥手:"我先去溜一圈了。"

说完,她转过了身,背对着他,乘着迎面而来的风,用更快的速度,越来越远,越来越远。

远到渐渐消失在了拥挤的人潮。

她的身上还穿着一中的校服，宽大的衣摆里灌进了风。路灯将她的背影镀上一层银白，她像是在风里飞的鸟，想要飞出这里的拥挤，去往自由的山林，快快乐乐。

再也不会回到这里。

"看什么呢？"于诗遥找了一圈才找到付峤礼，跟他说话他也没怎么听清，前面的音乐声很大，她凑近到他耳边，提高音量，"付、峤、礼。"

他回神地微微抬起头，神情还有些愣怔。

路灯很亮，橘黄灯光将他的皮肤都笼罩成暖色，他整个人看起来又乖又柔和，眸光闪烁，细细长长的眼睫毛落下浅影，让人一瞬间就心软。

于诗遥看了一眼前面在弹奏敲打的乐队，这会儿声音没有那么大，她又用回正常的音量对他笑道："刚刚找了你一圈，幸好你这里的路灯亮，不然还不知道上哪儿找你。"

他还是没说话。

她用胳膊戳了戳她："怎么了？"

"我故意的。"他声音很轻。

"嗯？"

"我故意，在最亮的地方等你。"

"那你还挺聪明。"

他没应声。

她也累了，干脆在他旁边坐下来歇一会儿，看着面前还在敲敲打打找节奏的乐队，他们渐渐起了节奏，可过了一会儿又乱了。

几次配合都接得不顺利，他们卡在这里很久了，也不是什么很专业的乐队，几个志同道合的音乐爱好者，趁着周末热闹来文和街唱着玩。这会儿人少了，他们没像之前那样追求表演效果，反倒自己开始玩了起来，即兴地弹着。

于诗遥听不下去了，站起来要朝他们走过去："弹吉他那个哥哥，我有个建议，你可以把刚刚那个旋律换成这样。"

与此同时，付峤礼很轻地开口叫了一声她的名字。

他显然是有话要说。

她听见了,脚步暂停一下,回头问他:"你要说什么?"

乐队那几个人正卡在这段的配合上,听到她好像有建议的样子,个个都很热情地催问她怎么改。一群人积极地嚷嚷,她仍然等着付峤礼,最终他摇了摇头,只说道:"你先去吧。"

她上去接过了对方递过来的吉他,调整了一下,而后把他们刚刚一直卡不上配合的那段弹了一下:"你把这里,像这样卡一下,一两个拍子都可以,层次感会更强一点,鼓手的节奏也会好跟进来。"

她还没说完,示范着把旋律弹出来的时候,他们就已经恍然大悟地露出惊喜的表情。

她顺着把刚刚听到的都弹了下来,鼓手也找到节奏,配合得很顺利,主唱也和着节奏开始唱。

这一段即兴配合,效果居然还不错,周围许多还在散步的人又朝这边看了过来。原本的吉他手乐得清闲,到旁边拿了瓶水,还调节气氛地在旁边吹口哨起哄。

这首唱完,非常的顺利,乐队几个人都为这次的成功配合小小地欢呼了一下。

主唱夸赞道:"妹妹厉害啊!学过?"

"以前学的,什么都学了点。"她征求意见,"想借你设备唱首歌行吗?"

"当然可以,我们都是趁周末出来随便玩玩。妹妹长得好看,音乐也不错,想借当然得借啊。"

那一晚,她就像回到了从前,一切都还没有腐烂,每一张面孔都是发自内心地笑着,她也是快乐的,可以说任何话,对任何一个人笑,不用心惊胆战地谨防对方在靠近时用刀刺进她的后背。

那个时候,风和光都可以很长。

但是,她的时间永远停在了一年前的夏天,蝉鸣声在那一年戛然而止了。

为什么要说夏天是热烈的、灿烂的,她分明在高温里腐烂着,走向枯萎。

她弹起了旋律,在夜晚的风里,音乐随风飘向了很远的地方,哄闹的人群渐渐静了下来，听着她孤独又向往的歌。

她好像，挣扎着快要逃出这片沼泽的鸟。

回家的路上，下了公交车，那段通往梧桐巷的路将虚幻的梦全部打碎揉回了现实。

于诗遥闻着身上的味道："好像没有那么浓的火锅味儿了，回家就把衣服换了，应该瞒得过去。"

而付峤礼脑海中仍然是她抱着吉他，眉眼鲜活又温柔地唱着歌的画面。

橘黄的灯光将原本的颜色覆盖，少女的皮肤和长发，都好像栩栩如生的油画，再赋予她一点生命，她就会彻底飞走。

那首孤独的旋律由她唱出来是那么的自由，而注视着那幅画的人，在人群里被遗忘。

"对了，你那个时候，要跟我说什么来着？"她忽然扭头问。

梧桐巷里光线暗淡，巷子又窄又潮湿，空气里是一股常年光照不足的霉味儿。

她看着他，眼神跟平常每一次叫他名字的时候一样，仿佛那一张栩栩如生的画卷已经是一场虚幻的梦境。

她戳了戳他："怎么不说话？"

静了一会儿后，他声音很轻地回："我忘了。"

结果换来于诗遥一声"喊"："我给过你机会了啊，事后别说我欺负你，不让你说话。"

她说完就转过头，前面是向上的楼梯，她一步跳上台阶，又跳一步，今晚心情好，上个台阶都觉得好玩。

她站稳，正要再跳一级，身后付峤礼拉住她的手腕。

她怔了一下，回头。

付峤礼停在台阶前，微微仰头看着她的眼睛，冷清晦暗的灯光落在他的脸上，看起来无端落寞。

心跳仿佛停止的这一瞬，她突然想起来，她还了滑板后在长椅上找到付峤礼的时候，他也是这样的神情，柔软得让人心颤。

"于诗遥，"他声音好轻，看着她的目光也好寂静，头顶的月亮快要碎了,"你能不能,慢一点忘记我?"

她眨了眨眼,好一会儿,没听懂似的笑了出来:"你在说什么啊?"

他忽然放开了她的手。

"没什么。"走上那两级台阶,他到了她的身边,然后继续往上走,语气已经平淡如常,"那个时候我就是想说,你带我去江边散散味道,结果自己去玩滑板了,把我一个人丢在那里。"

她突然觉得不好意思起来,一边跟上他,一边道歉:"对不起啊,好像真把你忘了。不过,你就不知道自己来找我吗?"

"你跑得太远了,我找不到你。"

"所以你就在最亮的灯下面等我?"

"嗯。"

"我要是不回来找你呢?"

"那就一直等。"

好一会儿,她撑不住了,微微偏过头,借着夜色模糊了自己的表情,从喉咙里挤出一声笑,笑嘻嘻地说:"对不起嘛,确实让你坐在那里等了我好久。不过,我也不是故意的,我当然要回来找你啊,总不能把你一个人丢在那里吧。"

"嗯。"

"别难过,我这不是回来找你了。"

"嗯。"

她像开玩笑似的将这个话题敷衍过去,到家后,跟他像往常一样说"拜拜"。

停在家门口,胸口沉闷,她静了好一会儿才开门,扯着笑大声喊着"爸爸、妈妈,我回来了"。

而那晚她抱着吉他在橘色的灯光下唱的歌,直到很多年后,付峤礼都还清晰记得。

她唱完那首歌,孤独却自由的旋律停下,在场的人如梦初醒般从曲调中抽回神,然后鼓掌欢呼。周围几乎都是同龄段的年轻人,拥挤在鱼缸一般的小城市里,怀揣着心事各异的痛。

有人率先高喊了一句:"我们的梦想都会实现!"

"全部实现!"

"挫折全部一边去吧,我一定会成功——"
"要快乐!"
"要发财!"
"要找到女朋友!"

江边的夜风吹向了远方,她也混在其中,朝着绵绵不绝的江水喊道:"我要逃离这里,飞往更远的地方!"

那时候他静静坐在灯下的长椅上,看着她又笑又跳的快乐模样。吉他明明已经停了,可那首她刚刚唱完的歌,仍然在耳边哼唱着——

    生命终会是一场告别,盛开的也会熄灭。
    时间它会带我走远,到另一个世界。
    我在旷野等一朵花谢,等风翻过下一页。
    我终将会不辞而别,将生命重写。

高一那一年,于诗遥发生了两件事。

一件事是上学期期末考试,她考了全班第一。

她所在的是成绩最差的普通班,放眼全年级的排名,她仍然处在中下游,但这样的进步让所有人大跌眼镜,老师看她的眼神都带上了赞许,那些冷嘲热讽的声音暂时消停了许多。

爸爸、妈妈对这个结果很意外,看到成绩时热泪盈眶,语无伦次,感念着她长大了。

说到激动处,爸爸眼眶含着泪说:"以后就算诗诗一个人生活,爸爸也放心了。"

她觉得怪怪的,说:"我怎么会一个人生活,我们一家人不是在一起吗?"

妈妈暗自碰了碰爸爸的手肘,而后笑骂道:"就是啊,你爸真不会说话。"

爸爸也反应了过来似的应了声。

可后来在一个个端倪里,她终于明白了这半年来一次又一次让她觉得不对劲的地方。

送爸爸去医院的深夜,路上已经寂静得不见多少行人,爸爸因为

/ 153

隐隐复发的病痛而面露痛苦。眼看着没法再瞒住她,他不再遮掩,将这段时间自己的身体情况都告诉了于诗遥。

这晚,夜色浓重,灯如鬼魅,更像是地狱的鬼在沿路索魂。

她的眼泪控制不住地往下流,爸爸拍拍她的手,隐忍着痛苦的声音安慰她:"没事,你妈妈这半年一直在陪我检查,各项指标都还在可控范围内,爸爸很积极地在配合治疗,不要太担心。"

那时候为了防止还被隐瞒什么事情,她把检查的单子全看了,相信了爸爸说的情况在好转,她仍然相信明天会变好。

命运是苦的,可是并没有到绝路。

只是,她不稳定的情绪起伏,豁口似乎被撕开得更大了。她开始越来越频繁地暴躁易怒,每天要用更多安静的时间让自己平静。也许是因为太焦虑爸爸的病情,她的失眠渐渐严重,从以前的难以入睡到如今的彻夜难眠。

搬到梧桐巷后,她本就还没有彻底习惯这里嘈杂的环境,巷子里挨家挨户的吵闹杂音像是没有隔音一般穿过了墙和耳膜,在她的脑海里无比清晰地放大。

夫妻吵架,小孩哭声,锅碗瓢盆摔摔打打,沿街大排档的酒瓶碰撞,小摊小贩吆喝的喇叭。这一切本该被夜色过滤一遍的声音,全部钻进她的耳朵,在她的大脑里拥挤成一团,快要爆炸。

她闭着眼睛硬躺了一夜又一夜,从天黑到天亮。

听到闹钟响的那一刻,失眠一整夜的焦躁感达到了顶点,她发狠地将枕头朝着墙壁狠狠砸过去,胸口起伏不定,大口大口地喘着气,像是失控的病人。

而她最后的一点清醒和理智,是用枕头发泄失控的情绪。

因为柔软的枕头不会发出声音惊扰到爸爸、妈妈,也不会砸坏任何东西。

她起床洗漱,顶着快要爆炸的精神负荷去上学,在这样的自我控制下,让自己仍然能够像正常人一样生活。

"你睡一会儿吧,到了站我会叫你。"上车后,付峤礼在她的身边坐了下来,把车窗帘拉过来一截。

她没有避讳地坐在他身边,靠着窗闭上了眼,在起起伏伏里闭目养神。

疲惫和焦躁让她的身体不堪重负,无暇顾及同龄人之间的中伤,除了在学校仍然避讳跟付峤礼看上去很熟稔,与之必要的沟通和交流时,她已经不再花精力去刻意掩饰。

不过,高二在另一栋教学楼,除了每天上下学在公交车上的时候,也没有其他碰面的机会。

付峤礼身边的朋友和同学有所察觉,问他旁边的女生是谁,怎么在年级里没见过。

他从不会惹她心烦,每次都只说是住在同一个小区,回家顺路久了就认识。

没有人觉得这理由不合适,因此也没有人多嘴问她叫什么名字。那个时候,于诗遥的名字和付峤礼放在一起,仍然是大多数人想象不到的联系。

那一年,于诗遥的十六岁生日是在医院里度过的。

爸爸腰痛得越来越频繁,可是医院里检查的结果又一切正常,痛得最厉害的时候,他被安排住院观察。

晚上放学后,她照常去医院,付峤礼送她上了车才离开。

陪着她等车的时间里,他亲眼看着她把一根香蕉吃完,替她把香蕉皮扔掉,见车来了,然后跟她说:"随时可以给我发信息。"

他一边说着,一边往她的衣服口袋里塞了几块小饼干。

这一幕看起来很像是送要出去玩的小朋友出门,口袋里塞的都是小朋友爱吃的零食,怕她在路上嘴馋。

但其实不是。

超负荷的疲惫与担忧让她感觉不到一丝饥饿,她也没有心情吃饭,所以总是一顿接一顿地忘了去进餐。

手机里仅有的三个联系人:爸爸、妈妈、付峤礼。

除了和爸爸、妈妈的联系,付峤礼是唯一一个每天都会雷打不动给她发信息的人,他总会按时给她发信息提醒她要吃饭。他的书包和衣服口袋里随时都能摸出吃的东西,只要看到她,他就会监督着她吃一点东西,有时候是在学校的操场边,有时候是在走廊,随时随地都在帮她尽量补充一点能量。

他从不唠叨多嘴惹她心烦,也不讲篇幅累赘的大道理,每次都是沉默地拉住她,把她拉到人少一点的拐角,把随身带的饼干或者糖剥开递到她的嘴边。

以前于诗遥只是习惯他的沉默,现在却依赖这样的沉默。

太多堆积的嘈杂在她的大脑里"嗡嗡"直响,笑声、喊声、电风扇旋转声、桌椅碰撞声,所有声音都尖锐得要冲破她的身体。

一触即发。

只有付峤礼的身边,好安静。

她可以闭上眼睛安静地睡一会儿,可以安静地看一会儿窗外色彩斑斓的世界。

路人行色匆匆,可是在他的身边,一切景象都像无声播放的默片,世界好安静,连呼吸都会渐渐变得平缓均匀。

那时候,她尚且能够理智地控制自己的躁动,不辜负别人的善意。

半个月后,爸爸再次出院,一家人又回到了梧桐巷拥挤潮湿的小房子里。

她陪着妈妈一起去买了新鲜的鱼。这半年多时间,于诗遥已经熟练地学会了做饭,以前娇生惯养的她现在能够处理鸡鸭鱼,忙活了一大桌子的菜。一家人坐在"吱嘎"作响的老旧饭桌前,在苦难的夹缝里为这一次的平安出院庆祝。

爸爸特意买了她最喜欢喝的果汁,以前冰箱里随时都填得满满的,随手可拿,现在家里的钱都是紧巴巴凑着用,爸爸咬了咬牙,在这样的日子才从货架上拿了容量最小的一瓶。

果汁被倒进杯子里,闻着空气里飘过来的香,有种黄粱一梦的陌生感,从前过往都好像已经是前尘往事了。

爸爸端起杯子跟她碰杯:"我们诗诗又长大了一岁,祝我们诗诗生日快乐,希望新的一岁能够平平安安、快快乐乐。"

她扬着笑嘻嘻的脸,还像从前一样骄纵的口吻:"不希望我成绩再进步一点?"

"对,还有成绩也进步。"爸爸压低声音,当着妈妈的面却故作告状的语气,"那都是你妈要求的,我也是听你妈的,你听听就成。"

妈妈在一旁佯装生气:"老于,我人还在这儿坐着呢。"

在这个充满欢声笑语的夜晚，紧绷了半年多的一家人都短暂地松了口气。她挨个碰了爸爸、妈妈的杯子，说道："你们明年还一起陪我过生日，我当然就快快乐乐了，你们也要平平安安。"

天亮后各自继续朝前生活，早上的天空还灰蒙蒙的，世界好像被罩在一层雾里。车开得很慢，这样的雾天，只能循着安全的轨道谨慎前行。

"到站后我会叫你。"付峤礼在她身边说，像往常每一天一样。

她闭了一会儿眼睛，现在时间还太早，车里静得只能听到轮胎碾过马路的声音。

感觉过去了很久，她再睁开眼睛的时候，他们却仍然在这片老旧的城区中，车在雾天开得慢，还没有走出去。

"付峤礼。"

"嗯。"

"昨天是我生日。"

他朝她看过来："你怎么没有告诉我？"

"忘了，晚上爸爸要买饮料的时候才想起来的。我现在脑子浑浑噩噩的，记性没有以前好，很多事总是忘。"

"公历的生日？"

"嗯。"

"我记住了，明年你的生日我会提前准备生日礼物。"

"不用那么麻烦，你要是真的想送的话，送我一本书好了，我很久没看书了，书店也很久没去了。"

"好。"

下一秒，付峤礼的手掌递到了她的面前，掌心上躺着一罐坚果，他已经把盖子打开了。

她抬眼看了下付峤礼，难得有力气觉得有些好笑："你知道你现在像什么吗？"

"不知道。"

"哆啦A梦。"

"是吗？"

"你掏出来的零食越来越多了。"

"你喜欢吃的东西我会多买点。"

"谢谢你,我能活着,真的多亏了你。"她半夸张地说着玩笑话,拿过了他递过来的坚果。

但是拿出来的第一颗坚果,她转头递到了付峤礼的嘴边。

他明显怔了一下,而后微微张开嘴咬住,她的手收了回去。

他吃完了那颗坚果,转过头看着她。她一颗一颗吃得很慢,是没有精力也没有食欲的那种慢,肉眼可见的憔悴和枯萎。

这半年来看多了她这样吃东西的样子,他很轻地问:"你有告诉叔叔、阿姨吗?"

"没有。"她慢慢嚼着,整个人都没有精神气,"爸爸的病隔三岔五就要住院观察,虽然检查指标一切都正常,但病痛始终没个头。他们总是报喜不报忧,但也看得出他们很煎熬,我不想再给他们增加压力。"

他沉默下去,没有接话。

她只吃了几颗就吃不下去,咀嚼和吞咽都让人好疲惫。她将坚果还给他:"谢谢你,刚刚虽然是开玩笑的,但是我现在能好好活着,确实多亏了你。"

他接了过来,拧好盖子放回了书包。

没有直接把罐子都给她,是因为他知道她不会主动去吃,给了她就会一直被放在抽屉里落灰。

"不过,别担心。"她笑了一下,望着窗外雾蒙蒙的街景,"精神压力人人都有,我现在只是太担心了,等这一切过去,我也会好起来的。"

但是,爸爸的身体并没有像她期望的那样越来越好。

他的腰痛频频发作,住院观察的次数也越来越多了,可是检查的结果又一切正常,连医生都觉得不对劲。在又一次检查后,医生建议他们换个大城市再好好检查一次。

爸爸、妈妈顾及着她还要每天上学,临近期末考试,所以并没有告诉她这件事。

拖到了她考完试放暑假,他们才说要外出几天,去外面的大医院,并且拜托好了付叔叔和杜阿姨，帮忙照顾一下她这几天的三餐。

虽然于诗遥已经会做饭了，但是爸爸、妈妈对她仍然不放心，生怕她照顾不好自己。好像不管什么时候，她在他们的心里始终是千娇万宠的小公主。

他们虽然对她积压的崩溃一无所知，但是误打误撞，现在的她的确没办法照顾好自己。进食就像运动一样让她感到很费精力，如果真的放任她一个人在家，她恐怕每天只会随便一锅炖就勉强应付过去。

到了吃饭的时间，她下楼敲了付峤礼家的门。

来开门的是付峤礼，他鼻尖上还有汗，显然是刚到家没一会儿。他开学就是高三，现在需要进行假期补课，他这个月每天都要去上学。

她微微探头，看了看他身后，小声问他："你爸妈都在家吗？"

他也很小声地回答她："我妈不在。"

"哦……"她没那么紧张了，悄悄放松了一些。

付峤礼显然明白她有点不知道怎么应对他妈妈，再次跟她小声地说道："她这两天忙着在外面跑生意，中午都不回来。"

他妈妈是生意人，泼辣惯了，跟谁说话都扯着尖厉的大嗓门，热情的时候让人招架不住，跟邻居吵架的时候谁都吵不过她。

于诗遥没怎么接触过这样的人，一开始总是被吓一跳，现在习惯了许多，但相处的时候总会比别人紧张一些。

从厨房到客厅传来付叔叔的声音，他探头朝玄关这里问道："是诗遥来了吗？"

"嗯，对。"他应着，侧身给她让开空间，轻声道，"进来吧。"

付叔叔相对就和气许多，一边招呼她多吃点，一边关心地问她学习情况，还安慰她不用太担心爸爸的病，去了医院就一定会治好的。

付峤礼安静地坐在旁边。吃完饭后，他自觉帮忙收拾，进厨房洗碗。付叔叔下午要忙工作，招呼了她一句就回房间午睡了。

她走到厨房门口探头看了一眼付峤礼，他背对着她，在洗水池的水流里熟练地洗着碗。

厨房有点窄，她悄悄走到他的旁边，他也不意外，让了让，方便她站在这里没有那么挤。

她什么话也没有说，只是这样站在他的身边看他洗碗。

/ 159

等他收拾好，把高高的柜门关上，他低头擦着手上的水，做完这一切，她仍然沉默地站在他旁边。

他转过身来，静静地看着她，默不作声地陪着她。

好久后，她才开口问道："补课累吗？"

"还好。"

"哦。"

狭窄的空间，两人近得能听到彼此的呼吸声，水池里的水还在滴滴答答往下，她的身高站在他的面前，刚好能看到他因呼吸而起伏的胸口。

等到水池里的水流尽了，滴滴答答的声音也停了。

付峤礼伸手，很轻地拂过她脸颊边的头发，别到她的耳后。他不小心碰到了她的耳朵，很轻的一下。

"回去休息一下吧，我会给你发信息。"距离太近，他的话轻得像贴在耳边。

她点了下头："好。"

她走出厨房到了玄关，付峤礼在身后给她打开门，手臂从她身侧绕过。狭窄的玄关过道，逼近的距离，鼻息里都是他的气息。

出了他家的门，于诗遥上楼之前，他还站在门里，弯了个笑，朝她挥挥手，用手做了一个打电话的动作在耳边晃了晃。

她终于心情放松了一些地上了楼。

刚到家没多久，手机响动，果然是付峤礼给她发的信息：睡了。

他的信息一向简洁，再往上翻——

醒了。

在等公交车。

到学校了。

放学了。

日复一日。

包括她刚才在去他家之前的几分钟，他也发了消息：下车了。

自期末考试结束，暑假开始，她不能再每天坐在他的身边，拥有那一段路程的安静，他就开始以这样的方式维持着她的习惯，无论她回不回复他的消息，他都日复一日地向她传达着"他还在"的信息。

160 /

他好像知道她的依赖，心甘情愿地做她的药剂，像他曾经说的那样，会陪着她好起来。

那时候她也相信，一定会好起来。

爸爸的病一定会好起来，她也会随之好起来。

那一年的夏天又在湿答答的雨季里度过，梧桐巷里，抬头是各家私拉的晾衣绳，纵横交错，本就狭窄的楼栋之间布满了支出来的栏杆和粗线，像一张密密扣下来的网，要兜住所有命运苦厄的人。

美好的期望，都在爸爸的检查结果出来后结束了。

那个暑假，爸爸、妈妈在医院几番辗转，她每次问结果，他们都只是告诉她还要复查，无论她怎么问都没有一个确切的回答，只让她好好学习，不要为了爸爸的事分心。

虽然妈妈一直念叨着让她好好考个大学，但是她一直都知道，妈妈只是佯装抱怨地数落她几句，妈妈从来都和爸爸一样，只要她平平安安、快快乐乐。

妈妈反复用学习来搪塞她，让她不要分心，不要多问，一切似乎都在给她一个不好的预感。

他们不愿意告诉她真相，看着妈妈苍老的眼角和憔悴的脸色，她也不再步步紧逼，默不作声地做好自己能做的一切，让他们少一点负担。

爸爸、妈妈的午饭，全家的衣服，所有的家务。

从前家里有保姆有阿姨，连想喝水都有阿姨倒好了放到她面前，现在她手脚麻利地做着家务，她被焦躁裹紧，全然没有空余的精力去回望从前。

直到那天她在家里洗杯子时，不慎碎掉的一个玻璃杯砸在脚背上，划开血迹斑斑，鲜血就在眼前蔓延开来，痛感忽然上涌。

从前的她面对这一切会立即大呼小叫，倒不是多么怕疼，只是有人宠着，第一时间是向父母撒娇。可是，此时的她没有知觉似的收拾着碎片，满脑子都是心疼这个杯子，如果要买新的又要花钱。

那一刻，她才忽然明白什么叫前尘往事。

不知道为什么，几道划破的伤口竟然血流不止，当她收拾完了碎片，才看到自己脚背上的血几乎染红整只拖鞋。血淋淋的一幕，从前放在恐怖片里她都不敢多看，可是她现在居然盯着它，觉得有种诡异般的美。

疲惫的灵魂似乎得到了前所未有地舒缓。

就像去年闻到刺鼻的烟味的感觉,那么呛人难受,她感受到的却是解脱。

她就这么站在这里,望着流淌不止的鲜红。

直到付峤礼久久等不到她回信下楼,上楼来叫她。

门打开的一瞬间,付峤礼看到了她宛如在血泊里泡过的脚,还有她的身后,她从厨房走到客厅拖着长长的血痕的脚印,令人触目惊心。

她看到他瞳孔紧缩,才从这诡异的感觉里惊醒,慌忙解释道:"刚刚杯子砸到脚了……止不住血。"

付峤礼没有回应她,下一秒直接拦腰把她抱了起来,几步进来把她放到她家的沙发上。

"药箱呢?"

他开口的声音急促,是于诗遥从来没有听过的厉色。

他对她说话的语气总是很轻,无论她说什么都乖乖听话,从来没有对她用过这样的语气。甚至,他对谁都温和疏淡,几乎没有人听过他这样情绪强烈地说话。

片刻没有听到她的回应,他蹲在她的面前,抬起头急切地又问了一遍:"药箱放在哪里?"

"于诗遥,你回答我。"

他直直地看着她,眉头紧皱,眼里的急切让人看了心惊肉跳。

她被吓到,下意识就指了柜子:"那里。"

他几乎是下一秒就起身过去,从柜子里找到药箱。

药箱的备货格外齐全,药品很多,几乎都是于诗遥爸爸在吃的药,他来不及仔细分辨,把整个箱子都抱了过来。

他重新蹲回她的面前,低着头,仔细又快速地找着可以用来处理伤口的东西。

她坐在沙发上,只能看到他的头顶和高挺的鼻梁。

他一句多余的话都没有说,专注忙于拿药和工具,可是无端就是能感觉到他在生气。

虽然他这个人看起来冷冷清清的,但其实脾气很好,老师同学都喜欢他,街坊邻居也喜欢他。他一身尖子生的傲骨,却随和得没有一丁点儿傲气,做班长也是众望所归、尽职尽责。

可是他现在看起来真的很生气。

她在他面前总是占据上风,欺负他的事没有少做,这一刻却慌得连解释都觉得有点心虚:"付峤礼……"

她试探着开口,怕他不理她。

他抽出棉签,只"嗯"了一声。

"我只是被杯子砸到了,不是故意的。"

"嗯。"

她的手撑在腿边的沙发上,有些无措地解释着:"你不要不相信……"

"我没有不信。"他握着她的脚踝,在给她涂药前,抬头看向她,"会有点疼。"

"没关系。"

说是这样说,可是棉签真的涂上来的时候,她还是疼得"嘶"了一声,下意识就要后退。

付峤礼用力地握着她的脚,根本不允许她有任何的退缩。他的动作很强势,仿佛他之前好脾气任由她欺负的样子只是他的表象,他骨子里的坚决令她不能有一丝一毫的反抗。

他给她涂完了药,抬头问她的时候,脸色仍然说不上好看:"疼吗?"

她点头,眼眶都要泛泪花了,无声地指控他刚刚的强势很吓人:"疼。"

"流血的时候疼还是涂药的时候疼?"

"都疼。"

"都疼。"他面色不改地放开了她的脚踝,把刚刚用过的棉签、纱布都丢掉,平淡的语气继续说道,"我看你在那里眼睁睁地任由自己流血,还以为你不知道什么是疼。"

他处理完用过的东西,从她面前站起来,径直去洗手。

而她坐在沙发上,回想着他刚刚的那句话。

等到他洗完手回来,把药箱放回原位,回到她的面前,跟她说道:"走了,下去吃饭。"

他看着她包着纱布的脚,问道:"我背你?"

/ 163

她撇开头:"不用。"

他也不强迫,替她拿起家里的钥匙,扶着她的胳膊让她慢慢站起来。

她跛着受伤的脚慢慢地走出门,付峤礼帮她把家里的门锁上。她这个时候指控道:"付峤礼,你刚刚凶我,阴阳怪气地凶我。"

锁上了门,他拉过她的胳膊,把钥匙放到她手上,抬眸时语气理所当然:"下次这样我还凶你。"

她用力地转过头,扶着楼梯的扶手往下走:"那我就不理你了。"

付峤礼跟在她的身后,她下了两级楼梯,也没听到他反驳。楼梯很窄,没法两个人并行,她不知道付峤礼的表情,有些不安地问:"你怎么不说话了?"

"你明知道我最怕什么,你都用它来威胁我了,我还能说什么?"他在身后说。

楼道里很安静,静得能听到他语气里无声的落寞。

她扶着楼梯扶手的手僵硬着,片刻后,她缓缓转过了身,仰头看着身后的付峤礼。他本就比她高很多,站在高一级的台阶上,她只能这样仰望着他。

明明是她在仰望,却是他低下头颅。

"我不会不理你。"她说。

"嗯。"

"我不会忘记你的。"

很久之后,楼道里才听到他很轻的回答:"好。"

在以为一切都好,只需要随着年满十八岁高考结束就可以飞出这座牢笼的那个夜晚,她在江边将那首孤独的歌唱成了自由。

付峤礼听着她的向往,问她,能不能慢一点忘记我。

那时候她以为她迟早要丢下一切飞走,虽然有过犹豫和不忍,可她还是向往着挣脱这里,她笑嘻嘻地装作听不懂他的话。

而这一年的夏天又来了,她终于知道了答案,她再也不能做到忘记。

他叫付峤礼,他曾这样真挚地出现在她的世界。

夏天过去,于诗遥升入高二,搬到了对面的另一栋教学楼,跟高三在同一栋。

据说学校这样安排是为了让大家在高二的时候就提前感受高三的气氛，尽早接受高三的紧迫和压力。

那个闷热得近乎窒息的夏天，唯一的好消息就是开学后重新分了班。

以于诗遥的成绩，虽然在整个年级只能算是中游，但是在之前的普通班里已经是名列前茅，她自然被提升到了成绩更好的班级。

新班级里都是陌生的同学，许多都是从小安分努力读书，初中时成绩就很好的好学生，靠自己的实力考进一中，进了一中之后继续勤勤恳恳地学习，少有几个调皮的也在老师一瞪就收敛的范围。

班级的氛围很好，没有交头接耳聊不完的哄闹声，没有一下课就炸了锅似的大呼小叫，也没有不知天高地厚的萌动和招摇现眼。一下了课，同学们不是抓紧补觉就是抓住老师问题，就连想去小超市里买零食都要问上好几个人，壮了胆子才敢溜出去。

于诗遥在新的班级里交了几个能说话的朋友，不再像高一那样孤立无援。她们知道她以前在普通班，不仅不会露出看不起的表情，还会觉得她能升上来很厉害。

她们的原话是："我听说普通班好多人都不好好学习，每次上楼梯的时候就能听到那边的班级在打闹的声音，在那种环境里真的很难静下心来学习，你能进步这么大，真的很厉害。"

这样纯粹的善意，温柔到让她日渐崩溃的心都要融化。

如果是半年多以前，也许她的病态崩溃会在这样的环境里渐渐好转。

交上几个善良可爱的朋友，在教室里好好读书学习，班会活动的时候不再是孤零零一个人，小组活动、分组讨论，她也不再被排挤在外，她会渐渐地融入这个鲜亮纯粹的青春，然后考个大学，继续过着正常的生活。

但是现在，这一切好像都已经无法再填补心脏上那个被越拉越深的豁口，她的焦躁和疲倦越来越严重，每天只是普通的交际就让她负荷到快要爆炸。

在此之前，她已经很久没有见过爸爸、妈妈了。

整个暑假，他们都在外面的大医院里检查和治疗，只在她临近开学的时候，妈妈短暂地回来了一天，帮她收拾着开学的东西，送她开学，然后又匆匆回到爸爸那边。

其实妈妈回来这一趟并不是非回不可，但是她一个人在家这么久了，他们怕她孤独，怕她觉得自己被父母抛下了，怕她羡慕其他人开学的时候有大人陪同。

不管家里怎样落魄，他们都还是竭尽所能地让她感觉到被宠爱，希望她永远做被他们捧在手心的小公主。

筋疲力尽的不只是她，所以她更不能让他们再为了她担心，她要好好的，让他们看到自己是好好的，在笑，在上学，在快快乐乐。

国庆节放假，她终于能够去一趟爸爸那里。

爸爸、妈妈仍然拿她当宝贝，怕她不敢一人坐车去外地，拜托了付叔叔帮忙送她去车站。

车上载的，还有付峤礼。

国庆期间，他们高三生仍然要补课，假期只有短短两天半，剩下的时间仍然要回学校上课。

她订的票时间早，刚好付叔叔顺路送付峤礼去上学。

她昨晚又是失眠了一夜未睡，头疼到爆炸，眼皮像利刃，身体好像一个短路的电路板，支离破碎地在她的强撑下维持着。

付叔叔人好，在等红灯的时候跟她说着话。但他大抵是知道了什么消息，安慰的话怎么听都有一股让她做好心理准备的味道。也许是她太敏感，总觉得预感并不好，自从爸爸久久地在那边的医院里住院治疗，这样的预感就从来没有消失过。

头痛欲裂的身体，这一刻真的在完全崩溃的临界边缘。

付峤礼的手在这时伸了过来。

他陪她坐在后座，本来就挨得很近，他假装把手放在自己的腿边，离她的手很近。他用手指很轻地碰了碰她的手背，他的指尖很热，落在她冰凉的手背上，像是能够唤起呼吸和心跳的火种。

那一刻，快要爆炸的崩塌平静下来，他的手没有拿开，仍然离她很近很近。

他拿出手机，给她发了信息：再过几个小时就能见到叔叔、阿姨了，开心一点。

看到付峤礼发来的信息,她眼睫毛颤了颤。

对,很快就要见到爸爸、妈妈了,要开心,要让他们放心。

车子先顺路到了学校,付峤礼下车,跟付叔叔说再见,也朝着后座的她挥了挥手。

他像往常一样去上学,但片刻后,在车掉头准备去高铁站时,付峤礼的信息再次发了过来:书包里有坚果,记得每过一会儿就吃几个。

她浑浑噩噩的记忆力很差,总是容易转头就忘。看到付峤礼发的信息,她才想起来,早上出门,趁着付叔叔去车库把车开出来,他把一罐坚果塞进了她的包里,还有一盒牛奶。

车外的风景在倒带,她拉开一点书包的拉链,看着那罐安安静静躺在那里的坚果,不知道为什么,眼眶酸得差点要掉下泪来。

手机又响动了一下,付峤礼又发来消息:你不开心的时候可以告诉我,我会陪着你。

一辆摩托车穿插进来,付叔叔吓了一跳紧急刹车,她在后座猝不及防地向前扑了一下。

没什么大事,付叔叔后怕地开窗骂着"会不会开车"。

清晨的死寂被划破,于诗遥强撑的痛苦再也遮不住,眼泪从酸胀的眼眶大颗大颗地掉了下来,砸在书包上,砸在书包里的坚果罐上。

手机屏幕还亮着,渐渐被泪水模糊的视线已经看不清屏幕上发来的字。

手机再次响动了一下,她低着头在付叔叔从后视镜里看不到的地方,迅速把泪水擦掉,视线恢复了清晰,是爸爸给她发的信息。

一张照片,是他病房窗外好看的朝阳。

"诗诗到车站了吗?爸爸已经醒了。你妈妈刚刚买回了早饭,诗诗也要记得吃早饭。"

然后他又发过来一张,是放在病床旁边的矮桌上的早饭:水煮蛋、牛奶、包子,全部有着医院里的食物该有的样子。

她咬紧下唇,从书包里拿出那罐付峤礼给她的坚果,一颗又一颗地塞进嘴里。眼泪顺着嘴唇流淌进嘴里,每一颗坚果都是又咸又苦,唇齿间只有泪水的味道。

/ 167

等她用力将坚果咽下，擦掉了满脸的泪水，她给爸爸回了信息：当然吃了，不然好几个小时的高铁，路上多饿呀。我出门前给自己煮了一碗面，还加了两个煎蛋。

爸爸很快就回了消息过来，大概是手机一直放在旁边等她的回复：诗诗一个人能吃这么多啊？

于诗遥回：那当然，我可不会亏待自己。爸爸、妈妈也要多吃点，照顾好自己。我现在正在去高铁站的路上，等我上了高铁给你们发信息。

于诗遥在一个陌生的城市度过了那一年的国庆节，每天陪在医院里，送爸爸去检查和缴费，帮爸爸、妈妈买饭。

住院楼里总让人觉得压抑，走廊上坐满了陪床的家属，个个面色凄苦，空气里是弥漫不散的消毒水味和药味，时不时有人痛苦地哀号。

她那个时候失眠已经很严重了，在这样的环境里更是难以入眠，为了不让爸爸担心，她好好维持着自己的状态，闭着眼睛装作熟睡，听着护士们急匆匆的脚步声和病人们在深夜里的痛苦呻吟。

她像活在一场噩梦里，下一个噩梦的主人公就会是她的亲人。

手机里，付峤礼仍然会每天都给她发信息：

出门了。

上车了。

放学了。

晚上提前开班会。

下晚自习了。

到家了。

只是，每一天报备行踪的消息最后，比往常多了一条：我会在。

有一天夜晚，长期积压的痛苦让她忽然干呕，无法控制的生理性干呕，她怕惊醒爸爸，躲到医院的卫生间。

呕到最后，仿佛五脏六腑都要吐出来了，难受得眼泪被逼了出来，浑身发热，筋疲力尽。

衣服口袋里的手机响动，付峤礼给她发了到家后的最后一条信息——我会在。

她确认自己不会再干呕了，才走出卫生间，用还在颤抖的手，拨通了付峤礼的语音电话。她去了走廊尽头的窗户边吹风,冷风吹散了浑身的热,背上出了一层汗,在风里一时干不了。

"怎么了?"

大概是因为她从来没有给他打过电话,他以为她出了什么事,语气有些紧张。

"没有怎么。"她开口才发现自己的声音好虚弱,再次开口时刻意用了点力气,语气轻松一点,问道,"你在复习吗?"

"嗯,刚到家洗完澡,再看一会儿书。"

"你继续复习吧,我不会打扰你,电话这样一直通着,可以吗?"

"好。"

那晚,紧绷的情绪难得放松,只是手机流量也用了很多,最后,手机因为没有电而自动关机了。

她半夜醒来的时候,坐在医院的急诊室。

模模糊糊间,有人在她的面前走来走去,个子很高,清瘦,干净的白色衬衣,她浑浑噩噩地想着,付峤礼在这里做什么,走得她头都晕了。她想叫他别走了,可是她好像还在半梦半醒中,开不了口。

直到那个人从她胳膊下拿出温度计,声音是陌生的:"还在发烧,不过比上半夜低了,三十七度八。"

下一秒,听到妈妈的声音:"医生,要不要再给她挂个水啊?"

"再过几个小时吧,她才挂完没多久。等她醒了,记得让她好好吃饭,好好休息,平时多做点运动,看这体质弱成什么样了,吹了风烧成这样。"

等于诗遥退了烧,妈妈亲自送她回了南苕。

她仍然在失眠,所以爸爸、妈妈半夜在她"睡着"以后的对话,她全听见了。他们觉得这里环境太差了,影响她休息,所以还是让她先回去。

她没有反对,因为在她高烧的那几天,爸爸、妈妈很心疼,还要分神照顾她,人也变得很憔悴。

她好像帮不上什么忙,是他们的累赘。

她是一个没用的人。

只会拖后腿的人。

只会增加烦恼的人。

没用的人。

没用的人。

没用的人。

…………

"别写了。"付峤礼夺过了她的本子，把那一页撕掉。

他撕得很用力，仿佛不是想要撕碎那张纸，而是想要撕碎她心里所有的消极和负面。

可是本子被他夺走以后，她难受得身体像被蚂蚁爬过，手臂开始不停地发抖。她去抢本子："你还给我，付峤礼，你还给我。"

她坐着抢不到，干脆站了起来，像是被上了机械发条一样，身体收到的指令只有抢回本子，疯狂运作，直到报废。

付峤礼把本子丢开很远，她下一秒就要跑过去，然后被付峤礼拽了回来。

他把她拉回来，又伸手将她的另一只手腕也抓住，紧紧地握在面前。他的力气很大，桎梏着她，被他握紧的手腕生疼，没有任何逃脱的可能。

手腕的痛觉让她的冷静有一瞬的回笼，她怔怔看着付峤礼。

他的眼睛很冷，冷静地盯着她，冷静得没有一丝一毫妥协的余地："去医院，我陪你去。"

Chapter .07
后来呢？

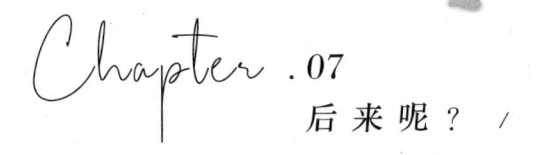

十七岁是由什么组成的？

爱、梦、遗憾、痛苦，还有一个再也不敢把名字念出口的人。

付峤礼有两天半的假期，他跟付叔叔说要跟同学去爬山，一大早就要出发会合，中饭和晚饭都在外面吃，晚上才回来。

然后早早地带着于诗遥去了医院，预约排号。

于诗遥从头到尾都在尝试抵抗，但是无论她说什么，都只能换来付峤礼冷冰冰的一句"不行"，她就这样被他一路拽着从梧桐巷到了医院。

他的瞳孔是冰冷的黑色，像冰凉的玻璃，没有一丝动容。

问诊、检查、等结果、拿药。

所有的过程，他一步也不允许她离开视线，哪怕她威胁他再也不会理他了，他的回答也只是冷冷的一句："好，你可以从现在开始就不理我，一句话也别跟我说。"

"早知道你今天是要带我去医院，我是绝对不会开门的。"

"嗯。"

"你害得我手机都没有提前充好电。"

"嗯。"

她头一次发现付峤礼这个人一点都不好招惹，从前又乖又听话任由她欺负的样子，一点也看不到了。

她真的全程不再跟他说话，除了必要的交流，都以"嗯"和"哦"回复。

两人回到梧桐巷时,夜幕已经降临。

下了车,走进潮湿的梧桐巷里,付峤礼才结束他强硬得像看管一样的陪同,但是他还是不跟她说话。

虽然他平时话也少,安安静静的,但他现在沉默冷硬得让她觉得他好像真的打算不理她了。

她先一步走在他的前面,脚步放慢很多也没见他跟上来。

走到了上坡的石梯,她终于忍不住地回了头。

付峤礼就在她的身后,跟她只差一两级台阶的距离,不管她脚步是快是慢,始终与她保持着这样的距离,她回头时正好撞上他的眼睛。

漆黑、寂静,已经不像白天拽着她在医院里那样强硬,好像又回到了以前,是她习惯了的那双眼睛。每一次回头,他都能在身后,像跟在她身后的影子。

但是这样对视了很久,她不说话,他也只是沉默地看着她。

她先一步硬着头皮开了口:"你怎么不说话?"

他静静回望她的眼睛:"你不是再也不理我了吗?"

十月的晚风吹过,冷风带着寒意,她为自己发脾气的时候说的话感到心虚,低下头,歉疚到不敢看他的眼睛。

不过好在他还是理她,问道:"你为什么不想去医院?"

"我讨厌医院。"鼻尖有点酸,她顿了顿,又说道,"而且,我怕我被确诊是精神病,怕医院非要家长陪同,让爸爸、妈妈知道了这件事。"

他的呼吸从胸腔里闷闷地呼出来,像是无奈的叹气。

然后他把手上的药给她:"现在知道你不是了?去之前我查过,也问了认识的人,如果以后你也不想让叔叔、阿姨知道,就自己乖一点吃药。"

她听话地点了头:"嗯。"

她还是低着头,接过了他递来的药。脚下是他们的影子,她的影子在他的笼罩下,交叠在了一起。片刻后,她小声说:"药的钱,我以后会还给你。"

"嗯。"

"我以为你会说不用还。"

"我是想这样说,但你会答应吗?反正用不用你还钱,不是你说了算,答应你一句,动动嘴皮子的事,省得听你跟我犟嘴。"

前面还好,听到最后一句,于诗遥真的想抬头看看眼前的人还是不是她认识的付峤礼。

但她还处于心虚状态,仍然闷着头做鸵鸟,忍受了他的数落。

她问道:"这些钱,你怎么跟叔叔、阿姨要的?"

"我自己的。"

"啊?"她怔了一下,抬头看向他,"你哪儿来的钱?"

"竞赛赢了有奖金。"

"哦。"

她不太懂竞赛的事,学霸的世界对她来说很遥远,不过印象里付峤礼的确经常在比赛中拿奖,学校的光荣榜上总会有他的喜报,尤其是一些大型赛事,校长在周一的升旗仪式上都要亲自在喇叭里讲一讲,让大家鼓掌。

她吸了吸鼻子,被感动到了:"付峤礼,你真好。"

"再也不理我了?"他还在算这茬账。

看得出,这句气话的确很伤他的心。

她立即又心虚地低下头盯着自己的脚尖,小声道:"气话。"

"你说我很讨厌。"

"……也是气话。"

"你说我凭什么管你的事。"

"……对不起。"

他再要开口,她先一步道歉:"我错了,我再也不这样说了,你原谅我这一次吧。"

他再次闷闷地深吸一口气,从胸腔里闷闷地呼出来,听得她不敢抬头。

"走了,回家。"他语气如常,提起脚步走上了那两级他们之间相隔的台阶,到了她的身边,见她还低着头站在那儿,他说道,"怎么不走?"

"哦。"她转过身跟着他上石梯,仍然有点愧疚地小声跟他解释,"我之前跟你说过的,我不想伤害你,我不是故意的,现在很多时候我就

/ 173

是控制不住自己,突然很暴躁,会做一些伤人的事,说很伤人的话。"

"没关系,我不是因为这个生气。我也说过,你会好起来的,就算好不起来,我也会永远陪着你。"他脚步停顿下来,轮廓在路灯下很清晰。她怔怔转过头,他目光牢牢地看着她,"但是以后再有这种事,我也会像今天这样。"

他的语气平静得无波无澜,连表情都没有多余的波动,可是他说的话让人觉得强硬,没有任何一点妥协的余地。

他只要这样说了,就一定会这样做。

这一刻,于诗遥好像才看清,付峤礼只是习惯了让着她,对她收敛起一身棱角,但是一旦触及底线,连她也不能动摇。

她一时怔怔地看着他,不知道该说什么话。

过了一会儿,她避开他的眼睛,小声道:"你不能像今天这样……我今天衣服都没有好好穿,头发也没有梳,你拽着我下楼时,拽得我手疼你也不松手。"

他今天早上敲了门之后,让她换衣服、洗漱出门,她不听,他就威胁她,五分钟后没有穿好,他会直接拉着穿睡衣的她出门。

他当时的眼神不像是假的,她只好匆匆找了件衣服换上。

五分钟一到,她匆匆从房间出来,他在客厅等着,监督着她洗漱,而后拿了钥匙和手机就拉着她下楼。

她指控他的强硬,他没吭声。

她又换了个角度说道:"你以前不是这样对我的,你以前——"

可好欺负了。

她顿了顿,后半句到底是没说出口。

反正,她是有点怨言在的。

但他现在真的油盐不进,她"噼里啪啦"地指控一堆,他一点反应都没有,只执着地看着她:"所以呢,你还要我管吗?"

她很想说句"不要了"气他,可是今天她已经对他说了很多过分的话,当时是焦躁上头,情有可原,但现在她是冷静的,她说不出口。

她只能用冷硬的语气表达自己的不满:"勉强要吧。"

见他重新提起脚步,她看着浓重夜色,又感到抱歉:"对不起啊,浪费了你一天的休息时间,你一共就放两天半假……"

可是他语气如常地说:"在你身边的时间都不是浪费。"

那个时候,她跟在他的旁边,一步一步跳上台阶,难得快乐地玩着踩影子。

这段时间心力交瘁、精疲力竭,好像只有这个夜晚让人觉得风好轻,也好温柔。她一蹦一跳地在前面踩着自己的影子,走了几步,回头看到他还是安静地跟在自己身后。

她转回身,脚步放慢一些,再回头,他跟在身后,还是那么远的距离。

她走回他的面前,命令他:"你先走。"

他不太理解,愣怔的这一秒她已经推着他的背让他走在前面。他倒是又乖乖地任她摆布,只是每走几步就要回头看她。

他频频回头,惹得她忍不住笑,可是笑着笑着,她鼻尖忽然一酸。

她不再捉弄他了,走在他的旁边,问他:"你干吗老是回头?"

他说:"我不习惯你不在我的视线里。"

夜风很凉,从梧桐巷穿堂而过,树丫"沙沙"作响。他的声音在寂静的夜色里好轻:"于诗遥,你要好好的。"

她开始好好吃药,也渐渐感觉到了平静。

那段时间,她久违地可以好好睡觉,尽管很容易因为一点动静就惊醒,但是比起之前的彻夜难眠,她的身体终于能得到一点休息。日常生活中,虽然还是很频繁地感到焦躁,无法平静下来,但她渐渐感觉到自己能够控制好,维持着自己要到崩溃临界点的身体。

付峤礼仍然随时能从身上摸出给她吃的零食,她手机里也每天都能收到他按时发来的信息。

和她一起上学的公交车上,他的耳机戴在她的耳朵里,听着他的歌单里安静温柔的歌。

这个世界好吵闹,但是他的身边好安静。

这一段日复一日走过的长路,榕树的浓荫遮住了倾天而下的火焰,她好像可以就这样在他的陪伴下,最终逃离这片火海。

一直一直,在他身边。

由于家里长时间只有于诗遥一个人,爸爸、妈妈就商量着要不要

/ 175

给她办理住校。虽然一中的住宿费远远低于私立学校,但是对于现在家里每一笔钱都精打细算的情况,这笔费用还是过于昂贵。

几番商量下,妈妈给她办了学校食堂的饭卡,白天她都留在学校里学习,只在晚上才回家休息,作息倒是刚好跟高三吻合。

正好付峤礼现在读高三,放学后她可以跟他一起回家。

班级里学习氛围很浓,不再像高一时她所在的普通班那样,一到放学全部争先恐后往外窜,谁要在教室里多看一分钟的书,就会被人阴阳怪气地嘲笑。

晚自习结束后,像于诗遥一样继续留在教室学习的学生有很多,她在里面不算异类,因此还跟这些一同留在教室里学习的同学成了朋友。

自主学习的气氛远远没有老师在的时候那么严肃,都是十六七岁的年纪,偶尔也会打闹起来。有男生接完水路过讲台,就地模仿起了各科老师,引得教室里的几个人"哈哈"大笑,她也在座位上乐不可支。

在教室自习期间,她还听了不少八卦,从他们口中讲出来的话,处处透着青春的萌动和可爱。

提及欣赏的同学时,于诗遥从他们的眼神里,真的能够看得到一颗十六七岁的心,纯净地憧憬着一个在自己眼里闪闪发光的人。

这好像才是青春的本来面目,曾经的泥泞和窒息都只是遥远的噩梦。

那些憧憬里,自然少不了付峤礼的名字。

她明明跟他不在一个年级,可他好像无处不在。

他在一中的这三年,他的名字始终像太阳一样让人无法忽略,高一高二的时候,每次凡是全校的集体活动,几乎都少不了他。现在他高三,不再参加学校活动,他们却搬到了同一栋教学楼。

他的教室在楼上,而且就在走廊的对面,有时候下课时间从窗户望过去,偶尔能看到他从教室出来,穿过走廊。就出现了这么一小会儿时间,都能引起一小部分人的轰动,回来小声跟关系好的朋友兴奋地说刚刚看到付峤礼了。

在跟同学去食堂吃饭的时候,下楼的楼梯堵得久了,有时候会等到楼上的付峤礼也放学下楼。

旁边同行的女生暗自戳了戳彼此，难掩兴奋地小声说："付峤礼在后面。"

这个消息一出来，几个女生都止不住地活络起来，借着回头看其他人的动作，飞速地在身后的人群里找着付峤礼，看到了一眼，然后再次凑近一点，更兴奋地说："他刚刚在看我们这边，我俩几乎对视，吓得我心跳差点停了。"

于诗遥原本还在避嫌，在人多的时候从不主动跟他有什么过多的交集。

可是听到她们的话，她回了一下头。

隔着几级楼梯的距离，他高高地站在后面的人群里，目光很淡却那么明确地落在她身上，以至于她一回头就对上了他的眼睛。

她几乎是匆忙看了一眼就回过头，人流在慢慢移动，她跟着往下走，好久后，心脏还在疯狂跳动。

她拿出手机，给付峤礼发了条信息：你在看什么？

点了发送之后，她匆忙把手机放了下去。汹涌人群里，她的呼吸还是好重。

手机响动，她连拿起来看的动作都迟疑了一下，心跳在这几秒里变得更快了。

直到看到他的回复：你。

她把手机收了起来，没有再看。走出教学楼，迎面的风吹散了拥挤，她还是觉得皮肤在发热。

她跟同学一起排队打饭，找到座位坐下。

没多久，她旁边坐下了几个男生，她正觉得眼熟，那几个男生抬手招呼着："班长，这里。"

空着的座位依次都坐了人，她埋头吃饭，以至于吃到一半都不确定身边坐的人是谁。直到其中一个男生手上沾了酱汁，问谁有纸，结果几个男生都说没带，然后她突然听到那个男生感激地说："谢谢班长，也只有班长会随身带纸了。"

她在这个时候才意识到，坐在自己旁边的这个人不是付峤礼，因为他没有拿出纸的动作。

她小幅度地抬起头，视线只看到桌面上的餐盘，认出边上那只熟

/ 177

悉的手。

付峤礼坐在她的斜对面。

她们先来，很快就吃完，一起去放了餐盘，走出食堂。

回教室的路走到一半，路过运动场，她与同学分别，说自己要出去一趟买东西。

她在林荫道的长椅上坐了下来，没多一会儿，看到与付峤礼同行的那几个男生说说笑笑着从面前的校道走过，但是付峤礼不在。

她正在想付峤礼怎么不在，身后忽然落下一个影子笼罩在她面前。

她怔了下，向后仰着头，看到了站在她身后的付峤礼。他太高了，她仰着头差点把自己脖子仰断。付峤礼伸手托住她的后脑勺："再向后仰，就要倒下去了。"

他托着她的脑袋让她坐正回去，她立即向他伸手："糖。"

"糖是给你不吃饭的时候吃的，刚吃完饭，吃什么糖。"他这么说着，却还是从衣服口袋里摸出糖，放到她的手心。

"反正你也带了。"

他静静站在她的身后，沉默着。

耳边只有她剥开糖纸的声音，还有远处的校道上学生说话的声音。

他太安静，在她身后，她也看不到他。明明从前都是这样，现在好像不习惯了。

她再次向后仰头，但是这回被他及时拦住了，他的声音听起来很淡："你嘴里有糖，也不怕噎着。"

"哦。"她干脆心安理得地枕在他的手上，把另一颗糖递给他，"我说怎么哪里怪怪的，你没剥开就给我了。"

他没动。

她侧了侧头，只能看到他垂在腿侧的指节，静静地停在那里。

她的恃宠而骄有片刻的没底，正要收回糖来，他从她手里拿了过去，枕在她脑后的手也收了回去。

他安静地剥着糖纸，什么都没有说。

等她吃完，他剥完的糖及时地递到她嘴边，像以往每一次让她吃点东西时那样。

这样的安静，明明是十分习惯的，她不知道为什么心虚到一句话都不敢说，有一种所有心思都被他看穿的感觉。

从忽然想见他，到见了他之后想跟他说一会儿话，好像全部被他看穿。

她沉默地拿过了他剥好的糖，自己塞进了嘴里。

好一会儿，她才问道："你怎么没跟你同学一起走？"

"你不是想见我吗？"

那个时候连抬头确认他坐在哪里都不敢的感觉又出现了，她心不在焉地咬着糖，被他一句直截了当的话堵得说不出一个字，可是心更难以安放了。

放学时间的校园里吵吵闹闹，打闹声和嬉笑声从各处传来，到了他们这里时，已经变得遥远而模糊。

林荫笼罩着的小石子路很安静，她看不见身后的付峤礼，可他在身后高高地站着，可以看到她。

她只能再粉饰一下："本来没想。"

"吃个饭都不敢抬头看我。"

她继续强撑："我本来就很少特意看你。"

他又不说话了，她看不到他的表情，不知道他在想什么。

忽然，耳朵上传来一股温热触感，感觉到是他的手，她僵硬着没敢动。不过他的手很快就松开，他在身后说道："别坐这里了，会有叶子掉下来。"

"那我回教室了。"

站起来时，听到他"嗯"了一声，她头也不敢回地跑了出去。

一口气跑回教学楼，此刻楼道里的人没有下课高峰期时那么多了，她能听到自己一路跑回来的喘气声。

后来她回到了教室，旁边有同学从门口探出去，看到了对面楼上从走廊里走过的付峤礼，小声回来说付峤礼站在走廊上，好多人好奇地往对面楼上看过去。

她们在门口和走廊上驻足了很久，她也难免分心，猜想着：付峤礼还在吗？

终于，在这一页的书翻完时，她也没有忍住心底的念想，走出教室。

他果然就站在那儿，半侧着身背靠着走廊，旁边还有一个在跟他

/ 179

说话的男生,他垂眸安静听着。

　　这个时间段的走廊里站了很多人,捧着书背诵或者吹吹风放松一下。但是从他出现在走廊起,就吸引了很多的目光,她也和其他人一样,只能远远遥望着他,像从进入一中以来每一次听到他的名字,又远又高高在上。

　　那个男生跟他说完以后,他们要回教室了。

　　离开前,付峤礼回身朝着于诗遥所在的方向看了一眼,然后收回视线进了教室。

　　只是这么远远的一眼,她却依稀能看到他眉眼里浅浅的笑意。

　　那天的风吹了很久很久,久到很多年后,她好像仍然能想起他站在楼上遥遥回头看的那一眼。

　　他高高瘦瘦,轮廓冷清,只是出现在那里就能吸引很多人驻足。

　　可他回头只为了让她看到的那一眼。

　　于诗遥无数次梦到都还是会很痛地醒来,醒来后是记忆里她所见过的很多很多面的付峤礼,疏离的、温和的、听话的、执着的,梦里梦外都那么清晰,那么遥远。

　　"我永远都会站在你这边。"

　　"你明明全部知道的。"

　　"所以,你一出现就看得到。"

　　"会好起来,我会一直陪着你,我会陪着你好起来。"

　　"我没有真正的不高兴,但我希望,你能够真正的快乐。"

　　"你跑得太远了,我找不到你。"

　　"你明知道我最怕什么,你都用它来威胁我了,我还能说什么。"

　　"于诗遥,你要好好的。"

　　"因为你不是想见我吗?"

　　"............"

　　"后来呢?"戚穗止不住地催问。

　　外面突然下起了大雨,组里的拍摄不得不等到雨停,两个年轻的女孩子暂时在这里休息,坐在一起闲聊。

　　于诗遥把要寄出去的信封好,收件人写着付峤礼:"没有后来了。"

她笑笑,"我已经很久没有再见他了。"

戚穗有点遗憾地说:"好可惜啊。他应该考了很好的大学吧?"

"嗯,很好很好的学校,他也很好很好,学校的老师很看重他,毕业后就带他进了研究所。"

戚穗"哦"了一声:"研究所……好像蛮辛苦的。"

"他后来自己创业了吧,和别人一起开了公司,总之很忙。所以,也许没有什么机会再见了吧。"

她见过他的很多很多面,那时候她从没有想过,有一天写下他的名字竟然是告别。

十七岁是由什么组成的?

爱、梦、遗憾、痛苦,还有一个再也不敢把名字念出口的人。

七八月的苏城天气炎热,出门前要涂上好几层厚厚的防晒霜,他们这一行更是全副武装,不能在大热天被晒得太难看,否则影响上镜效果,就会没活。

到了点,剧组里的人来催,于诗遥匆匆上了车,去往今天的剧组。

车上好多都是打扮得精致漂亮的年轻姑娘,还在仔细检查自己的妆容。戚穗跟于诗遥挨着挤在一起,趁着这个工夫死命地涂防晒霜,不放过任何一个死角。

同车的另外几个女生还在刷着睫毛膏和唇膏,仔仔细细,捏着镜子左右对比。

等到了剧组下了车,工作人员一看那几张脸,一挥手:"化妆师,把这几个带过去。"

然后看到于诗遥和戚穗,朝另一边一挥手:"去老陈那边候着吧,有冰水,天儿热,想喝自己拿啊。"

"谢了,宋哥。"

于诗遥和戚穗这段时间混迹在这一片,许多人来来回回都熟了,她们俩嘴甜又会来事,挨骂都比别人少挨几句。

等走得远了,戚穗跟她小声吐槽:"那几个一看就是刚来的,要么就是在做梦想通过做群演当明星呢,妆化得再精致有什么用,一把脸全洗了,演个丫鬟,哪需要你那么好看。到时候人家资方和主演不高兴了,导演还要不要做人了。"

她还在犯困,今天起得实在太早了,靠着柱子没什么精神,应和几声答得敷衍。

"再说了,现在挑演员都是看素颜的,她们的素颜都没有你好看,有这好事也轮不到她们。"她说了半天也没见于诗遥搭理她,摇着于诗遥的胳膊,"姐,我说遥姐,您别睡了,跟我聊会儿天行不行?我无聊死了。"

于诗遥是真的犯困:"我这个二小姐的丫鬟今天要在内殿站一天,还不趁现在补补觉。"

"我这个大小姐的丫鬟今天也要站一天好不好,再说了,你昨晚不是很早就睡了吗,怎么会那么困?"

"躺下了但没有睡着。"

"干吗,跟男人聊了一宿啊?"

于诗遥一时无话。

戚穗愣了一下,眼睛一下就亮了:"真给我猜对了啊?"

"没有。"

戚穗哪会信,凑近一点问:"哪个啊,新的还是旧的?"

她无语:"什么新的旧的。"

"是那些蜂拥而至给你塞联系方式的野男人,还是你那个干干净净的白月光啊?"

她本来想骂戚穗这都是些什么词,可是听到戚穗后半句的形容,居然一瞬间想笑,笑着笑着,眼眶就有点酸了。

是啊,干干净净。

他只是安静站在那里,风随意地吹过,掀起的衣角那么意气风发,可他是内敛的、清冷的,像画卷上傲骨的竹、孤寂的雪,惹得人频频驻足但望而却步。

最后一次见他是什么时候呢,那时候,他已经高中毕业了。

晚自习的班会上,年级里统一给大家播放优秀毕业学长学姐的祝福视频,一张张面孔在视频里说着鼓励和祝福的话。他们都是在大学里拍的,背后一所所大学的名字看得人热血沸腾,每出现一个,都会出现一声"哇"。

整个年级几乎都是这个时段看，整层楼的惊叹声此起彼伏。

直到最后一个面孔出现在大屏幕上，各班响起前所未有的惊呼声。

镜头外在沸腾不止，而他在镜头前语气平静地介绍着自己的名字，说着那些鼓励的话，像前面每一张面孔说的那些词一样老套，也像他在校的时候每一次作为优秀学生代表站在台上讲话一样，是那么寻常的一幕。

可是她看着看着，泪忽然就掉了下来。

直到他说完最后一个字，视频也在这里停下，结束的画面定格在他平视着镜头，清冷的眼，温和的脸，仿佛穿过时间和空间看向她，然后就到此为止。

他这个人其实很冷的，只是她见惯了他在她面前收起棱角任由欺负的样子。别人多么夸张地吹捧他，她都没有什么实质感受，甚至有种跟他联系不起来的割裂感，他明明那么温和。

他还没有升高三的时候，学校凡是有什么活动都少不了他。那些人讲话听得人昏昏欲睡，只有轮到他的时候，下面的人立即提起精神，注意力放在他身上，而她因为听惯了他温和好脾气的话，仍然在下面困倦不已。

有一次她班级的位置刚好在前排，她头一点，睁开眼看回台上。付峤礼在上面讲话，余光大概是看到了她，唇角有浅浅的笑意。

回家的路上，他会故意问，他说话让人听了很困吗？

就是这种时候，会让她觉得付峤礼并不像他表现得那么乖，他只是喜欢让着她，偶尔也有坏的时候。

可是她真正决定的事，他也只能退缩。

他曾经会很生气地握着她的手腕，强硬地让她去医院，也会声音很轻很轻地问，你能不能慢点忘记我。

她再也不能忘记付峤礼了，所以推开他之后从梦里醒来，才会那么痛。

做群演很辛苦，演出服都很脏，循环往复地穿，穿在身上闻不出来是谁的汗臭味。

在七八月这样暴晒的天气，时常有人中暑，他们只有自己随身带的小风扇，在高温下运转到快要报废，也感觉不到一点降温。

作息很不规律，有时候是凌晨，有时候是一整天，拍摄期间哪怕是休息也不能玩手机，因为偷拍的事件多了，剧组都很谨慎，谁要是拿出手机，一准挨骂，搞不好这一天都白干。

所以这一整天其实很枯燥、很疲惫。

大家唯一的乐趣也就是跟同场的其他群演聊聊天。于诗遥就是在剧组里认识的戚穗，跟她是同龄人，话多到说不完，连跑了几个剧组就认识了，互相加了微信，有活一起约。

那天的丫鬟一当就当到了天黑，期间只吃了两次剧组盒饭，水倒是灌了几大瓶。

夜幕降临后，她和戚穗筋疲力尽地往租的房子走。戚穗有气无力地喊着想歇一天，她故意笑戚穗："房租还等着交呢，你这三天打鱼，两天晒网的，一个月赚的还不够房租钱，我可不敢陪你，我没钱。"

"呃……好吧，那我明天也继续。"

"你应该不缺钱吧。"于诗遥说。

"还行。"

"大学生做暑假工？还是跟家里吵架了？"

戚穗支支吾吾起来，打算搪塞过去："就不能真的是因为我缺钱吗？"

她笑了下："不能。"

"为什么啊？"

"喜欢的甜点一样来一个，尝几口后就没胃口放在那里，第二天变质了就丢出去。你这哪里是缺钱的生活？"

戚穗转了转眼珠子："说不定是缺心眼呢？"

于诗遥没忍住笑了起来："可能是吧。"

"我说姐，遥姐，你什么时候发现的啊？"

"一早就发现了。"

"怎么发现的啊？"

"很简单啊。"一天没有碰的手机在包里响动了一下，在寂静的夜里像颤抖了一下的心脏，她迟疑地把手伸进包里，同时回答着戚穗，"以前我家里不缺钱的时候，我也是这样缺心眼。"

戚穗"哈哈"笑起来，如实说道："你猜对啦，我就是跟家里吵架了，所以没要他们的生活费，我要靠自己挣钱。"

"你确定你家里没人给你生活费？你赚的这点群演的钱，怎么够你花销的。"

"咳……确实是有人在暗中资助我。"戚穗有些不好意思起来。

于诗遥迟疑着，还是摸出了手机。

黑夜里，手机解锁，屏幕亮了起来，最新的一条未读消息挂在屏幕上。

戚穗在一旁反问道："遥姐你呢，你又是为什么来做群演？"

——28号我会去苏城，这是新的地址。

她没有给对方设置备注，名字会随着他的昵称改变而改变，很久以前他的名字是一个点，现在是一个字母Y。

倒是他的头像，一直是那片跟他年纪不符合的树林，看着一股老气，但是这么多年看习惯了，反而眷恋。

"遥姐，"戚穗的声音把她拉回神，噘着嘴不满道，"我都坦白了，轮到你了。"

"嗯？噢，我啊，体验生活来了。"

"真的假的？"

"当然是真的，不然你看我过得苦哈哈的，不就是体验生活嘛。"

结果戚穗"啧啧"否定："你可不苦哈哈的，你到哪儿都像如有神助似的，这地界租房子那么难，你一来就租到了便宜的房子。空调坏了，换个人能跟房东掰扯好几天才能把空调修理费摊明白，你那个房东跟冤大头似的，说换就换，还换了个更好的。"

她怔了一下，似乎也觉得自己一切顺利，于是接了话说道："这说明我运气好。"

"这好运气能不能给我啊？"

两个人嘻嘻哈哈着回到租的房子，累了一天，明天又是要站一整天的角色，洗完澡几乎沾床就能睡着。

出租房很小，除了床和一个小柜子就放不下什么了。一个窄窄的窗户望出去能看到夜色，苏城影视城地段比较偏，夜深后外面只有依稀可见的霓虹，城市的喧嚣离得很远。

定好闹钟后,于诗遥把手机就放在床头。

可是寂夜里,手机又响动,屏幕亮了起来。

牵连着她的心脏颤动,她睁开眼睛,看着枕边的手机,许久后才翻开,发现只是一条垃圾短信,那一刻,颤动的心脏又平静下去了。

很久后,手机自动黑屏,夜色寂静,而痛觉又一次涌了上来。

于诗遥打开手机,一点一点地往上翻聊天记录,翻到了一两年前,那时候他刚毕业,跟着老师做研究,经常在外奔波,他每换一个地方就会给她发一次新的地址。到了今年他才几乎定下来,但每次出差或者去其他地方,他还是会提前告诉她地址。

他怕她找不到他,尽管她一次也没有去找过他。

替代她的,是一封封寄给他的信,里面是她每去过一个城市,就用在这座城市拍下的照片印成明信片寄给他。

直到他不会再给她发新的地址为止,她也就不会再寄新的信,可是到了今天,他仍然没有停过。

可是真的不会有停下来的那天吗,她总是悲观地等。

连着站了三天,浑身疲惫不堪,于诗遥和戚穗都打算休息半天,顺便看看下个剧组的报名。

苏城影视城里有很多小吃摊,这里的物价也便宜,她和戚穗一人叫了一碗麻辣烫,在热气滚烫的夜灯下吃得毫无形象。剧组里像她们这样的群演一抓一大把,周围的桌子上坐的也大多是像她们这种散工。除了正儿八经想做演员走这条道的,许多都只是打个零工想赚点零花钱。

"遥姐,你在这里做了多久群演啊?"

"没多久,半年吧。"

"噢,也挺长了。"有点烫,戚穗呼了呼热气,又问道,"你之前做什么工作啊,是学这方面的吗?"

"干得挺多的。"她也吹了口热气,"刷过盘子,干过服务员,在花店里插过花,做过模特,写过书,在乐队里当过吉他手。"

戚穗听了大跌眼镜:"姐,你真不愧是我姐,你这是多少岁就出来打工了啊?"

"哦，这倒也没多久，去年才大学毕业。"

她说得云淡风轻，戚穗更不淡定了："大、大学毕业，姐，你这打工轨迹也太夸张了，大学毕业找个稳定的工作应该没问题吧。"

"我不想啊。"她笑眯眯地说，"我不喜欢稳定的工作，没意思。"

"那你喜欢？"

"像流浪一样生活，去不同的城市，做得不开心就走人，直到找到一个让我想要留下来的城市。"她戳了戳筷子，有些遗憾地说，"那个乐队的工作，我做得还蛮开心的，虽然没什么钱，但那家店的老板太猥琐了，受不了，我就辞了。本来我还担心辞职不顺利呢，没想到他挨了谁一顿揍，我去辞职的时候，他两眼瘀青让我赶紧走人。哈哈，恶有恶报，真解气。"

戚穗再次竖起大拇指："我就说，姐你虽然一路苦哈哈的，但是如有神助，暗中肯定有神明庇佑。"

她也笑眯眯地说："是吧，我也觉得我运气真好。"

她俩吃得高兴，回去的路上还拎了两瓶便宜的酒，回去后兑上冰箱里冰过的饮料，一边喝一边追着最近的剧。

不过戚穗酒量差，一瓶下来就晕乎乎地醉了，醉之前还抓着她嘟囔着电视剧里男主角的台词，嚷着"你要等我啊"。

于诗遥受不了这醉鬼，把她送回床上，自己继续把剩下的电视剧看完。

可是剧还没看完，酒喝完了，手机也提示电量不足。

她起来去找充电器，回来把手机充上电，亮起来的屏幕上显示着就在刚才有人给她发的信息。

树林的头像，名字是一个字母 Y。

他发了一个定位，就在苏城，几千米以外，只发了两个字：到了。

手机由于电量过低，很快就熄屏黑了下去，留下她空洞望着屏幕的脸。

她望向窗外，夜色已经深了，在影视城看不见城市的耀眼霓虹，但在那灯火辉煌的中心，现在住着一个曾经离她很近很近的人。

认识戚穗的这段时间，她们什么都聊，聊以前的高中生活，一起骂曾经伤害她们的小人，也讲青春的遗憾。

/ 187

戚穗问过她很多，像今天问她为什么不找个稳定的工作，问她以前做过什么，问过她和付峤礼的后来，可是独独不会问为什么没有后来。

因为这好像是理所当然的事。

毕业是一扇大门，从前不得不挤在一个小教室里的人，会随着那扇大门的打开，走向各个方向，最后天各一方。命运相似的人也许会保持几年联系，但是随着生活的琐碎和不同的人生轨迹，也会慢慢失去共同话题。

更不用说，天之骄子的命运和平庸凡人的命运。

从毕业分开的一刹那，他们就已经注定了会沿着越来越远的轨迹走向不会再有交集的人生。

所以，青春的走向往往是遗憾，因为分开是注定，是最寻常的人情世故，是命运的选择。

戚穗不问为什么没有后来。

而她也在等"分开"那一天的到来，等付峤礼的人生走得越来越远，离她越来越远，他们没有后来才是常态。

她在等他淡忘。

她没有回付峤礼的信息，回到床上闷头睡了过去。

五天后，付峤礼离开了苏城，走之前依然给她发了消息，告诉她他的行踪。

这五天里，他们在同一个城市，但仍然没有见面，她也没有回过付峤礼的信息。

在苏城做群演是于诗遥目前为止做得最久的一个工作，这个工作做得还蛮开心，可以没有什么负担地扮演不同的人生。

因为形象也好，她还演过几个有台词的角色，那种角色的钱会多一点。

她从不多事，要求都办得到，剧组之间会互相传消息互换资源，她因此接到的活还挺多的。

也因为这个，她遭到了一些群演的排挤，手段很低级，从换衣间出来后兜头一盆水倒下来。

她发了两天烧，连着两天都没有接活。

她体质太差了，那几天的状态也很差，本来是想通过不断给自己找事做让自己不要空闲下来，不让情绪发作，所以她连轴转地接了好几天的工作，休息不好，吃得也很差，结果加上那一盆冷水，她很快就烧了起来。

躺在床上，睡得迷迷糊糊中被噩梦压着醒不过来，她口渴想喝水，却意外有人把水喂到她的嘴边。

能在这里出现的，只可能是她的合租室友。

没想到戚穗平时咋咋呼呼的，关键时候却很会照顾人。

只是她半夜里烧得神志不清，总觉得付峤礼还在她的身边，那种只要闻到他的气息就会安心的感觉，像记忆错乱一样出现。

但是，付峤礼不可能会在这里。

她糊里糊涂地抓着戚穗的袖子，嗓子干哑疼痛，虚弱地说："穗穗，再帮我倒杯水，谢谢。"

对方动作停顿了一下，扶着她稍微坐起来一点，温水很快就从她嘴唇润过。

干涸的喉咙缓和多了，于诗遥没什么力气说更多的话，想着等明天好一点了再谢谢她。

她浑浑噩噩的梦里，梦到爸爸手术失败的那天，她也是昏迷过去，一场高烧，难以清醒。

那个时候，付峤礼一直在她的身边。他扶着她给她喂水喂药，给她喂粥喂汤。那是她第一次吃付峤礼做的饭，可是她烧到没有味觉，至今也不知道付峤礼熬的粥是什么味道。

她病情也因此发作，没有什么求生欲望，很抗拒吃药，抗拒进食，抗拒一切能够让她活下去的事。

烧到最后快要昏迷，她却能够感觉得到付峤礼扶着她的手臂在颤抖。

再后来，一滴滚烫的液体滴到她的脸上，低颤的声音一遍又一遍响起。

直到很多年后，她仍然记得那时候付峤礼的声音，一遍又一遍地叫着她的名字，只是回想一遍就会心痛到揪成一团。

她迷迷糊糊地半睁开眼睛，朦胧的视线里只有他的轮廓，可她知道他的表情一定是她看一眼都会心碎。她烧到干涸的嗓子挤出几个音节："你别哭了。"

他趁机把汤勺递到她嘴边，她妥协了，只是咽下去又全部干呕出来。他也不嫌脏，继续喂给她，喂一口，吐一点，喂一口，吐一点，直到她渐渐吃下了一点东西。

再后来她又睡过去，只是他好像守了她很久很久，她的呼吸里全是他的气息。他稍微走开一点，她就会觉得很难受。她抓着他的袖子睡了一整晚，早上退烧醒来的时候，他眼底的血丝、下巴的胡茬，都那么憔悴。

那是她第一次觉得，付峤礼不应该是这样。

比她第一次跟他说不要再跟着她的时候，还要深刻地觉得。

她第一次说不要再跟着她了，是高二的下学期。

那一年的三月，距离付峤礼高考还有三个月左右的时间。

爸爸的病情反反复复，住院治疗了半年多后，还是恶化了。他们没有再维持费用高昂的住院治疗，重新回到了南苔市。

经过一段时间的观察后，医生不再建议保守治疗，只能选择手术，而手术的成功率很低很低，低到几乎签下名字就要做好生离死别的准备。

她陪着妈妈坐在病房门外很久，眼泪不断往下流，直到中午快要过去，妈妈哽着声让她去上学。

她从医院走出来，付峤礼等在大门口，他穿着校服，在这里等她一起去上学。

走得近了，她看到他手背上的牙印已经形成瘀青，眼睛刺痛得眼泪又掉了下来。付峤礼只是摸摸她的脑袋，声音永远那么温和："没事，叔叔会好起来。"

那段时间她来来回回在学校和医院之间穿梭，本来吃药就能够缓解的病情变得很难控制，暴躁和冷漠穿插着她的情绪起伏，连她自己都觉得自己像个疯子，有时候一言不合就突然暴怒，像一触即发的炸弹。付峤礼手上的那块瘀青就是她痛苦到失控时咬的。

而付峤礼仍然陪在她身边，一遍一遍地告诉她一切会好。

她因为自责而流更多的眼泪，问他的手疼不疼，他也只会很轻地跟她说:"我不疼,我知道你不是故意的,没有关系,只是瘀青而已,会好起来的,你也会好起来的。"

他极尽耐心地安抚她,驱散着她心里密密麻麻的痛苦。一遍又一遍的,让人觉得能够被他搀扶着度过最痛苦的那段时光。

那个时候,她是那样相信和依赖着付峤礼。

接到手术通知的午后,付峤礼像往常一样擦掉她脸上的眼泪,带她去吃东西。那段时间她又在生理性厌食,很少吃东西。

他带着她在学校附近的一家餐馆坐下,等餐上了,陪着她吃完。

她一直惦记着爸爸的手术,几乎每吃一口都在掉眼泪。付峤礼不厌其烦地给她擦着泪水,她不想再吃了,付峤礼就在旁边声音很轻地哄她再吃一口。

这一幕被很久不见的许琪撞见,自从高一那年被她刺痛,许琪就再也不掩饰对她的嫉妒和恨。但是升入高二后分了班,她们几乎没有什么机会见面。

于诗遥在实验班里好好学习,好好控制情绪,祈祷爸爸被治愈,许琪在普通班里继续做着作威作福的大小姐,偶尔她们碰到面,会刺几句她如今的落魄,只是她筋疲力尽,除了暴躁发作的时候,大多情况下消极得没有什么反应,更没有什么心情抵抗。

此时,那个以状元的成绩进入一中,对谁都清冷疏离,就像传说一样的人,却一身柔和地陪着于诗遥,一遍又一遍地给她擦眼泪,极致的耐心和温和。

她满眼空洞和眼泪,可是付峤礼看她的眼神,那么珍贵。

许琪心底那种嫉妒的感觉又涌了上来,凭什么她都落魄成了这样,还有人对她这么好,而且还是付峤礼那样的人。

她走了进来,扯出那副关心好姐妹的漂亮笑脸,极其恶毒地踩在于诗遥最痛的地方:"诗遥,怎么这个时间在这里吃饭啊,今天不去医院吗?"

于诗遥的筷子停下来,仿佛被利刃戳到最痛处,她的痛苦又在汹涌。

好在付峤礼及时叫她的名字,她才从气血翻涌中冷静下来,她没有搭理许琪,继续低头吃饭。

许琪却不依不饶,更加恶毒地刺痛她:"趁你爸爸现在还没死,

/ 191

抓紧时间多看几眼啊，不然以后不一定有机会了。"

这句话说完，付峤礼都听不下去了，转过头正要让她适可而止。

可是"死"字一下冲垮了于诗遥所有的理智，她的痛苦在顷刻间爆发，她拿过桌上装满筷子、勺子的筷筒劈头盖脸地砸向许琪。桌子上的调料罐、水杯，凡是能拿到的东西全部被她狠狠地砸向许琪。

最后在她端起那碗还在吃的热汤时，付峤礼及时阻止了她。

她已经崩溃到没有理智，谁也不能拦着她，付峤礼只能一只手用力地桎梏着她，另一只手拿走她手里那碗热汤。汤水洒了出来，淌了他满手。

许琪已经被吓坏了，捂着头一动不敢动，见付峤礼拦住她，连忙逃出去了。

等她跑远后，于诗遥才渐渐冷静下来，还因为过于激动而浑身颤抖，胸口大幅度地起伏着。

店里一片狼藉，店主听到动静出来问怎么回事，她这才意识回笼，大脑里是如同电影里爆炸过后拉长的耳鸣，"嗡嗡"作响。

她意识到自己做了什么，无措又内疚地想要道歉，但是刚冷却下来的身体僵硬得像废旧机器，连组织语言都没有正常的语序，磕磕绊绊。

付峤礼用干净的那只手揉揉她的脑袋，声音温柔，甚至比平时都要轻很多，像是她才是受惊了的那个小孩："没事，你坐一会儿等我。"

她无措地僵硬着坐在那里，看着他帮店家收拾好了地上的狼藉，赔了砸坏的东西，洗干净被她洒满汤的手。

他一身干干净净地走回她的身边，还拿出一颗糖果。剥好喂到她的嘴边。

她内疚地抬头看着他，而他仍然眉眼温和。

她没有用手去接，而是低头直接咬住了他指尖的糖果。糖果是甜的，舌尖却是眼泪的苦涩。

他一只手拿起她的书包，另一只手牵着她的袖子出了店门。还没到上学的时间，中午的校门外寂静得仿佛能听到阳光落下树丫的声音，还有穿堂而过的凉风。

她一步一步跟在付峤礼的身后，看着他手背上那块被自己咬伤的瘀青，舌尖已经灌满眼泪的苦涩，感觉不到糖的甜。

她再次内疚地说对不起，而他还是耐心地哄着告诉她：你很好很好，不用太自责，你只是病了，好好吃药，好好休息，好好熬过这一阵，一切都会好。

她泪流满面地答应，他每说一句，她答应一句。

他的眼睛漆黑，温柔得剔透，擦着她的眼泪，对她很耐心地笑。

风很轻地拂过她的脸，脸颊有点冷，可是她依然相信着，这个冬天会这样过去。

然而，第二天，许琪的妈妈找到了学校来。

那天扔出去的牙签有一根划过许琪的脸，留下了一道细小的伤口。那道伤口在第二天其实都已经愈合了，但是许琪的妈妈不依不饶。

以前于诗遥家里没有落魄的时候，许琪是最捧于诗遥的一个，她借着于诗遥的光狐假虎威，让别人都不敢再说她不好。她那么自卑，一切都是因为她的妈妈。

她的妈妈至今没有名分，却渴望有个名分，所以无所不用其极地博得关注。

许琪脸上的那道伤口，连许琪都觉得被拽到学校来说很丢脸，但是许琪的妈妈非要把这事闹到校长室去，想得到许琪爸爸的关注。

她妈妈闹得很凶，校长没办法，只好让人去把划伤了许琪的人找来。

但是没有找到于诗遥的头上，她甚至都不知道有这件事。

她是在放学的时候等不到付峤礼一起去吃饭，而后在教学楼门口等他的时候，碰到了他的同学。

见于诗遥等在门口，赵清耀问她："班长还没出来啊？"

她不理解："他没在教室上课吗？"

"没呢，下午就被老师叫走了，现在都没回教室，我以为他直接去找你了。"

"哪个老师叫他？"

"我们班主任呗，应该是学习的事吧，要高考了，老师很看重他，经常找他。"说着寻常，但他也感觉到有一点不对劲，赵清耀迟疑道，"不过这次也太久了吧，我见他没回教室，还以为是直接去吃饭了。"

"谢谢你。"

/ 193

她又进了教学楼，逆着下课的人群，一层一层地朝着老师的办公室跑去。

已经放学一阵子了，走廊里的人也几乎快要走空了。当她跑到付峤礼班主任的办公室那一层，空荡荡的走廊里能听到自己大口大口的喘气声。

上了楼，还没有走到办公室，她已经依稀听到了他班主任的声音，模模糊糊听得不太清楚，但是那语气很着急。

她平复着呼吸，慢慢地、慢慢地走近。

她越往前，他班主任的声音也越清晰："我知道那人不可能是你打的，你平时就不是这样的性格，你就算真遇到什么事也犯不着跟一个高二的女孩子动手，你到底是替谁顶的这个罪？"

"今天幸好那个家长只是来闹一闹，你挨一顿骂也就了结。要是真的打得严重，这事肯定会叫你爸妈来一趟，你到时候怎么跟你爸妈解释？你还有三个月就要高考了，在学校周围打了一个女孩子，这事要是闹大了传出去，你又怎么解释？

"好，就算这些你都不在乎，反正也都是假设，这事你挨了顿骂也就了结了。但是，付峤礼，你知不知道你还有三个月就要高考了。

"我不逼问你对方是谁，我希望你能自己掂量掂量，学校老师有多看重你，你爸妈有多看重你。高考成绩出来的那天，要是真的有什么差池，你要怎么交代，你首先对不对得起你自己！"

付峤礼在办公室待了很久很久，他班主任语气着急，那些话一字不落地传出来。

他在里面听，她则坐在办公室旁边的台阶上听。

高三这一层的铃声每隔一段时间就会响一次，她坐在这里不知道听了多少次。

终于，身后传来脚步声，渐渐走近她坐的台阶这里。

到了她身后，那脚步声猝然停了。

付峤礼站在楼梯口，光线从走廊照进来，他的轮廓逆着光，模糊得看不清他的神情。可是她回头的那一瞬，明显地感觉到他紧绷的慌乱。

静了片刻，他嗓音有些不安地问："你怎么在这里？"

她没有说话，转回了头，下巴抵在膝盖上，只留给他一个坐在台阶上的背影。他没敢靠近，仍然紧绷地站在那里，声音有点忐忑："你都听见了？"

"嗯。"

又沉默了下去。

铃声又响了，她仍然抱膝坐在台阶上，没有回头看他。

"付峤礼，以后……你不要再跟着我了。"

他没有回答。

她再次开口，很轻地说："你跟我不一样。"

她认识付峤礼的那年，十五岁。

高一刚开学时，第一次和他一起坐公交车上学的路上，她嘱咐了他很多，在学校不要和她说话，不要让别人知道他们认识。那个时候她跟他远没有现在这么亲近，她很清醒地考虑到自己的差劲会影响到付峤礼，怎么跟他认识久了，她就把这回事忘了呢。

她从台阶上站起来，坐了太久，膝盖有点僵硬，站起来时晃了晃。

只是这么个小动作，付峤礼下意识地朝她走过来扶住她。

她挡开了他的手，转头看着逆着光的付峤礼，把那时候的话再对他说了一遍："你不是普通人，你跟我不一样。以后，你不要再跟着我了。"

从楼梯下来，离开的路上，她脚步很慢很慢，一步又一步，慢得好像身体只是一个行将就木的躯壳，而她的灵魂早已经灰飞烟灭。

这一年多以来的一幕幕都在脑海里不断回放着。

她最糟糕的时候会有精神性厌食，总吃不了什么东西，身体虚弱到不行，他随身能摸出来吃的东西，每次见到她都会趁机给她喂点东西维持体力。爸爸的病情恶化住院以后，她几乎是学校和医院两地跑。付峤礼也两地来回跑，每次从医院出来，他都等在门口接她。

她一次又一次地陷入崩溃和暴躁，他一次又一次用尽耐心地哄。

她失控过很多次，对他发了无数次脾气，每次发脾气都会用最狠的话攻击他，他每一次都乖乖听着，等到她把所有的负面情绪发泄完，他还是会往她嘴里喂糖果。

她愧疚得一遍遍说对不起，他抹掉她的眼泪时，用很轻的声音说着："没关系，我知道你不是故意的，我不会怪你。"

/ 195

最痛苦的一次，她咬在了他的手背上，他却忍着疼一声不吭，另一只手还轻轻拍着她的头顶让她平静。

她在吃药，付峤礼的话她也在听。

其实，在他身边的这些时候，她已经好转很多了，她基本上没有在外面失态过，也没有对别人爆发过，身边没有人知道她的病。

那些利刃和伤害全部发泄给了他，而他尽数收下。

他总是那么耐心地说，一遍又一遍地说：没有关系，你只是生病了，会好起来的。她在他的陪伴下也相信着自己一定会好起来。

只是，她怎么会忘记了。他也有他的命运，他的时间和精力那么宝贵，怎么能在她的身上这样无意义地浪费。

还没有入春的暮色降落得很早，校园被笼罩在薄薄的夜色里，路灯开得很亮，落在每一张未来可期、朝气蓬勃的面孔上，像是命运赐予的天光。而她穿梭在这些明亮里，像惶惶的游魂，漫无目的地往前走，一直往前走。

直到她分神的耳朵听到身边有人跟同伴好奇说着"付峤礼怎么会在这里"。

快要高考了，高三学生的时间安排比所有人都要紧，虽然还没到上课时间，但是几乎见不到高三的人在外面，尤其是付峤礼这种成绩很好的尖子生，几乎很难在教室以外的地方见到。

她听到周围人的窃窃私语，怔怔地回了头。

暮色的尽头里，付峤礼跟在她的身后，隔着几米的距离，不会近得让她察觉，也不会远到消失在她的视野。

他原本就引人注目，这样一直执着地往前，周围的人也察觉到了一丝不寻常，沿途所有人都看得见付峤礼一步一步跟在她的身后，一步一步，不肯回头。

她仿佛又能够听到他班主任的那些话，她头也不回地向前快步跑去。

快一点，再快一点，仿佛只要足够快，就能够把付峤礼甩下。

迎面的风还带着初春的凉意，吹得眼角酸痛，眼泪止不住地往外涌，当她跑出了校门，扶在马路边的栏杆上，因痛苦牵扯的干呕又犯了。

路过的学生回头看她，恐怕以为她是什么胃病患者，有人善意地上来问她有没有关系。

有人递给她纸巾，她下意识以为是付峤礼，想要推开对方，抬头看到是一张陌生的面孔，忽然就松了口气，可是心脏更疼了。

她说了"谢谢"，对方走后，她吹着凉风让自己冷静。

灯火遥遥的尽头，再也没有付峤礼的身影。

从那天起，她不再见付峤礼，每次见到他都会躲远一点。公交车到站，她率先挤下车，然后不顾一切地往前跑，避开一切会与他产生交集的可能。

可付峤礼还是追上了她，他捉住她的手腕，她像被刺痛一样地想要挣脱。

她回头却看到他红着的眼睛，笼罩在他们肩上的夜色那么落寞，心一下就疼了起来，连挣扎的动作也忘了。但是，这一次是付峤礼放开了她，他红着眼，声音却很轻："别躲着我了，我不会再跟着你了。"

手放开后，他的视线也不再看她。

只静了这么一秒，他就要从她的身边越过。那一刻的心很疼很疼，她连忙喊住他，看着他停下的背影，说道："你要好好学习，不能分心。要是你没有考好，我以后也不会再理你了。"

他的背影在夜色里没有回头，只能听到他语气平静地回："我知道。"

"我会……自己照顾好自己的。"

"好。"

而后，他再次提起脚步，真的没有再回头。

Chapter .08
重逢

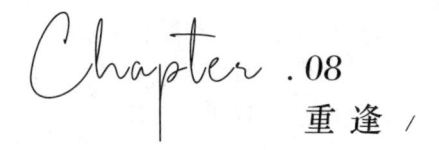

关于爱，我只能想到潮湿的词句，周而复始的黑夜，和一个又一个困住我的夏天。

从那天起，付峤礼好像真的从于诗遥的世界里退出了，一切都回到了十五岁那一年的原点。

她手机里不再收到他日复一日的信息，每天上学放学的公交车上，他们也不再坐在一起，甚至没有一点点交流。在学校里不再碰得到他，按照高三的课程安排，他们本来就很难遇到。

她开始像只听过他名字的人一样，见他一面都很难，偶尔从楼下望上去，一晃而过的剪影，像划过青春片段里的梦。

独自走在落满细碎阳光的大道上，孤独感很重很重，可她总要让他回到他的命运里去。

而她的命运，她也要自己承受。

直到爸爸手术失败的那天，这一年以来紧绷的痛苦她再也无法承受，于诗遥在医院里当场晕倒过去，然后一场高烧退不下来。

恍恍惚惚的噩梦中，她又一次地听到了付峤礼的声音，颤抖的、哽咽的，近乎哀求。

她烧到快要糊涂，可身体还本能地记得不能再靠近付峤礼，虚弱的力气抵触着他的每一次靠近，直到她感觉到不断滴在自己脸上的眼泪，才痛苦地妥协了。

那个时候痛得快要死了，她干涸的嗓子只能挤出几个音节让他别哭了。

她烧得浑浑噩噩，对很多事都没有什么印象，身边有很多人说话，妈妈、医生、护士、其他病人，断断续续，这个世界那么嘈杂。

他在身边一句话都没有说，但是她感觉得到他一直都在。

因为只有他在的时候，她才会觉得这个世界好安静，他只要一离开，她就会很难受很难受。

当她早上退烧终于醒来，看到自己抓着他的袖子睡了一整晚，他眼底的血丝、下巴的胡茬，都那么憔悴。

那是她第一次觉得，付峤礼不应该是这样，他的命运不应该是这样。

爸爸去世以后，她和妈妈继续挤在梧桐巷的小房子里相依为命。付峤礼家买的江景房也在那个夏天交房并装修完毕，他们家搬出了梧桐巷。

从此，夏天的闷热和潮湿，她要一个人熬过。

她不再回付峤礼的任何信息，也不再接他的电话，她因为状态不好，休学了半年，高三上学期快要结束的时候才回学校学习。

妈妈不再像以前那样念叨着她好好考个大学，只求她能平安和快乐。

但是，快乐变得很难。

爸爸离开以后的家变得格外冷清，她压抑的情绪再也没法得到缓解。推开付峤礼以后，她害怕有一天会伤害到其他人，所以把压抑的痛苦全部发泄在自己的身上。

她不再穿裙子了。

因为腿上密密麻麻，都是伤痕。

付峤礼很少发朋友圈，只有他允许进入他的世界的人，才能看得到他的人生轨迹。他的朋友圈除了必要的转发宣传，几乎看不到任何动态，像他这个人一样疏离。

她却很了解他在做什么。

因为无论她回不回应，他都开始像从前那样，每天告诉她自己做了什么，课表、老师、同学、食堂、学生会、社团，那种感觉像是他在身边，又像是她在用他的眼睛看他的世界。

每一天，他都会在最后说一句：你也要好好生活，你很好很好。

日复一日。

/ 199

眼眶已经涌满了眼泪，但是她从来都没有回复过。

付峤礼在大一的那年寒假回了南苔市，那时候他家已经搬出梧桐巷半年了，她也孤僻地在自己的世界里很久了，所以下楼的时候看到他在灯下的身影，甚至没有什么情绪起伏。

她面无表情地过去丢了垃圾，又面无表情地往回走。

付峤礼伸手拉住她："遥遥。"

听到他在她发烧昏迷时一遍又一遍哀求的名字，她孤僻麻痹的心忽然感觉到痛，眼眶一下就酸了。

可她拽出了手，让自己的声音平静到冷漠："你不要再这样叫我。"

他的脸在惨白的路灯下白得好像没有什么血色，很久后，他才很轻地说了句"好"。

她转身进了楼道，他再一次追了上来。

她停下脚步，背对着他，说出了自己不想再理他的理由："我今年也要高考了，你不要烦我。虽然我成绩不太好，估计考不上什么好的大学，但是我想让我妈高兴一点，我妈现在只有我了。"

他在身后还是很轻地说了声"好"。

她继续道："帝都太远了，我考不上那边的大学。你们家也搬得太远了，所以未来几年，我们应该不会有太多机会见面。"

"我可以来找你。"

"不要了，不要来找我了。"

夜色无声惨淡，她始终背对着他："你好好去过你的人生吧，我们的人生轨迹不一样，不可能一起走到尽头。与其走到半路的时候分道扬镳，不如趁早就各上各的车。"

她眼眶已经酸了，但话既然说出口了，不如一口气说完："你这一生还会遇见很多人，很多不同的人。就像你说的，刚来南苔市，见过的人都与你从前见过的人不同，我是你见过的最不同的那一个。以后，你也会在帝都见到很多不同的人，会有很多远远超过你现在所见所闻的人。等到你见惯了璀璨夺目的钻石，也许就想不起来曾经在河滩上捡到过一块普通的石头。我已经承受不起更痛心的离别了，我不想再面对告别的那一天，所以，付峤礼，你别再来找我了，去过你的人生吧，我们的终点不同。"

冬天的风太冷了，吹得人眼眶和鼻尖都酸痛，她始终背对着他。

这短短几年经历过太多，繁华锦绣，生死两地，她好像已经不会再感觉到任何痛，所以告别的话也说得很轻松。

只是唯独，她不敢再看他的眼睛。

楼道里的感应灯由于长久的安静又暗了下来，许久后，她在昏暗里感觉到身后的付峤礼拉开她的衣袖，有一串冰凉穿过她的手戴在她的手腕上。

他的声音在身后响起，因为寒冷的天气，像是在颤抖，很轻很轻，轻到她好像再也不会听到第二次了。

"新年快乐。"

"于诗遥，你要好好的。"

他离开了，身后是寂静的冬夜。

后来，她再也没有收到过他的消息，只是他的朋友圈开始陆陆续续地更新动态，她能知道他大致的动态轨迹。

再后来见到他是什么时候？

是她临近高考的时候，老师在班上放的优秀毕业生录的祝福视频。

他在屏幕里对着镜头，身后是他的大学。从他出现在屏幕里开始，耳边此起彼伏都是惊呼声，沸腾不止。他都毕业了，学校里还有他的传说，他明明应该是站在更高的地方的人。

可她看着屏幕里再也没有见过的人，鼻尖一酸，眼泪瞬间就涌了出来。

她打开书包，看着里面躺着的盒子，那里装着一条手链。她每天带着，但是从不戴在手上，她怕风吹日晒，会让它沾上时光褪旧的痕迹。

明明舍不得他被自己拖累，可是她一想到自己总有一天真的会被他遗忘，无数次从梦里醒来还是会很痛。

她很多次地站在高三的走廊往下望，想象着那年他从楼上看向自己的眼神，是以怎样的心情，他说以后不会再跟着自己了，又是以怎样的心情接受这个决定。

她上完了那节晚自习。

课间的时候，班主任递了一封信给她，学校的收发室将信件都统一交给班主任分发。

/ 201

收件人写着她的名字，她从来没有收到过信，认识的人也都是土生土长在南苔市长大，一时没有想到是谁给她寄信。

直到拆开信封后，里面是一张明信片。

背面印着的风景上有一个校徽，上节课才在大屏幕上看到过，写字的地方没有名字落款，只有字迹熟悉的两个字——永远。

高考结束，于诗遥去了南方的一所大学，也慢慢开始了自己新的生活。

她漂亮、活泼、开朗、嘴甜会说话，在学校里很吃得开，朋友很多，追求者也很多，但是从来没有人跟她告白。

她有朋友好奇，帮她去打听，那些对她有好感的男生望而却步的理由都一样，无比震惊地反问："她是单身吗？我以为她有男朋友，而且她男朋友应该不是一般人，我们这样的哪能入得了她的眼。"

朋友们回来笑着打趣她，说你太漂亮了，别人都以为你名花有主，不敢追你。

她耸了耸肩，对这样的说法不以为意。

她白天开朗阳光，快乐得没心没肺，但在孤寂下来的时候，焦躁和痛苦依然发作。小腿上密密麻麻的伤痕愈合了又覆盖上新的伤口，日复一日，年复一年，在阴雨天里溃烂般的疼痛。

她脑海里一遍又一遍浮现的，是付峤礼曾经还在身边的时候。

可她小心谨慎，连一次误触的"微信拍一拍"都不会有。她把他的朋友圈全部保存在手机里，每一次痛苦到想要发疯的时候，她握着手机，看着屏幕里干干净净的脸，直到宿舍没有人在，才敢让自己流下眼泪，而眼泪只要一流下来就会控制不住。

她的手机里有一段已经播放了无数次的视频。

很模糊。

那段视频不能下载，她借室友的手机录了下来才存到自己的手机里，是她在短视频平台偶然刷到的一个同城人发的视频，一群男生在KTV包间里起哄唱歌，她本来都要划走了，可是突然看到起哄中被推到前面的那个人。

无比熟悉的面孔。

前奏的声音响起，仿佛带着她回到了十五岁那年遇见付峤礼的时候。

他从书店的楼梯下来，慢慢走到她的面前。

那是她第一次听付峤礼唱歌，遥远的镜头里，哄闹嘈杂的人群里，他唱歌那么好听，可是一首《晴天》被他唱得那么心碎。

他唱着——从前从前，有个人爱你很久。

他在镜头里红着眼，她在屏幕外面悄悄掉眼泪。

可是，付峤礼，他该有他的命运。人的这一生很长，他还有很远的路要走，还会遇到很多人，总有一天，她一定一定会被遗忘。

毕业后，于诗遥没有像其他人一样忙着应聘找工作，反倒真的过上了十六岁时想象的那样，流浪一般的生活。

她送过快递，当过服务员，卖过衣服，泡过咖啡，做过奶茶，教过小女孩弹钢琴，做过驻唱乐队的吉他手，做过模特，在陶艺工作室做过手工，还报名参加过歌手选秀比赛……

小时候爸爸、妈妈对她百般纵容，她喜欢什么就让她学什么，林林总总什么都会一点，如今流浪起来反倒什么都能做一点。

她辗转过很多城市，在每一座城市停留的时间都不长，开心就多留下来几天，不开心就离开。

除了在每座城市留下了足迹，她还注册了一个网络平台的账号，每走一个地方就拍下照片，文案写着短短的词句。这样的生活和内容吸引了很多人，短短半年时间，她就有了很多粉丝，点赞的热度很高，那些句子也成了很多人发动态都喜欢用的文案。

后来有出版社的编辑来联系，她出版了一本诗集。

那些像掉落的灵魂碎片一般的句子受到很多追捧，而关于她本人，在网络上始终是个谜。

只是破碎的灵魂有些相似，许许多多同病相怜的人从这些字句中读出她的状态，在私信里善意地劝她好好吃药，一定要看医生。

她从来不回复平台里的任何留言，她认为这只是自己流浪过程的痕迹之一，像其他做得不开心就离开的工作一样，随时都会暂停更新。

可是关于这些嘱咐她好好吃药的私信，她都会回一个简短的"好"。

因为这一刻很像很多年前，付峤礼一遍又一遍用尽耐心地告诉她：

/ 203

没关系，你很好很好，不用太自责，你只是病了，好好吃药，好好休息，好好熬过这一阵，一切都会好。

听着他的安抚，她一句一句地说着好。

除了付峤礼，身边没有任何一个人知道她生病，所以这些话，再也没有人对她说过了。

她用所有可以保存记忆的方式，让自己活在过去，因为和他有关的记忆再也不会有未来了。

像她这个账号写的简介一样——我这颗心脏，为你绚烂地腐烂着。

那本诗集出版，印在封面上的是她最喜欢的一句。

出版后，她就再也没有更新过这个账号，最后一次更新是在自己来到苏城前，这个半吊子吟游诗人的身份也到此结束。

在苏城，她开始混迹在影视城的各个剧组里做着群演，普通的群演一天一两百块，有镜头、有台词的能多几百块，赚得倒是不少。

这期间她还碰到了老熟人，那位已经大红大紫还拿了影帝的学长周嘉也，她那天正好演一个在他旁边倒茶的小宫女。

过去了这么多年，像她这样只有一面之缘的过客，于诗遥也没指望他记得她是谁，所以她也没打招呼。但候场的时候，周嘉也主动跟她打了招呼："学妹，见了人不打招呼，不认识了啊？"

他旁边有个女生，眉目温柔漂亮，坐在他的椅子上看剧本。他跟她打完招呼就低头跟对方说道："薏薏，这是我们一中的学妹。"

林薏从剧本里抬起头来，温温柔柔地笑了一下："你好。"

周嘉也继续跟她闲聊："你该大学毕业了吧，怎么在这儿？"

她信口胡诌，对答如流："找不到工作，赚点零花钱。"

只是下一秒他就问到了她的痛处："你男朋友呢？"

她面不改色："我单身，没男朋友。"

他扯了个敷衍的笑："行，不是男朋友，你朋友，你说成绩很好的那个朋友。"

她一时没说话，周嘉也再要开口，被旁边的林薏阻止："周嘉也，人家不愿意多说的事就不要再问了。"

"来，学妹，请你喝水。"

周嘉也从旁边拿了瓶饮料给于诗遥，这些是剧组给主演提供的东西。她说了句"谢谢",站在一边持续性走神。

那天的群演工作结束,于诗遥搭上了顺风车。

上车后,林薏拿出一个祈愿符给她。

她怔了一下,认出这是今天拍摄用的道具,挂了满树的祈愿符,做得很漂亮,长长的丝线下坠着铃铛,木牌上写着"如愿"二字。

周嘉也解释道:"我老婆看你一直盯着那个,就去找道具老师要了一个给你。那玩意儿多的是,拍完了就用不上了,工作人员都拿了很多。"

于诗遥接了过来,正要对林薏说句谢谢,这时听到她温柔的声音说:"你也要如愿。"

夜色已经很深,穿过一道道迷了人眼的霓虹,冷硬坚强了很久的心脏,在触碰到温柔的时候,一下就柔了起来。她低着头,握着手里的祈愿符,木牌上是一笔一画的"如愿"。

直到眼泪滴在了祈愿符上,林薏翻包去找纸巾,她在这时说道:"我不知道该不该如愿,我希望他能很好很好,但他越来越好以后,会遇到很多很多更好的人,会慢慢把我忘掉。"

眼泪一旦开始落下就停不下来,林薏帮忙擦着她的眼泪。

这时,在开车的周嘉也说:"不会的,他看你的眼神,是不会忘掉你的。"

林薏的手停了一下,侧头看了他一眼。

窗外霓虹闪烁,让人分不清,到底是十六岁那年的霓虹迷了眼,还是人的这一生只有一个十六岁,所以再也看不清任何霓虹。

她手心握紧祈愿符,像要握紧一切自己想要抓住的东西,握到手掌被硌得疼痛,烙印下发红的凹痕,她仍然没有舍得放开。

她不知道,到底要不要希望自己如愿,他的这一生还会遇见很多人,比十六岁那年的霓虹还要让人心动的人,总有一天会把她忘掉,总有一天。

她和付峤礼没有再联系过,也许是因为她的话真的让他心灰意冷,也许是因为他说过,只有她需要他才会出现,他可以只做她的影子,他不是一定要她回应。

可是他临近毕业开始了四处奔波,每到一处都会给她发一次地址,抵达和离开都会发一次。

　　她至今没有回复过，不知道究竟是内疚感负罪累累不敢面对，还是要等到付峤礼放弃的那一天，又或者，其实两者都有。

　　这场高烧让于诗遥昏昏沉沉地睡了很久，梦里反反复复都是过去的一切，她已经习惯了这些年的事总在梦里出现，像困住了她的泥沼，可能终其一生她都无法走出潮湿的梧桐巷。

　　好几次干渴得想喝水，都会有人及时把水喂到她的嘴边。她晕晕乎乎地感激着戚穗的贴心，但也觉得很愧疚，她稍微清醒一点的时候说道："穗穗，你去睡吧，太晚了，我渴醒了会自己起来喝的。"

　　对方没有回答她，很久都没有声音。

　　也许是戚穗给她喂完水就回去了，床边空无一人。这样想着，负担也没有那么重了，她再次沉沉睡了过去。

　　那种只要付峤礼在身边就很安静的感觉，像错觉一样出现，她分不清是自己高烧糊涂了，还是因为又梦到他，才会出现这样的感觉。

　　她病着，睡得不舒服，入睡也没有很深，迷糊中隐约觉得有人又一次帮她量体温，然后帮她盖好被子，大概是嫌她枕头边的东西太碍事，给她拿开了。

　　她早上醒来时已经退烧，浑身都是黏腻的汗，像从海水里被人捞上来一样有着不真切感。

　　她起来洗了个澡，出来时看到戚穗拎着早饭一脸困倦地进来，感谢道："昨晚麻烦你了，你昨晚都没睡好，怎么还能起这么早？"

　　"啊？我刚从外面——呃，反正都早上了，就干脆买了早饭。我刚才外面回来，来，遥姐，你的包子。"

　　"谢谢你，我把钱转给你。"

　　"不用不用。"戚穗笑嘻嘻地说，"真不用，我反正缺心眼嘛。"

　　她刚退烧，还有点无力，没精神跟戚穗闲扯，只是笑道："这话开玩笑就行了，哪有真说自己缺心眼的。"

　　"真不用，我不是也说了嘛，有人暗中资助我。"

　　上回说到这里也没多问，这回她好奇地问道："谁啊？"

　　她咬着包子，含糊道："我哥的朋友。"

"跟家里吵架了，找你哥的朋友借钱？"

"也不能叫借钱吧，是有一点小小的交易。"

"有点关系吧。"她忽然感兴趣起来。

结果戚穗急了："怎么可能，他的心里只有——"说到这里，她不能再说下去了，解释的话又没法说，急得一张脸都皱了，"哎呀，我真是，我夹在这中间难受死了，这是我这个年龄段该承受的吗？啊啊啊啊啊！"

于诗遥眨了眨眼，看不懂。

戚穗吃完就回屋补觉去了。她吃完早饭开始简单收拾家里，只是看到枕头边空空如也，才想起来自己昨晚睡得迷迷糊糊的时候，戚穗把她枕边的东西都拿开了。

但是她翻找了一下床头柜的抽屉，没找到。

那种空落的感觉一下子就涌上来了。

她这些年四处流浪，随身的行李很少，唯独带着两样东西：一个是装着手链的盒子，另一个是一本书。后来她的诗集出版，又加上了这本诗集，无数次从噩梦中醒来，她碰到放在枕边的它们，窒息感才会慢慢消散。

可是现在她找不到了，心跳好像一下子就停了。

她有点着急，一边找一边问："穗穗，你昨晚把我的东西放哪儿了？"

戚穗刚进房间，听到声音就开门问："什么东西？"

"就是我枕头边的东西啊，你昨晚不是嫌硌着我就拿开了吗？你放哪里了？"

久久听不到戚穗的回应，她越来越着急，越来越着急，反反复复地拉开抽屉。破旧的老家具发出剧烈的碰撞声，像她也在燃烧的生命。

直到床头柜上摆放着的花束被晃倒，倒在了地上。

花束后面躺着的书和盒子也暴露在视野里，她一下就松了口气。

戚穗见她找到了，也跟着松了口气："找到了就行，那我进去睡了啊。"

"嗯，好。"她抚着失而复得的书，像浮上水面一般。

戚穗进房间以后，于诗遥才恍然回想起她的反应，她好像并不知

/ 207

道这些东西被放在了这里。

抚过诗集封面的手指忽然就停了下来，时间死寂一般停滞了，而她的手指在颤抖着，划过封面上印着的长句——

关于爱，我只能想到潮湿的词句，周而复始的黑夜，和一个又一个困住我的夏天。

付峤礼真正以自己的名义送给她的东西，只有两样。

她曾经在忧虑中度过了自己十六岁的生日，第二天才想起来告诉付峤礼。付峤礼说他记住了，明年的这一天会提前准备好礼物，她说想要一本书。

第二年的时候，他果然送了她一本书。

那个时候他快要高考了，她让他不要再跟着她，所以在她发烧醒来的清晨，他已经沉默地走了，仿佛她在昏迷中感觉到的眼泪都是梦。

在收拾东西的时候，她才在书包里看到了一本不属于自己的书，那本书一看就知道是付峤礼的手笔。

因为那本书只有付峤礼知道她读过。

十五岁的那年夏天，她在一个潮湿的傍晚搬进了梧桐巷，那一年的付峤礼十六岁，她对这个父母夸赞不止的好好学生充满恶劣的好奇，在一个夏天的夜幕里跑向了那家暑假时每天都会和他碰面的书店。

那家书店的名字叫"遇见"，音乐唱的是周杰伦的《晴天》，付峤礼从楼梯下来，他手里拿的正是她暑假时每天都在看的那本书。

那本书的名字，叫作《你当像鸟飞往你的山》。

另一样，是他大一那年的寒假，他戴在她腕上的手链。

那条手链她后来很少戴，却随身带在身边。因为她怕手链会染上时间的痕迹，随着她在漫长时光里腐烂掉的爱意一同失去原来的面目。

但是，付峤礼这些年来以别人的名义送给她的东西，又有多少呢？

戚穗说她运气好，到哪儿都像是如有神助，可是这个世上，是没有神的。

搭周嘉也的顺风车离开剧组的那天，林薏给她擦着眼泪，问："你们现在还有联系吗？"

她迟疑了一下，点头："他一直在尝试联系我。"
"如果，对方想见你，你给他一个机会吧，给对方一个好好说清楚的机会。你为他做出的选择，他真的愿意接受吗？或者他根本不会变成你想的那样呢？"
她沉默了下来。
他大一寒假回来见她的那个冬夜，她对付峤礼说了很多很多，而他的回应是沉默。他不想答应但又不愿意让她不高兴的时候，就会选择沉默。他这些年在做的，好像真如他的沉默一样，无声地告诉她不可能。
林薏说道："我希望你能够如愿的，是你真正的那个愿望，而不是苦苦忍受的那个愿望。你明明也很想他，不是吗？如果他也还在想你的话，你去见见他吧。"
从苏城影视城打车到机场，再从苏城的机场坐飞机直达帝都，整个过程于诗遥甚至什么都没有想，只带了手机和证件，当她冷静下来的时候，人已经在帝都了。
飞机延误，抵达帝都的时候是傍晚，陌生感被降临的夜幕笼罩，这座城市繁华熙攘，仿佛容得下任何一个漂泊的灵魂，但是容不下横冲直撞的一时脑热。
人挤人，车挤车，她绕了几个大圈子，越走越陌生。
司机把她就近放下，指着面前的小路跟她说往前走过去就是正门，他就不直接开到正门那边去了，那边这会儿堵车堵得厉害，去了没个半小时出不来。
但于诗遥在这座陌生的城市街头兜兜转转了好久，夜色已经深了，她才终于找到付峤礼工作的写字楼正门。
她出门匆忙，随便穿了最近才买的鞋，因为她做群演时几乎一整天都在穿剧组里的鞋，自己的鞋买了放在那儿很少穿，走了太久的路，磨得脚后跟很疼。
她在侧面的台阶坐了下来，脱掉自己的鞋，这时候才看到脚后跟已经磨破皮了，流了好多的血。
她今天走了太多路，不想再折腾，等她找到药店估计又找不到回来的路了。除了磨破皮的脚后跟，脚趾也酸痛得像踩在钉子上，很痛很痛。

从傍晚到深夜,她走得精疲力竭,仰头望着这栋大楼的窗户,还有几层楼依稀亮着灯,也不知道付峤礼这个时候还在不在,还是他已经回家了。

她拿出手机看了眼时间,又滑回他的微信聊天框,再次确认了地址。

但是,电话始终没有拨通出去。

夜色冷清下来,她一时发热的头脑好像也冷静了下来。

上午发烧醒来后忽然跑过来找他,真的到了帝都,好像还是更想退缩一些,她坐在这里等,好像不是为了等见付峤礼一面,而是等自己退缩。

手机没有多少电量了,她也没带充电宝,干脆开了省电模式靠着柱子走神。

这一天的奔波让人好疲倦。

在她差点就要睡着的时候,模模糊糊听见有人说着话从大厅走出来,客气又官方地说着"慢走,下次见",她困倦的思绪被这阵动静惊醒,转头看了过去。

这一眼看见了一行人中央的付峤礼,他背对着她,可是他的背影熟悉到即使隔了这么多年,她还是一眼就能认出来。

周围的人陆陆续续都上车走了,他旁边的人应该是与他一起工作的朋友,问他是回家还是去哪儿。他平淡地说:"你先回去吧,我还有点事。"

那人让他别忙太久了:"你今天早上才回帝都,又忙了一天的工作,早点休息吧,有事明天再做。"

门口很快就只剩下付峤礼一个人,明亮的灯将夜色照得亮如白昼,可是落在他宽阔的肩膀上,宛如皎洁的雪,孤寂又难攀。

她就这么探着头从被柱子挡着的视角里看着付峤礼的背影。

他转身要回大楼之前,她迅速收回了自己的脑袋,坐在晦暗的光影里,心跳惴惴,忽然分不清自己始终不敢见他的原因是什么,她真正的愿望到底是什么,苦苦忍受的那个愿望到底又是什么。

只是,她还没有来得及去想,脚步声已经从身后传来,而后,影子从她的身后笼罩下来。

再下一秒，付峤礼从台阶下来，走到了她的面前。

他看着她裸露在外面的脚和旁边的鞋，蹲了下来。

意识到付峤礼可能要做什么，她下意识地往回缩了缩自己的脚，想要去拿自己的鞋，但她的脚踝先一步被他握住。

他手掌宽大，掌心的温度在微凉的风里很热，才碰到皮肤就像被烫到。

他正想拿过鞋给她穿上，却一眼看到了她脚后跟磨破的伤。他的动作停在了那里，视线直直地盯着她的伤口。

她觉得皮肤都在发热，想挣脱回来，脚踝却被他攥得很紧，一点都没法动弹。

他抬起头，说了这么多年来的第一句话："找不到这里，为什么不给我打电话？"

这样平静无波的语气，好像他们不是五六年没见，而是这五六年来一直都像从前一样。

她仍然不敢去看他的眼睛，低下了一点头，别开视线："我没有想找你。"

"那你来这里找谁？"他的语气还是很淡。

她不说话，他也不开口。

只是她试图收回自己的腿，脚踝却仍然被他紧紧地攥着，仿佛她不解释，他就会一直跟她僵持在这里。

她不想开口，他就进一步逼她："你按照我给你的地址来这里，除了找我，你还找谁。"

他无声的强硬像是不会轻易再让她逃避，他的目光那么平静却笃定地望着她，直白到每一句都是斩钉截铁的肯定句，她连一句谎言都说不出口。

她看着自己被他握着的脚踝，很久后，眼眶的酸胀再也抑制不住地说道："我没有想找你，只是想见你，偷偷地见你，就像你偷偷地见我一样。"

这句话说完，她更不敢看他了，下巴更深地埋在自己的膝盖里。

有风吹来，露在外面的小腿好冷，帝都的天气比苏城要凉很多，她早上才退了烧，感冒还没有完全好，吹点风就感觉格外凉。而后，

/ 211

她感觉自己的脚踝被松开了,她怔怔地抬起头,付峤礼正把自己身上的西服外套脱下来搭在了她的背上。

呼吸里忽然就涌满了付峤礼的气息。

尽管很多年没有见了,可是只要闻到就会知道是他的气息。

她曾经坐在他的旁边睡觉,听着他耳机里的歌,和他一起并肩走在路上,洒满阳光的安静午后,从他指尖咬进嘴里的糖,他的气息几乎贯穿了她一整个潮湿又泥泞的青春。

那种熟悉的气息一靠近,眼泪就要止不住了。

他什么都没有再说,手指拎起她的鞋子,然后俯身把她从台阶上抱起来,失重感让她下意识去搂他的脖子,可是手刚要碰到他就理智地收了回来。

他好像注意到了,看了她一眼,到底是什么都没有说。

车开到一家药店前,他下了车。

等他再回来的时候,手里拎了一袋子的药。她好奇地看了一眼,真的只是一眼,付峤礼就向她解释:"药,你感冒还没好。"

"我没有想知道。"她嘴硬地小声道。

他也不再说话,又沉默了下来。

车里太安静了,安静得感觉空气都要凝固,她干脆转头去看窗外,千万束灯光亮得像缀满了璀璨的宝石。这里的霓虹跟南苔市那个小城市不一样,随便一盏灯都好看得让人在这里迷醉,从霓虹穿过,宛若陷入星河。

十六岁那年在小城市里摇摇晃晃看过的霓虹,真的不会被眼前的繁华璀璨取代吗?

心里的刺痛感更强烈了,她干脆闭上了眼睛。

今天走了太多路,太累了,身边都是付峤礼的气息,她竟然很快就真的睡过去。车什么时候停了也不知道,只感觉有人把她很轻地抱起来,她下意识地搂住对方的脖子,叫了一声"付峤礼"。

"嗯?"他低头看着她闭着眼睛还在迷迷糊糊的困倦中的模样,轻声回应着她的梦呓,"我在呢。"

失重的摇晃感让她以为还在上学的公交车上,跟他抱怨道:"车上好晃啊,睡不着。"

他沉默了一瞬，而后像以前一样轻声哄她："过了这一段就好了，别说话了，睡吧。"

"好。"

她调整了一下姿势，往他怀里靠了靠，然后安心地继续睡了下去。

于诗遥醒来已经是几个小时以后，外面的天色还没有亮，漆黑的一片。她摸到身上陌生的被子，大脑空白了一阵，不知道自己这是在哪儿。

黑暗里有隐隐的光源，她从床上下来，脚踩在地上传来一阵刺痛，才突然想起来今天自己都做了什么，吃完早饭后就千里迢迢到了陌生的帝都。

她身处何方，好像一切答案都已经不言而喻。

她的脚步停了下来，可是那片隐隐的光源却豁然变大，付峤礼从门外进来，那盏灯在他身后的客厅柔柔地亮着。

他看到她站在房间中央也怔了一下。

他的轮廓隐没在朦胧的夜色里，她刚醒来，以为自己还在一场有他的梦里，目光一动不动地直直望着他。

直到他走过来，再次把她抱起来放回床上，低声问她："还困吗？"

感觉到他真实的体温，她从梦里醒了，点了下头："困。"

"要不要起来洗漱一下再睡？"

她一时没回答，他等了一会儿，以为她困得想继续睡，正要转身出去，听到她说："我饿了。"

他侧身回来："我给你做？"

"嗯。"

"有想吃的吗？"

"粥。"她埋头在自己的膝盖里，鼻尖泛酸，"我想喝粥。"

"好。"

他再次转身出去了，走之前把门半掩上。

孤寂的夜里渐渐传来厨房里的声音，那扇门半掩着的光源也比刚才更亮了。

她借着从门口泄漏进来的光，看到自己身上的衣服，她还穿着上午匆匆出门的那身衣服,一天的舟车劳顿,路途颠簸,早就一身的汗,乱糟糟的一片。付峤礼不会给她换衣服,但是脚后跟被磨破的地方贴上了创可贴。

旁边的床头柜上有他买的感冒药,还有一杯水。

很快,他端着热气腾腾的粥进来,放到旁边的桌子上,问她要不要开灯。

她"嗯"了一声。他把房间里的灯打开,只开了光线柔和一点的副灯,所以没有一下子亮得她眼睛不适应。

他在旁边坐下,安安静静没有说话,就像以前那样只是安安静静地坐在她的身边。

粥已经不烫了,不知道他用了什么方法,摸到碗只感觉温热,完全不烫手。

热气萦绕,她闻到淡淡的米香,里面还放了她喜欢的虾仁。

咽下嘴里的第一口粥,她终于知道了付峤礼做的粥是什么味道。

那一年她高烧不退,浑浑噩噩地躺着,许多事都没有什么印象了,只记得落在自己脸上的眼泪,滚烫得让人心脏揪起来地痛。后来她清醒了一点,开始吃他喂的粥,但是高烧到反胃,几乎是吃一口吐一口。

到现在她才知道,原来付峤礼做的粥是这个味道。

从吃下第一口开始,眼泪就再也止不住,每一口吃下去都会有大颗大颗的眼泪往下掉。

这几年她已经学会了默不作声地哭,可是眼泪真的太多,付峤礼连忙抽过纸巾,低着头擦她脸上的泪水。擦了又流下来,他怎么擦都擦不完,他指节紧绷着,也只是轻轻地捧着她的脸,看着她湿润的眼睛,手指越发僵硬。他一个字都没有说,但是直直望着她的视线灼热。

晦暗的灯光里,他浓烈的心疼快要无法克制。

最终,他拿走了她手里的粥,敛下眼眸后,语气依然平静:"别吃了,我去给你重新盛一碗。"

她没有拒绝,任由他拿走。

他走出房间之前还在回头看她,她连忙自己抽出好几张纸把脸上的湿漉漉全部擦掉。

等他重新回来的时候,她已经好很多了。

这次她很平静地吃完了那碗粥，他问道："你还想吃什么？"

她摇摇头。

忽然，她抬头问道："你还会做什么？"

"很多，我家吃的什么菜你也知道。"

"算了，不用了，喝粥就好了，我吃不下太多东西。"

"嗯。"

他把碗勺都收走了，把刚才她用掉的一堆纸团收进垃圾篓里，问道："你要不要洗漱一下再睡？"

"我可以洗个澡吗？我出了好多汗。"

"好。"

她没有别的衣服可以穿，付峤礼找了一件他的棉质T恤给她。他比她高很多，穿在身上刚好像裙子。

他把她那一身汗的衣服拿去洗了。她洗完澡出来的时候，他跟她说："你先将就穿我的，明天我去给你买些衣服。"

他的话有一种她会在这里住下来的感觉。

她一时没回答，因为她其实没有想过要在这里待多久，甚至来的时候都没有想过要跟他说什么，兴许只是见他一面就离开了。

但是现在没有衣服穿，她好像一时半会儿也走不了。

她的迟疑好像又被他看穿了，他走到她旁边坐下来，沉默地握起她的脚踝，看着她洗完澡蹭掉创可贴后的伤口，仿佛在考虑要不要再给她涂一次药。

她现在只穿了一件他的T恤，裸露在外面的腿让她有些不自然。

可是当她想缩回自己的腿，脚踝却被他攥得紧紧的，他抬眸问她："遥遥，你很急着回去吗？"

他的这个称呼忽然把她带回她高烧昏迷不醒的那天，他在耳边一遍一遍叫着她的名字。

她不敢再去看他，不只是他的眼睛，连他的脸都不敢再看，只能小声地反抗着："你不要这样叫我。"

沉默无声里，他僵持着不动，似乎一定要她面对。

她再一次开口："那我也不能住在你这里。"

"你想住在哪里？"

她还没说话，他又先一步说道："酒店？"

她本来没想这么多，听了他的话，觉得酒店也不错，她点头："嗯。"

而后他很轻地笑了一声："这次又是担心我什么。"

他宽大的手掌如枷锁，温柔却牢牢地握住她的脚踝，让她无法逃脱，被他覆着的皮肤也快要适应他的温度。

"高三的时候担心我高考，大学的时候担心我的前途，现在是担心什么？担心影响我休息？"

她忽然就不高兴起来，问道："我担心得不对吗？你本来就不应该被我拖累。"

"你担心得对，所以你的话我都听了，你的要求我也都照做了。这几年我没有主动到你的面前来打扰过你，我这样不够你满意吗？"

她沉默不语，一点脾气都没有了。

好久后，她小声回了句："满意。"

"那你在哭什么？"付峤礼松开了她的脚踝，却俯身向她靠近，他牢牢盯着她，伸手捏着她的脸让她面对着自己，这次不允许她逃避，低声问道，"看着我回答，你在哭什么？"

她曾经很喜欢他看自己的眼神，从他的眼睛里，她每次都能看到完完整整的自己，那漆黑的眼底明明是最冷淡疏离的，可是每次看到他的眼睛，她都会觉得这个世界好温柔、好安静。

可是后来，她学会了忍受种种苦，却再也不敢看他的眼睛。

也许是因为她很清楚，自己的懦弱和逃避亏欠了他很多，她曾经做过很多伤害他的事，所以总是不敢面对。

如果他真的在越来越好的人生里遇见了越来越好的人，她也可以真的死心，可偏偏他的种种迹象都在向她表明，她没有善待他的真心。

寂静的深夜，房间里只开了朦胧模糊的灯，他的面孔很近很近，近到即使是这样暗淡的光线也能看清他细密的眼睫毛。

她沉默了很久，不知道怎么回答他。

但是沉默下来的安静反而让这样近距离的注视变得更漫长了，他的视线也不再只是看她的眼睛，从鼻尖，再往下移。

他的目光停在她嘴唇的那一刻，她感觉到他的视线有一瞬的凝滞，她的呼吸也跟着停滞。

但是只有这么一瞬。

他再次移回视线，漆黑的眼底仍然是她熟悉的柔和。

她的眼睫毛颤了颤："我困了。"

"嗯，你睡。"

他仍是这样盯着她，没有要离开的意思。僵持了一会儿，她提出来："你……出去。"

他低笑了声："这是我的房间、我的床。"

只迟疑了一秒，她就掀开身上的被子，挣扎着要从床上起来，怕他在旁边阻拦，手脚麻利得不行。

而他慢条斯理地坐正回去，跟她解释："遥遥，我跟你说过，我只是普通人。

"抛开那些世俗赋予我的期望，我在你的面前只是个普通人，普通人的爱恨贪欲，我都有。"

她连拖鞋都顾不上穿了，下地就要走。

付峤礼拉住她的手腕，在她回头时，仍然云淡风轻："这么晚了，你连衣服都穿着我的，要去哪儿？"

忽然，他见她不逃也不反抗了。

他有些意外："怎么不跑了，刚刚不是还急着要离开？"

她不仅不跑了，还好好地躺回来，并且拉过被子盖上："就这样吧，我睡了，你随便，记得帮我关灯。"

他依然坐在那里，见她态度反转，忽然笑了一下，问她："能不能告诉我为什么？"

"你不是很聪明，什么时候都能看透我吗？"

"这次没看透。"

"自己想。"

"遥遥，告诉我吧。"

她隔着身上的被子踢了他一下："都说了别这样叫我，我们现在还没那么熟。"

结果这个人油盐不进，百毒不侵，垂眸看着她，再叫了一声："遥遥。"

她心跳快得不行，没法再听第三遍了，拉高被子遮住自己的脸，

/ 217

才跟他解释道:"因为你刚刚拦我的时候,拉的是我的手腕,不是手。"

说完后,房间里静了下来。

好久都听不到他的动静,她有点紧张,慢慢拉下被子。黑暗中,他正在看着自己,像她梦中见到过很多次的付峤礼,柔和安静的眼睛,带着点拿她没办法的无奈和纵容。他不再吓唬她,伸手揉了揉她的头顶,声音也轻得如同从前:"睡吧。"

他起身离开,走之前替她关掉了房间的灯。

门被关上,房间又一次陷入寂静中,她的手还拉着被子,想着他最后那个柔和又无奈的笑容。

他的真心一目了然,也情愿被她看穿。

无论是从前还是现在,他对她的触碰都仅仅止于他的欲望之前,他每一次都只敢抓着她的手腕,再多一点的越界都舍不得。

他偶尔流露的强硬下,其实始终是那个,很听她的话,多一点冒犯都怕惹她不高兴的人,哪怕是她赶他走,让他不要再出现,他也舍不得让她有一点不高兴。

偏偏越是懂他的好,越是会难过。

心脏密密麻麻地疼。

他压抑的思念也许早已如山洪,所以在她避开视线的时候,她仍然能够感觉得到他的目光灼热,能穿透这好几年的时间和距离。

再度醒来时,看到床边放了好多纸袋,她打开一看,里面都是新的衣服还有鞋子,连内衣都有。

翻了一下尺码,刚好是她穿的,但怎么连内衣的尺码都合适……

她昨晚背的包放在床头柜,手机在旁边充电。

她拿过来,电量已经充满了。

屏幕上有几条未读消息,是付峤礼给她发的信息,告诉她买的衣服和鞋都在旁边,冰箱里有他做好的饭,可以热一热就吃,如果不喜欢可以点外卖,下面附上了一条配送外卖的地址。

然后他告诉她,他中午没法回来,最近的事他会在今天尽快忙完。

他的这条信息在聊天框里出现,有一种不真实的割裂感。

因为再往上的聊天记录,全部是没有过互动的单方面信息,冷冰冰的对话框连几年没联系过的普通同学都不如。

离开南苔市以后,这些年于诗遥的微信列表陆陆续续加了许多人,大学的同学、老师、学校周边的外卖商家,后来辗转各个城市,她每换一个工作就会加上一些新的人。

这些人直到今天都偶尔有联系,什么话都能聊。

偏偏在心底里最深刻的那个人,一句聊天都没有过。

她找出付峤礼给她买的衣服,都是她从前喜欢的风格,但是她已经很久没有再穿过裙子了。

除了做群演要穿的戏服,她自己私底下从来不会穿裙子。

她低头看了看小腿上横亘的伤痕,很多都已经愈合而且褪淡了,只有一些比较深的伤口还残留着,本来不是很明显,但她的皮肤白,仔细看还是能看得出来。昨晚洗的衣服还没有干,她只好找出一条裙子先穿上。

然后她拎着自己的包和手机出了门。

兴许是这些年的生活居无定所,习惯到了一个城市就先随意看看,随处走走,看到有感兴趣的招聘信息就进去问问,没有就一直走下去,走到天黑,找个地方休息一下又继续。

从前于诗遥喜欢浮华,喜欢热闹,喜欢一群人围在一起挥霍,她的生日总是办得很热闹,爸爸给她包下别墅请同学朋友们都来玩,在少不经事的时光里将快意挥霍尽兴。后来,种种如同浮生一梦,她再也不喜欢热闹,越来越喜欢一个人安静地待着。

从公交车的起点坐到终点,再从终点坐到起点。

从一条路的开始走到尽头,再走到另一个尽头。

讨厌人群、讨厌嘈杂、讨厌哄闹、讨厌声音,这个世界为什么会那么吵闹。

爸爸手术失败的那天,病房里来了很多人,都是爸爸以前很好的朋友,她浑身冰凉地坐在病房门外,麻木地看着那些人进进出出,来来往往。

他们很多人都知道结局,所以经过她的时候叹着气劝她坚强。

只有一个人停在了她面前,没有走开。他在她旁边坐了下来,声音很轻地说:"想哭就哭吧。"

她慢慢靠在了他的身上，这个世界人来人往的吵闹在他靠近的一瞬间，好像全部安静了下来。

她侧了侧脸，将脸抵在他的肩膀上，因嘈杂而沸腾的血液冷却下来，全部成了浸透他的眼泪，从一声不吭地掉眼泪到身体不受控制地颤抖哽咽，他也只是沉默地轻轻拍着她的背。直到爸爸在病房里找不到她，付峤礼扶着她进去。

那应该是爸爸最后一次清醒着见她了。

她现在都还记得，那天下午是阳光灿烂的，爸爸病恹恹着快要糊涂了，看着她红肿的眼睛，声音有些虚弱，但仍然温和地说："诗诗，怎么这么憔悴，是不是又熬夜看书了？你也不要把自己逼得太紧了，我和你妈妈虽然经常念叨你，让你好好学习，但是爸爸一直希望你能够平平安安、快快乐乐的，去做自己喜欢的事，过自己喜欢的生活就好。"

她的眼泪一直在掉，爸爸挣扎着要起来，旁边的人都哽着声去按住他。他病糊涂了，不太理解怎么回事，仍虚弱着要起来。

只有付峤礼明白他想做什么，连忙从桌子上拿起抽纸去给于诗遥擦眼泪。

爸爸才安分地躺了下去，可是语气仍然担心："诗诗是不是在学校受什么委屈了，怎么一直在哭啊？"

她已经哭到说不出话，摇了摇头也只能哽着声说句"没有"。

付峤礼一边给她擦着眼泪一边回答："今天发了成绩，她觉得自己考得不好，刚刚来的路上就在偷偷哭了。没事，我等会儿帮她看看错题，叔叔，您不用担心。"

"这样啊。"爸爸的语气越来越虚弱，"峤礼，你帮我安慰安慰她，学习的事别把自己逼得太紧了，只要平平安安的，过自己喜欢的生活也很好。"

"我会的，叔叔。"

后来，她发了高烧，昏迷地躺在那里做了一场又一场的噩梦。

偶尔清醒时，她会抓着付峤礼，一遍又一遍地叫他的名字，她的眼泪不停地流，他的手掌里全是她的泪水。只有在付峤礼的面前，那些积压的痛苦才会得到释放，她一遍又一遍地说着："好痛苦啊，付峤礼，活在这个世界真的好痛苦啊"。

220 /

胸口很疼，呼吸也很疼，心脏上像是被压着重重的石头，每一次生命体征的运行都会伴随着割裂一般的痛。

好想安静下来，怎么样结束都可以。

付峤礼给她喝水的杯子被她失控地打翻，递给她的药也被她砸了过去，她对他说过很多恶毒的话，他漂亮的手上有她的咬痕，脖子、肩膀，很多地方都有。

他每一次都是沉默地捡起她制造的碎片，她对他的攻击那么狠毒，他却担心这些碎片会伤害到她。

冷静下来后，意识到自己对他做了什么，巨大的内疚堆积成山，她负罪累累，所以这辈子唯一不敢再看的只有他的眼睛。

她因此休学了半年，妈妈那一辈的人不太了解心理方面的病症，但是看得出来她伤心过度，她的心情很差很差，一整天都把自己闷在房间里，不说话也没有表情，跟她说话也总是反应迟钝得半天才回应一声，所以想让她在家缓缓再去上课。

妈妈甚至考虑过，大不了就这样吧，上不了学就不上了。

"只要诗诗平平安安、快快乐乐的就好了，等诗诗心情好点了，就去过自己想过的生活吧。"

她迟钝地点着头。

那半年里，付峤礼仍然在给她买药，她进行着药物的治疗，但是痛苦还是无法得到全部缓解，她只能靠伤害自己，渐渐地从痛苦回到现实。

睁开眼的时候，旁边是那本付峤礼送给她的书，唤醒着她求生的欲望。

她新伤旧伤，覆盖累累，痛苦不已，而那些她攻击在付峤礼身上的恶毒应该也是如此的重。

人的自我保护会淡化对痛苦的记忆，她不愿意回忆起失去爸爸的痛苦，也不愿意记得自己伤害过付峤礼的痛苦。所以她把那些事全部刻意地遗忘了，只留下了本能的指令，远一点，要离他远一点，不要再去拖累他。

但是记忆被她刻意淡忘，却会一次次成为痛着醒来的噩梦。

她深知自己的内疚堆积成山，所以才不敢再见他，却偏要给自己一个理由，是希望他过上更好的生活，遇见更好的人。

他总有一天会遇见更好的人，把这样一个糟糕的她遗忘。她是这样告诉自己的。

毕业后，她终于过上了自己十六岁时向往的那样，流浪一般的生活，可是，到今天她也没有找到自己真正想要去的地方。

当她发现这几年来生活的每一处痕迹都有付峤礼的影子，她好像才明白答案在哪里。

包里的手机又一次亮了起来，有一个未接来电，还有一条未读的微信。

付峤礼怕打扰她，惹她不高兴，所以发的信息总是适可而止，对她的态度也总是克制内敛。尽管屏幕那头的他也许早就心急如焚，这些年的想念也堆积如山。

在她闭着眼睡着的时候，他又是以怎样炽烈的目光在看她呢？

他给她发微信：你回去了吗？

他回家后看不到她，以为她已经偷偷回了苏城。

她发了一个定位给付峤礼，然后把写好的信放进了信封。

付峤礼找到她的时候，她已经从邮局出来，坐在门口沿街的长椅上。

这里不能停车，他找了地方停车后就一路跑过来，到了她面前的时候还在喘着气，但是他对她说话的语气，总是很轻："遥遥，怎么跑这么远来了？"

她抬头看着他，他见她呆愣愣地盯着他也不说话，伸手把她的头发捋顺到耳后，又问道："怎么了？"

她摇了摇头，低下头说："付峤礼，我找不到回去的路了。"

"你打电话给我，我会来接你。"

"你在工作，你很忙，我不想耽误你。"

"可是至少我不会让你迷路。"

她不说话了，他轻声问道："回家吗？"

"有点累了。"

他蹲下来，握着她的脚踝，看了下她的脚："昨天的伤还没好。"

"还有点饿。"

"我回去给你做饭,还是你想吃别的,帝都的东西要尝尝吗?"

她摇了摇头。

他好像察觉到了她现在的软弱,伸手轻轻捧着她的脸,声音像哄:"遥遥,那我们回家?"

那样的语气,好像从前她病痛难忍的时候,他也是这样告诉她:你很好很好。

那个时候她相信,自己会在付峤礼的陪伴下好起来,但终归是她推开了这个会让自己好起来的人。

她点了点头。

他正要握着她的手腕站起来,听她抬头说道:"付峤礼,你背我好不好?累了。"

他没有迟疑,再次在她面前蹲下。

她搂着他的脖子,趴到了他的背上,他好高,在他的背上看这个乱花迷眼的世界,昨日种种也如昨日霓虹,可是见多了这样迷人的灯,好像都不如十五岁那年见过的他看向她的目光。

她趴在他的背上说道:"我刚刚,在邮局给你寄了一封信。"

他微微侧头:"什么信?"

"就是,我每到一座城市都会给你寄的信。不过,这次的明信片照片不是我自己拍的,是我刚刚路过一家文创店,看到有帝都风景的明信片就买了。"

"寄的哪个地址?"

"当然是你最近告诉我的那个地址。"

"那可能明天就能收到了。"

"嗯。"

"付峤礼。"

"嗯?"

"我很想你。"

"嗯。"他又说,"我也一直很想你。"

于诗遥一直不明白,用夏天来形容什么最合适,到底是相遇,还是告别?

/ 223

现在，她搂着付峤礼的脖子，旁边的马路上车水马龙，可是她听见的所有的声音都好安静。

所以答案，也许是重逢。

Chapter .09
愿：倦鸟归林

她曾有鲜花烈酒，也曾穷困潦倒，回头细数这毫无建树的二十几年，一个人到哪儿都觉得孤独，原来，她早就活在了他的山林中。

坐进付峤礼的车里，她看到他车里的挂饰是一棵树。

想到他好几年的微信头像都是树，于诗遥这个时候才意识到，树的元素不是偶然，而是他刻意的选择。

她问道："这是什么？"

他看了看她问的东西，然后看向她："树。"

"我知道是树。"

他好像没有要继续解释的意思。

不过他要开车，她也不好一直闹他。

回到家里，她想去洗澡，拿衣服的时候才发现，付峤礼没有给她买睡衣。她将就穿着昨天那件付峤礼的衣服，出来的时候他还在厨房，她质问道："你怎么没有给我买睡衣？"

他回头，看了一眼她身上穿的他的衣服，语气平静道："忘了，穿我的也没有什么不好。"

"你连内衣都记得买。"

他很轻地笑了一下："嗯。"

"嗯什么嗯。"她想起来尺码的事，小声说，"你怎么知道那个……大小的。"

"照着你穿的那件的标签上写的尺码买的。"

她安静下来。

他回头问道:"怎么了?"

"没怎么。"

他看穿了似的笑了起来:"遥遥在想什么?"

她轻轻踢了他一脚:"什么都没有。"

她小跑回了客厅,他在身后无声笑着提醒她洗手,等会儿就吃饭了。

她虽然玩闹的时候踢他踢得毫无负担,但还是害怕对他冒犯,吃饭的时候不小心踢到了他的脚,都会像又做了伤害他的事一样连忙缩回来说对不起。

"你不用跟我道歉。"

他连表情都没有变一下,仿佛已经习惯了她的莽撞,平淡地全部接受。

反倒让她想起来第一次见到他的时候,他在她家里吃饭,她不小心踢到了他,当时并没有在意,她回头看到他走神才起了坏心思。

"付峤礼。"

他抬头:"嗯?"

"你记不记得我家刚搬到梧桐巷的时候,你来我家吃过几天饭?"

"嗯。"

"第一天的时候我好像不小心踢到你了。"

他的眼睫毛很轻地颤了一下:"嗯。"

"但第二次我是故意的。"

"我知道。"

"啊?"他拿着勺子盛汤,平淡的反应显得她很没趣,她小声道,"你怎么什么都知道,这样让我觉得我当时是自讨没趣。"

他轻笑了一下:"但是我喜欢。"

"哦。"

那种负罪累累的感觉涌上来,她对他一点都不好,可是他从不怪罪,全盘接受。

他把汤盛好,放到了她的面前,连勺子都放好朝着她顺手的方向。她低头握着勺子,付峤礼注意到她心不在焉,问道:"又在想什么?"

"你结婚了吗?"她忽然问。

付峤礼明显地沉默了,但还是好好地回答了她:"没有。"

"有女朋友吗?"

"没有。"

"有暧昧对象吗?"

"没有。"

"有好感一点的人呢?"

他没说话,她停下了勺子,抬头看向他,问道:"从前到现在,一个人都没有吗?"

他看她的眼神平静,却无比肯定地说:"除了你,一个都没有。"

"为什么没有?"

他明明值得更好的人,他不应该被她拖累,可偏偏他没有这样,他的在意让她越发觉得愧疚。

付峤礼察觉她情绪不对,连忙到她的身边:"看着我。"

他低头去寻她躲避的眼睛,再次说道:"遥遥,你看着我。"他的视线很紧,语气却很轻,像从前一遍又一遍响在她耳边的声音,"我不在意,明白吗?"

"我不在意这些,我知道你的想法,我知道你当初为什么让我别再找你了,你觉得你做了很多对我不好的事,你说我总有一天会遇见更好的人。但是,遥遥,你想用时间来证明我总有一天会离你而去,我也可以用时间来证明,即使见过再多的人,我也只看得见你。

"我听你的话,不再去找你,不再打扰你,但这也是我交给你的答卷。我改变不了你的想法,那就用这六年多的时间让你知道,我这一生的确还会遇见很多人,很多不同的人,但是不管遇见多少人,我也只看得见你。

"如果你还是不相信,或者说,你还是害怕最后会离别,不如,给我个机会,让我反过来证明一次。"

他的声音那么坚定,驱散她心底的负面想法,只要在他的身边,世界就会慢慢安静,破碎的会愈合,动荡的会停止,她的世界在山摇地动,她向海底坠落,而他会一次又一次将她捞回岸上。

她的波动在他的一字一句里平静了下来,小声说了句抱歉:"我好像又在说很多消极的话,对不起,可能又会让你不高兴了。"

他正要说什么,这时候桌子上的手机响动,屏幕也亮了起来。

是他的手机。

他拿过来划开解锁，界面还停留在微信，她看到自己在置顶，备注还是很多年前他设置的那一个遥字。

给他发信息的是杜阿姨，他看到后顺手打了个视频电话过去。

视频刚接通，那头吵吵闹闹的声音就传了过来，听起来很热闹，杜阿姨用起现在的新款手机还有点不太会操作，看到视频通了，连忙叫旁边的人："老赵，峤礼回电话了，但是这个咋操作啊？怎么屏幕上这么大一个都是我，你快帮我调一下。"

杜阿姨在视频里笑呵呵的，声音跟以前一样响亮。

于诗遥从前觉得不习惯，因为从小到大接触到的人都是文质彬彬的，这些年认识了太多形形色色的人，反倒开始觉得杜阿姨的声音亲切。

她在旁边继续吃饭，安静着不弄出什么动静。

直到视频里传来一个她无比熟悉的声音："你不会用那部手机，你接着用以前那部呗，你那手机又没坏。"

"哎哟，这不是儿子买的，不会用也得用啊，快点帮我看看。"

"来了来了，在切水果呢，不得洗个手啊。"

她怔怔转过头，看着付峤礼的手机，然后慢慢地、真切地看到屏幕上出现了妈妈的脸。

她和杜阿姨在一起，视频里你一言我一语的，付峤礼话少，听起来倒像是专门来听她们两个闲聊的。

准备挂电话的时候，妈妈看见视频里的碗筷，问道："吃饭呢？怎么这个点了才吃饭啊？工作别太辛苦了哦，还是要注意点身体。"

于诗遥没有出现在镜头里，她这些话都是对付峤礼说的。

付峤礼转头看了于诗遥一眼，她无动于衷，似乎不是很想被她们知道自己在这里。

妈妈又道："对了，我们家诗诗要是之后去了帝都，你带她玩玩。她花钱太凶了的话，你跟阿姨说，阿姨给你报销。"

"妈，我不是小时候了，早就不大手大脚地花钱了，你怎么还停留在我小时候……"她脱口而出地撒娇抱怨。

视频里安静了，由于她坐在旁边，传过去的声音并不是很清晰。妈妈反应了一会儿，转头问杜阿姨："我是老了吗，耳朵好像不行了，我怎么像是听到我们诗诗的声音了？"

"诗诗下午到的，我刚接她过来，休息一下明天就带她去玩。诗诗现在很好很成熟，我都得听她的安排。"付峤礼一边说着，一边把手机向她凑近。

视频里妈妈笑得合不拢嘴，嘴上还在替她谦虚，笑骂道："她懂什么安排啊。要是她惹你不高兴了，你跟阿姨说，阿姨打电话说她。"

杜阿姨也发话了："诗诗好不容易去你那里了，你就给她吃这个啊。你这小子懂不懂事，明天好好请顿贵的。

"行了行了，我跟你杜阿姨继续看电视了。那个，诗诗，你吃完饭自觉点把碗洗一洗，别吃完就躺下玩手机。"

"你让诗诗洗什么碗，哪轮得到诗诗洗碗，峤礼喜欢惯着就让他惯着呗。我们挂了啊，下回再打。"

视频挂了以后，房间里忽然变得很安静。

付峤礼看了她一眼，她低头没有理他。吃完饭，站起来要收碗，他从她手里拿走碗筷："你去休息吧，碗我来洗。"

她倒是没争，语气却故意带点不服气："我妈都让我自觉点了，让我不要给你添麻烦。"

他轻笑着："阿姨才舍不得，故意说给我妈听的客气话罢了。"

"那，你妈妈说的可能也是客气话。"

"但我愿意惯着，她也管不了我。"

"但是，"她跟在他后面，有点不好意思地问，"我妈和杜阿姨，对你和我，为什么……"

他把碗放进水槽，打开水龙头，跟她说道："因为，我对你早就已经不是什么秘密。"

水流声充斥着整个厨房。

外面夜幕降临，她怔怔地站在他的旁边："有吗？我妈从来没有提过，我以为她不知道。"

说到这里，她好像忽然察觉到了一些异样的地方，在脑海中抽丝剥茧。

她这些年四处走走停停，时常给妈妈报平安和近况，妈妈听她去了一个又一个的城市，有时候会问她怎么不去帝都啊，也去大城市转转。

/ 229

她读大学之后，妈妈没有再住在南苔市，而是去了舅舅那边，跟舅舅一起做了生意，做得风生水起，给她打的零花钱比她自己挣得还多。跟她闲聊的时候，妈妈也很多次聊到付峤礼的近况，就像是聊到一个隔壁家的孩子，说他最近在做什么什么了，然后旁敲侧击地问她有什么打算。

她以为妈妈不知道，所以也只当是普通的家常。

月亏则盈，阴晴圆缺，人的不幸与幸在轮回，熬过苦难总会有好日子过。

丧亲之痛随着时间变淡，经济条件逐渐变好，生活还在一往无前地继续着，一切都在变好，只是记忆里的人，她始终觉得亏欠，所以也很难面对。

"那时候你高烧昏迷不醒，所以很多事你不知道也正常。"付峤礼解释着。

她追问："有发生什么吗？"

"没有发生什么，只是我一直守着你，谁都看得出来我对你的不寻常。"

她想到那些滴在她脸上的眼泪，还有耳边他一遍又一遍的哀求，扶着她在颤抖的手。好像也能够想象得到，当时的画面是什么样的。

好久后，她问道："那个……叔叔、阿姨没有骂你啊？"

"骂了吧。"

"什么叫骂了吧，骂了就是骂了，没骂就是没骂。"

"我不记得了。"

她撇撇嘴："骗人。"

他还是笑："不记得了，不过他们也管不了我。"

她站在他的旁边看着他，沉默下去不知道该说什么。

他洗完碗，擦干净手上的水，缓缓说道："其实，有发生一件事。"

"什么？"她抬头问。

话音刚落，身体忽然腾空，她吓得下意识就搂住付峤礼的脖子。

他把她放在沙发上，他的动作很轻，如护珍宝，反倒让她心跳难安。他找出昨天买的药，她感冒还没有完全好，他一边倒着热水，一边说道:"叔叔当时清醒过一次,但你还在高烧昏迷,那个时候他在叫你的名字,虽然已经很难发出声音,但是他在叫诗诗。我只能跟他说你守了一晚上,刚睡下。"

他把倒出来的药片和热水都递给她,她怔怔听着,眼眶有些酸地说:"我爸爸应该知道你在说谎吧。"

"嗯。"他又去拿涂擦伤的药,在她面前蹲下,"他拍了拍我的手,我猜叔叔应该是知道我在骗他,也知道了我对你的心。"

"然后呢?"

"然后他就睡着了。"

他握住她的脚,准备给她涂药,说:"所以,就算是不辜负叔叔的放心,我也该对你好。遥遥,你要不要考虑一下,给我一个反过来证明的机会?"

被他握着的脚有些不自然地发热,她下意识地缩了回来:"反过来证明是什么意思?"

他没有强迫她,手里拿着棉签,听到她的发问后,抬起头看着她:"既然分开不能证明我会喜欢上别人,那就试试让我在你身边,试试我是不是真的会坚定不移,永远爱你。"

他说完,倒也没有强迫她一定要现在给出答案,低头继续给她涂药。

而她在付峤礼说完这句话后整个人都放空了。

她考虑着他刚刚说的话,没有注意到付峤礼给她涂药的动作停了,直到听到他的声音,隐隐颤抖着:"这是怎么回事?"

她回神,看到他正死死盯着她的小腿。

只是一瞬间,她就慌了神。她下意识要缩回来,却被他紧紧攥住了,他的手用力地握住,手背和腕骨紧绷着,掌心却理智地控制着不使劲,怕她疼。

他蹲在她面前,死死地盯着她的小腿,她只能看到他的眼睫毛、鼻梁,还有隐隐可见抿紧的唇线。

他握着她的小腿,很久很久都没有说话,久到时间都仿佛停滞了。

她已经越来越清晰地感觉到他的颤抖。

她终于抵不过这死寂一般的沉默,试探着开口:"付峤礼?"

可是他并没有理她。

她试图让他放松一点："我说这个是我不小心弄的，你会信吗……"

回答她的还是只有沉默。

她又用轻松一点的语气说道："意外，是意外，你也知道嘛，我一直四处游荡，遇到坏人也是情理之中的事，是意外中划伤的。"

"骗我有意思吗？"

他终于开口了，但声音仍是颤抖的，让人只听了一遍就再也说不下去了。一目了然的真相，她不管怎么说都无济于事，骗不了他，也瞒不过他。

"你如果真的有意外，我怎么会不知道。"

他的声音在颤抖，可是语气很冷，冷得不容许她再用任何的话搪塞过去。

她看不得他这样，只好实话实说："是以前的事了，爸爸去世那年发生的。我现在已经好很多了，自从离开南苔市以后，远离了那些造成我难受的源头，一切都在好转，只偶尔会感觉到低落，所以这些事我很少再做了。"

但是好像所有的事都瞒不过他，他听到了"很少再做"这几个字眼，而不是"没有再做"。

他的语气仍然很冷："最近一次是什么时候？"

她的沉默换来他的逼问："说话。"

他带着几分厉色，很像那年她被玻璃杯砸伤了脚，他也是用这样又狠又急的语气追问她药箱在哪里，强硬地拽着她去医院的时候，也是这样的冷硬无情。

他对她处处忍让，哪怕是她做了伤害他的事，他也没有任何怨言，可是但凡会伤害到她，他的一身冷硬就会出现。到了这种时候，她也知道自己在他面前再作威作福都没有用。

"大学。"

"因为什么？"

他继续逼问，可是这一次，她真的说不出口，如果他知道她是因为他而痛苦得伤害自己，那会让他更难以接受。

然而，她的沉默好像让他明白了是为什么。

他再也问不下去。

他握着她的小腿，力气好像松开了，失魂落魄的样子却比刚刚的强硬更让人难受。她连忙说道："已经过去了，反正现在伤口都愈合了，你也不要再看了，好不好？"

他没有回答她，甚至没有要回应她的意思。

对这样的痛苦，她能够感同身受，她也沉默了好久，感觉时间在一点一滴地煎熬下去。

她想说点什么让他别在意了，然后就看到他低下头去。他的手掌很轻地握着她的小腿，慢慢低下的唇很轻很轻地吻在了她腿上的伤痕处。

他的呼吸很热，可是气息轻得小心翼翼，仿佛是怕呼出的空气会伤害到她。

小心翼翼到，她能够感觉到他平静忍受的躯壳里，灵魂在被灼烧炙烤似的痛。

很久后，他抬离了唇，问她："疼吗？"

她连连摇头，生怕他感觉到一点迟疑："不疼，早就不疼了，都是以前的事了，已经愈合很久了。付峤礼，你也不要再在意了好不好？"

但他没法不在意，质问着："你说你会好好照顾自己，你就是这样对自己的？"

"对不起。"

"不要再跟我说对不起了，你明知道你无论做什么我都不会怪你。可是，遥遥，这一次，我可能没法原谅自己了。"

她不知道该说些什么，他聪明到什么都能懂，什么都能看透她，所以很多话她说出来都很多余，也无济于事。

他轻笑一声，像自嘲一般继续说道："这些年我一直在看着你，阿姨会把你去了哪个城市在做什么告诉我。你租不到便宜的房子，我偷偷替你交了房租，让房东装作收你低价；你砸坏了店里的手工品，我偷偷帮你把钱赔上，让店主跟你说便宜货不用赔偿。

"你让我不要再来找你了，我听你的话，但我说的我会永远陪着你，我也会做到。只是你不想看到我，我就不会主动出现打扰你。你让我去过自己的人生，你说我会遇到更好的人，我没法改变你的想法，那我就用时间来证明你的想法是错误的。

/ 233

"可是如果早知道你会这样，我绝对不会答应你。就算你每天看到我都会生气不高兴发脾气，我也不会答应你。"

他抬头看向她，明明轻笑着，一双眼睛却好像随时会掉下泪来："于诗遥，我从前到现在就是太听你的话了，我真的……就不该太考虑你的感受。"

他说完，从她面前站了起来。

她忽然无端地心慌，连忙拉住他，问他去哪里。

他的语气很平静："今天很累，从昨晚到现在都没有好好休息，我想去睡一会儿。"

她迟疑着一时没有松开手。

他视线淡淡地瞥下来，无波无澜地说："怎么，你要陪我睡吗？"

他用故意嘲讽她的语气说出这样的话，他是最懂怎么吓唬她让她放手的，所以他甚至没有再看她，从她面前径直离开了。

浴室里传来水流的声音，再后来这些声音也消失了。

夜幕降临，从玻璃窗望出去，城市还在霓虹闪烁的喧嚣中，一切都还没有到最死寂的时候，灯在跳动，心脏也在跳动。

但是此时他们之间的夜色，随着他的离开彻底地静下去了。

于诗遥回房间后，借着灯光又看了看自己的小腿。

其实伤口早就已经愈合了，也没有留下多少疤，只有一两道比较深的痕迹，因为她皮肤白而若隐若现，不仔细看根本看不出来。

怎么就被付峤礼看出来了。

她转头看着墙壁，付峤礼在隔壁房间。夜色寂静，能听到车子开过的声音，远处传来一两声喇叭鸣响，唯独近在咫尺的付峤礼，她听不到他的任何声音。

她轻轻地打开了他的门，里面黑漆漆一片，什么都看不清。她还没有来过这个房间，所以不太清楚里面的构造，只能借着手机屏幕微弱的灯光照着面前一点点路面往前走。摸索着应该快到床边，结果没想到直接一腿抵在床边栽倒了下去，手机屏幕倒扣倒下，整个房间里唯一的光源熄灭了。

但是身下的人一声不吭，没有一点反应。

就算是睡着了被这样压下来也该醒了吧,她一边摸索着付峤礼是朝哪边躺的,一边说着:"付峤礼,你别装睡了。"

他还是一声不吭,却抓住了她在胡乱摸索的手。

她顺着他手的方向朝他转过来,问道:"我能开灯吗?"

他还是不理人。

她用另一只手去摸他,想摸到他的脸,结果也被他死死扣住。

重心被迫压下,她上半身都倒在了他身上。

这么近,她终于听到唯一一点来自他的声音,那种找不到他的焦躁感也因此消失了。

她不再说话,就这样静静趴在他身上,听着他的呼吸声,直到过了一会儿,她好像听出来他的呼吸并不寻常,带着一点点的抽泣。

她有点慌,再次想要爬起来,但被他死死地抓住,她说:"付峤礼,我想开灯。"

他不回答她,这更加印证了她的猜测:"我想看你。"

"付峤礼。"

"我怕黑,我会胸闷,会恐慌,会呼吸困难,然后就会焦躁起来发病。"

黑暗中,她感觉到身下的人松开了一只手,而后一阵窸窣的声音,身侧的小夜灯忽然亮了起来。

朦胧的光线,只能依稀看清人影。

他开了灯以后就侧过身,留给她的只有隐隐的轮廓。

她从他身上翻到他侧躺的那一边,抓住他的被子要拉开,手又一次被他握住。她想继续去拉他的被子,被他紧紧握着动弹不得。

她索性也不去拉他被子了,顺势这样躺下,凑近一些想要去看他的脸,他再一次翻身背对着她。

"你非要背对着我干吗?"

他还是不肯理她,她只好又一次跑到他另一边去。

只不过她这次刚翻到他身上,他忽然转身平躺着,猝不及防的四目相对,他的目光有点恶狠狠地瞪着趴在他身上的她。

她轻轻地摸向他的脸,手指很轻地抚过他的皮肤:"你真的……哭了啊。"

她曾经只感觉到他的眼泪,却不知道他哭是什么样子。

这一次她清清楚楚地看到他哭的样子,他却不愿意被她听见哭声。

所有的钝痛都在这一刻化为实质,包括那一年他滴在自己脸上的泪水,滚烫的温度,像被沸水烫伤一样似的痛。

他没法再避开她,只问道:"你来做什么?"

她吸了吸鼻子,用轻松的语气说:"陪你睡啊。"

"我不用。"

"不是你说的吗?"

"我不用你陪。"

"为什么不啊?"

他侧过脸,避开她直直的目光:"反正不用。"

但是他眼底的湿润,在他侧身后被光线映亮,比刚才更能看清了。他的眉眼很冷,轮廓也很冷,整个人有种不近人情的冷淡疏离,可是他此时躺在她身下眼泛泪光的样子,脆弱得让人心疼。

她问:"以后我的话,你还会再听吗?"

"不会。"

"可是付峤礼,我想亲你。"

他静了片刻,仍然侧着脸不看她:"不可以。"

她低下头,轻轻地亲在他的眼尾。他的眼泪是咸的,残留在皮肤的眼泪仍然苦涩,她很熟悉这种触感,皮肤上流过眼泪的苦涩感。

她吻过他的眼睑,顺着他的轮廓一点一点地向下,到了他的下颌,看到隐隐的光线里他滚动的喉结。

她曾经很用力地咬他的脖子和肩膀,其实很疼很疼,但他每次都任由她发作,闷不吭声地忍受一切。她在冷静的时候会很愧疚,愧疚到不知道该怎么面对他。但是他说,你永远不用对我说对不起,如果伤害我让你觉得内疚,不要说对不起,以后做点让我开心的事也可以弥补。她问什么事会让你开心,他说,随便什么都好,你做什么我都会喜欢。

她感觉得到付峤礼的情绪渐渐平息下来,脸上的表情也平静了很多。她重新看着他的眼睛,说道:"我答应你说的好不好,试试让你在我身边,试试你说的永远。"

闻言，他的目光怔了一下，但仍然侧着脸没有看她。

"如果你接受的话，你就亲我一下。"

他闭了闭眼，她近距离地看着他的眼睫毛细颤着。

她捧着他的脸，许久后，再次低头，亲在了他的侧脸上。

他忽然揽过她的腰翻身将她压下来，他低头按照着她刚才的顺序吻过她的眼睛、侧脸、下巴，急促又粗重，最后碰到嘴唇却很轻很轻，轻轻地碰了一下。他抬眸看着她，而后又低头吻了下去，一次又一次，一次又一次，伸手扣着她的后脑勺托着她跟他接吻。

松开她的时候，他的呼吸特别粗重，在寂静的夜色里被放大。可是这种沉重的呼吸比起欲念，更像是痛苦无法驱散的不安。

她伸手搂住他的脖子抱着他，轻声跟他说道："对不起，是我不好，我情绪不稳定的时候，你总说我只是病了，但我变得很消极，原来我不只是总否定自己，我也总在否定你。"

"为什么要推开我，你明明就是需要我？"他埋在她肩膀上，声音闷闷的，说不上来是压抑了多久的难过和委屈。

她拍着他的后背："对不起。"

"你明明知道我只喜欢你，还总问我会不会喜欢别人，你明明都知道。"

嗯……她也一并道歉："对不起。"

他不再指控，抱着她安静了下来。

她侧头问他："你今天不是很累了吗？把这两天的事都忙完了才回的家，要不要先睡了，有什么明天再说？"

他的脸在她的肩膀上蹭了蹭，她正想着他不会还在哭吧，付峤礼已经起来捧着她的脸再次亲了下去，唇齿间有眼泪的苦涩，但他这一次的吻比刚才更像是真正的吻，带着强势、肯定和欲望，她感觉氧气都快要被他攫取殆尽了。

再次放开她时，昏暗的灯光里能看到他滚动的喉结、起伏的胸腔，他唇色潋滟，看着她的眼睛却漆黑。

而后他伸手关掉了灯，拉开被子将她拢进怀里。他热热的呼吸贴着她，声音都变得低哑："睡觉，明天再说。"

半晌后，她抗议道："你压到我头发了。"

他挪了挪:"这样呢?"

"还行吧。"

他再次靠过来抱紧她,轻声道:"喜欢遥遥,永远喜欢。"

于诗遥之前做过一段时间的模特,那是她扮演过的诸多角色里最喜欢的工作之一,一起工作的同事也很喜欢她,老板想签她做长期模特,但因为工作室在帝都,她那个时候拒绝了。

这么多年她去过很多地方,唯独不敢去帝都。

不过她一直都留着工作室的联系方式,偶尔合作一两次,他们至今还没有找到他们想要的长期模特。

她主动发了个微信过去问他们签到人了吗,如果还在招人的话,她想来面试一下。

对方喜出望外,整个流程只花了一天,就签了合同。

其中有半天耽误还是因为付峤礼,他帮她找了个帝都的律师朋友,等对方开完了庭过来陪她一起看合同。

摄影师见过形形色色的人,也更懂人情世故,这架势看一眼就明了,和她一起去洗手间的时候,偷偷打趣道:"这次是终于找到地方想定下来了?"

她没否定摄影师的话,笑了笑补充道:"是终于敢去面对想见的人了。"

"哦——"摄影师拖着长腔,一脸的了然,"之前想签你的时候,你明明很心动,我们都以为这事八成能行,谁知道你一听我们工作室在帝都,连夜拒绝了。我还以为你是不喜欢帝都,还跟你说我们包吃包住,通勤、房租都不用太担心,原来原因在这儿。那你一直四处奔波,也是因为躲避他?"

"那倒不是,因为我家人希望我能快乐地过自己想过的生活,所以我想尝试一下我十五六岁的时候最想过的那种生活。不过人的观念好像会变,以前想四处漂泊,觉得很自由,但是真正过上了这样的生活,反倒觉得孤独,很想找个地方停留。"

"现在找到了?"

"嗯,找到了。"

于诗遥想,与其说是找到了,不如说她从来没有走出过那片山林。

付峤礼的律师朋友陪她签完合同,把她送到了付峤礼的公司楼下,她不想上去打扰他,坐在台阶上等。她给他发了信息,说自己已经到楼下了,等他忙完一起回去。

这几天帝都一直在下雨,淅淅沥沥,倒也不算很冷,只是将这座城市添了几分冷清,很像十五岁那年在梧桐巷第一次见到付峤礼的那个雨天。

他给她第一眼的感觉就是冷清。

那个时候她并不知道,他的冷清下是内敛又克制的温柔,他在暗无天日里注视了她很久。

雨忽然停了,风也不再飘摇,周围的车水马龙全部沦为黑白无声的陪衬。她怔怔抬起头,看到了从身后遮在自己身前的黑伞,挡住了从屋檐下随风飘进来会淋湿她的细雨。

付峤礼撑着伞,伞面遮掩的视野只能看到他骨节分明的手,白得像雪。

随着她向后仰着头,看到了站在身后的人,伞下的面孔也渐渐出现在她的眼前,那张冷淡、清隽,像水墨画一样的脸。

她在这一刻终于明白了夏天的意义——原来是相逢。

他伸手托住她的脑袋,声音里带着轻笑:"再向后仰就要倒下去了。"

他托着她的脑袋让她坐正回去,她立即向他伸出两只手,笑着说:"要抱。"

他轻笑着有几分无奈的了然,把伞收起来,俯身抱起她,问道:"不怕被别人看见了?"

"今天胆子稍微大一点点。"

"为什么?"

"突然想你了。"

他把她抱进车里,外面的风雨都被拦下了。他俯身过来吻她,低低地说:"我也很想你。"

几天后,她回苏城把租的房子退掉了。她行李不多,这些年走走停停,很少买什么不方便携带的大件物品,真正要带走的,也不过是两本书和一条手链。

四处漂泊的日子,什么都没有留下,什么都没有带走,只有这三样东西一直陪着她。身体在游荡,灵魂却始终被困在那个没有好好告别的夏天,所以无论去多少个城市,扮演过多少角色,她都始终无法得到解脱。

付峤礼帮她收拾好东西,把手链拿出来亲自给她戴上。

她摇晃着手腕,看着碎钻亮得花了眼睛,笑得有点开心。

他问:"为什么以前不戴?"

"舍不得,怕被弄坏了。"

"戴着吧,以后我给你买更多。"

于诗遥从小过着富裕的生活,只看一眼就知道这条手链不便宜,他送这条手链的时候也才大一,她以前没机会问,现在才问他怎么买的这条手链。

他说:"我打暑假工赚了些钱,再加上学期间参加一些活动的奖金。"

"你全拿来买它了?"

"也不是。"

她隐隐觉得这句"也不是"没有那么简单:"那你剩下的钱干吗了?"

"留着给你买药。"

她就知道,一定还是全花在她身上了。

她把一些还是新的没有来得及用的生活用品留给戚穗,收拾完东西要走了,戚穗跟她说着"拜拜",然后突然想起来什么似的,朝付峤礼说道:"虽然我现在帮不上你忙了,但你也要遵守约定,不能告诉我哥我在这里。"

付峤礼只是说:"你早点回家吧。"

"为什么啊?我不回去,我讨厌我哥,那个家里有他没我,有我没他。"戚穗眼珠子一转,忽然急了,"你这话什么意思,你是不是偷偷告诉他了?"

"他早就知道你在这里了,这房子是他帮我选的,你的微信也是他推给我的,所以其实并不是你找上的我,而是你哥以我的名义在照顾你。"

戚穗整个人都怔住了。

付峤礼最后还是说:"早点回家吧。"

于诗遥揉揉戚穗发蒙的脑袋:"我先走了,有事微信聊。"

戚穗闷闷的,被巨大的信息冲击着:"哦。遥姐一路顺风啊。"

出了影视城,把东西都打包寄走,于诗遥才问道:"你跟穗穗原来不熟啊?"

"不熟,我只让她告诉我一些你的事。"

她回想着刚才的对话,琢磨着:"我和穗穗能在一间物美价廉、性价比这么高的房子里成为合租室友,合着是你和你朋友背后搞的鬼。你哪个朋友啊,我认识吗?"

"不知道你还记不记得,我高中的同班同学,赵清耀。"

"哦。"

"还有印象吗?"

"记得。"她语气有点闷。

他笑了笑,摸她脑袋:"怎么了?"

"许琪的妈妈找到学校来那回,你在办公室里挨骂,我就是碰到他才知道的。"

"嗯。"

她反应过来了:"不对啊,他们是表兄妹吗,姓氏不一样啊?"

"重组家庭。"

"哦。"

寄完东西,她摸出手机看看微信。她昨晚跟妈妈汇报了一下最新行程,跟妈妈说自己又换了一个城市流浪,刚刚搬完东西要离开苏城了。

妈妈回她:哪儿啊?

她回:帝都。

妈妈回了个语音:"你那叫流浪?我都不想揭穿你,你就在那儿住下得了,别瞎跑了。"

于诗遥转头跟付峤礼抱怨:"我妈说的这是什么话。"她才说一句,看到付峤礼眼尾浅浅的笑,想踢他了,"我想起来了,你早就背着我跟我妈是一伙的了。原来我每次跟我妈汇报我去了哪儿，她转头就告诉你了。"

"阿姨是担心你，怕你一个人在外面受苦。"

"告诉你我就不用受苦了吗？"

说完，她自己都心虚了一下，想到戚穗说自己如有神助的生活，哪有什么神，只是有人在身后撑着伞挡住了会淋湿她的雨。

她开玩笑说自己是来体验生活的，原来，还真的是体验生活。

她问："是不是我每个生活的地方都有你联系的人在看着我啊？"

"我也没有这么变态，我尊重你的生活。"

她正要翘嘴角，下一秒就听到他说："不然也不会不知道你在对自己做什么。"

怎么就开始翻旧账了……于诗遥玩笑道："哦，那你也发现不了，我都是没人的时候做的。"

说完，他的脸色瞬间冷了下来，他肉眼可见地不高兴，她立马闭嘴了，转头看看周围没人，把他推进旁边的小巷子里，伸手抱住他："我错了，我真错了，我不提了。这都是以前的事，你不是也都知道了吗？我真的没有再瞒你什么了。"

他闷闷地被她抱着，他是在生自己的气，隐隐难过。她哄了好久，他才难受地抱住她："于诗遥，你要好好的。"

她连声答应："会的会的，以后都会好起来的。"

她踮起脚亲了亲他，看着他脆弱的眼睫毛，忽然就想到了他十六七岁的时候也对她说过这样的话，不止一次。

也是这样祈求的语气。

他说，他不习惯她不在他的视线里。

"我们今天不回帝都了吧。"她捧着他的脸说。

他眼睛眨了一下："你想去哪里？"

"回家看看，很久没回南苕了，想看看那里怎么样了。"

原本付峤礼就是加班加点忙了几天，特意空出来两天的时间帮她搬家和收拾东西，她心血来潮，他也答应，点了下头："好。"

在候机大厅等着回南苕的航班，付峤礼在旁边回工作的信息，于诗遥有点困了，靠着他在睡觉。

她迷迷糊糊地睁开眼睛，看到他的微信界面，他的头像还是那个熟悉的树林。她问："你不换头像吗？"

他见她醒了，抽回神回答她："遥遥想让我换什么？"

"不知道，只是看你这个头像用了好久，你很喜欢这张图吗？"

"嗯。"

"什么时候开始用的？"

"高一结束的暑假，拍的书店门外的那片树。"

她困倦的大脑想了一下："我搬进梧桐巷的那年夏天？"

"嗯。"

她这个时候才隐隐感觉到，可能是跟自己有关。她直白地问："是有什么含义？"

"倦鸟归林。"

周围人来人往，机场承载着无数人交错纵横的命运，回家的、远行的，在一个交点相聚，然后奔向各自的命运。

而她这一趟的命运是回家。

于诗遥靠在付峤礼的肩膀上，好久后，很多事才抽丝剥茧般想了起来。

她点开他的朋友圈，背景图也还是很多年前的那张照片，那家书店靠着楼梯的那面墙，那排书架上放着她暑假时常看的那本书。

她问道："你是不是那个时候就觉得我很想离开南苕，有一天一定会离开南苕？"

"嗯。我看了你暑假每天都在看的那本书，我猜你应该很想离开。"他低声回答，"所以，如果你真的会像鸟一样飞走，在你飞出我的视线之前，我想守着你。但是我也想等你回来，等你累的时候能有地方栖息。"

她沉默着，困倦虽然早就消散了，但是仍然靠在他的肩膀上，鼻尖又在泛酸了。

她看着他回完信息后退回微信的聊天列表，置顶是她，备注还是很多年前给她设置的一个"遥"字，他的微信名字是字母 Y。

她忽然问："你为什么叫我遥遥，我爸妈都叫我诗诗。"

243

"这个字看太久了,也在心里叫太久了,所以想你的时候脱口而出就是这个名字。"

"你知道我爸妈为什么不叫我遥遥吗?"

"为什么?"

"因为我从小就觉得遥遥听起来很幼稚,很像小孩的名字,我小的时候不喜欢被叫得像小孩,所以从小就让他们叫我诗诗。诗听起来多好听,很文雅。"

"那我可以申请一下吗?"

"干吗?"

"这样的话,好像只有我一个人这样叫你。"他揉了揉她的脑袋,"遥遥,勉强在我面前做会儿小孩吧。"

她把脑袋往他脖颈里靠了靠,但脚在踢他:"我不当小孩。"

这一路舟车劳顿,一切都是因为她心血来潮想回来看看。自从高中毕业,她就没有再回过南苔,她前半生所有的痛苦和难过都在这里,所以总是想着逃离,想要飞出这座山,但是她最重要的人也都还在这里,所以无论她走到哪里都会被困在这里。

梧桐巷的房子还在,虽然她和妈妈都已经不在这里居住了。

她上大学之后,妈妈去了舅舅那边生活。当年为了给爸爸治病,家里许多产业都卖掉了,这里是最后一处有爸爸生活痕迹的地方,总归是个老旧的房子,卖不了几个钱,也舍不得卖掉,留着当个念想,妈妈也会经常回来打扫。

所以当于诗遥拿钥匙开了门,家里还是干干净净的,一切都跟十五岁那年一样,门打开的一瞬间,往事一幕一幕在眼前划过。

刚搬过来时满地堆叠的行李,那天飘摇潮湿的雨,被风吹倒的窗户,爸爸早起给她做的早饭,楼道里拥挤狭窄的一前一后,到后来,玻璃碎片划伤血流淌了满地……这二十几年的人生里,最痛苦和煎熬的三年都在这里度过,潮湿和空气里散不去的霉味仿佛已经烙印在了这段记忆里。

付峤礼帮着她把家里又打扫了一遍,从梧桐巷出来的时候,外面夜色已经深了,沿路依次亮起灯光,但梧桐巷老旧的长街仍然昏暗着。

他牵着她的手,像是牵着她找不到回家的路的灵魂。

走进这里,她曾经痛苦挣扎的感觉就会一瞬间涌上来,她还在掉眼泪。到了路边的长椅,他拉着她坐下来,找出纸巾给她擦眼泪。温柔又安静的动作,像他从前每一次陪在她身边一样,他陪着她度过最难熬的那段岁月。

可是那段岁月里,她对他并不好。

她曾经一次又一次地将痛苦发泄在他身上,看到他身上的牙印后,她内疚得心脏忽然就痛了起来,问他为什么不躲啊,你明知道我现在会控制不住做伤害你的事,你为什么不躲啊?

那个时候他连对她的触碰都克制,蹲在她的面前,很安静地看着她,一遍又一遍地告诉她,你没有伤害我,真的不疼,是因为你病了,才总会消极地认为自己不好,你很好,很好很好。

他擦掉她的眼泪,轻轻捧着她的脸,声音轻得怕碰碎她的梦:"遥遥,我在呢。"

梧桐巷昏黄的灯光落在他的肩膀上、后背上,可是少年的肩膀已经宽厚,可以给她依靠,陪着她走很多很多地方。

她自己先擦掉了脸上的眼泪:"对不起,我又在哭了。"

"没关系,遥遥哭也很漂亮。"

"不漂亮。"

"我很喜欢。"

她沉默了,她偏偏记得自己对他的种种不好,低头看到他被路灯映得温温柔柔的眼睛,鼻尖一下又酸了:"我以前让你别再跟着我的时候,是不是很让你伤心?"

昏黄的灯光静静地落下来,他的眉眼显得那么柔和。

他捧着她的脸,手指很轻很轻地抚摸着。他"嗯"了一声,说道:"但是比起你赶我走,我更难受的是我无能为力,我连自己的未来都掌握不了,也承担不了你的命运。你让我好好准备高考的时候,我多希望那年我不是十七岁,因为我甚至连反驳你的理由都找不到。"

十七岁是一个很特别的年纪,它比情窦初开成熟一点,又距离成年慢一步,所以许多事,都只能无能为力。

大概是想逗她开心,他向她伸出小指:"还记得这个吗?"

他很轻地对着她笑:"我说我会永远陪着你,你说拉钩是小孩的

/ 245

方式，但是当时我才十六岁，我只能给你小孩的承诺。而现在，我可以给你很多很多。"

她低头看着他，最后抹了把眼睛，把泪水全部擦掉："走不动了，要背。"

"好。"

她搂着他的脖子，爬到他的背上，但眼睛还是酸酸胀胀的，她问："我老是在你面前哭，你会不会嫌我烦啊？"

"不会，会很心疼。"

"骗人。"

"我不骗遥遥。"

他说得不像假的，因为他低头亲吻她眼泪的时候，每个动作都那么虔诚，像是怕会碰坏珍宝。

但是她好像真的很容易在他面前掉眼泪，好像也习惯了在他面前就变得很脆弱，无力的时候只想依靠他，最亲密无间的时刻也只想往他怀里钻，抱着他一遍一遍地叫他的名字。

他背着她走下梧桐巷的石梯，这条路他陪着她走过了那两年的日日夜夜。他曾在这里捉住她差点就坠落的手腕，于是真的就抓住了她坠落的灵魂。

在陪着她从医院回来的那天晚上，她非要推着他走在自己前面，但是他频频回头，他说他不习惯她不在他的视线里。篮球赛那年她自作聪明地以为自己藏得天衣无缝，其实从出现开始就已经被他看见，所以她这些年自以为过着孤独漂泊的生活，其实生活的每一处苦难都被他在暗中摆平，她与其说是流浪，不如说是旅行。

他把他每一处生活的地址都在第一时间告诉她，他一直站在光最亮的路灯下，因为随时可以被她找到，就像那年他滑着滑板乘着夜风飞得很远，好像再也不会回来了一样，但她最后还是回到了他的身边。

她十五岁的那一年，他们每天在书店里遇见，她专注于手中的书，他的目光却一直在看着她。

那些他克制又收敛的爱意，她从来没有在意，他也没打算让她知道。

直到少年的心随着她的跌落而疯长，想要接住她坠落的灵魂，还有一片又一片的碎片。

他希望她能自由。

但他也希望，倦鸟归林，她永远能有依靠。

她把埋着头抬起来一点，突然说道："付峤礼，你跟我结婚吧。"

"好。"

她说得突然，但他也没有迟疑就答应了。

她继续道："那干脆明天早上就去领证。"

"好。"

"进了我的门就是我的人了，抓紧给我生个大胖小子。"

"好。"

她无语了，她说什么他都好，所以她故意学着影视剧里那些强娶强嫁的台词，他居然也说好。

她踢他："好什么好，你怎么生？"

他温柔地轻笑着："遥遥说的都好。"

半晌后，她迟疑着问："你刚刚……是真的答应了吗？"

"嗯。"

"你要不再考虑考虑，我其实很不好的，我脾气不好，从小就被宠得很坏，我老是欺负你，还不会好好哄你。"

"你很好。"

"以后你觉得有更好的怎么办？"

"不会。"

"我不信。"

"那我证明给遥遥看。"

"付峤礼，你喜欢我什么啊？"

"不知道。"

"说一个。"

"我喜欢你对我笑。"

"可我现在天天对你发脾气，还总是哭，你会不会很快就不喜欢我了？"

"不会，以前喜欢你笑是因为只见过你笑，后来见过你很多样子以后，我都喜欢。"

"你这不是跟没说一样。"

/ 247

"那遥遥喜欢我什么呢？"

好吧，她也说不出来，什么都很喜欢，他什么样子都很喜欢。

她趴在他宽厚的背上，搂着他的脖子，从他的高度看着世界霓虹如旧，车水马龙。

十六七岁时她曾被霓虹迷了眼，总觉得这一生应该去见更多的霓虹，但是走马观花，黄粱一梦，原来十六七岁时见过的已经是最美的霓虹，从此往后，人生种种都不过如此。

她的前半生曾鲜花烈酒，也曾穷困潦倒，回头细数这毫无建树的二十几年，一个人到哪儿都觉得孤独，原来，她早就活在了他的山林中。

于诗遥在他的背上听着沿路的车水马龙、人来人往，轻声叫他名字："付峤礼。"

"嗯。"

"有你在身边的世界好安静啊，以后你都在我身边好不好？"

付峤礼微微侧头，看向背上的她，这次是他问："永远？"

她笑着搂紧他的脖子，安安稳稳地趴在他的背上，这次是她一字一句地回答："永远。"

Extra .01
想她看到

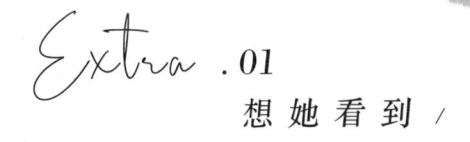

在什么都还不懂的年纪，那一眼就深深地烙印在他的脑海里，以至于所有青春期的幻想，都有关这个剪影。

"这段时间怎么这么喜欢往我这里跑啊，虽然你是蛮爱看书的，但是以前也没见你天天来。"

孟沉擦着玻璃杯，笑着问面前这个又准点到自己面前报到的好学生。

付峤礼神色平静，只是说道："最近有本书想看看。"

孟沉不置可否，笑了下："行，你随意。"

整个梧桐巷，没人不认识付峤礼。在南苔市这种小地方，但凡发生点什么大事，绕几个圈子打听打听就能知道，尤其是中考高考，新闻能挨家挨户地传。

梧桐巷在老城区，地处偏远，房子也老旧，住的大多是讨生活的人。

成年人在外忙碌打工，白天忙得脚不沾地，老人围在家里打点，孩子的学习很难顾得上，家长也不懂现在的教育，所以住在这一片儿的少有哪家的孩子学习成绩有多么突出，几乎是早早读完初中或者高中就出去打工，贴补家用。

付峤礼是唯一少见的例外，他的例外让他从小就在梧桐巷里很出名。

他成绩好，懂事又礼貌，也很懂人情世故，虽然话少，但是说的话谁听了都舒服，谁见了他都乐意跟他打个招呼，几乎家家都希望自家孩子能像付峤礼这样出息又省心。

那年中考的市状元落在了梧桐巷，人人出去都喜欢说一句"那孩子跟我们住一个小区，人家从小就好着呢"，这样的话说出去都觉得沾光。同时，整个梧桐巷的孩子在暑假几乎都头顶着一个噩梦，这个噩梦的名字叫作"付峤礼"。

"你看看你才考多少分，你能不能向付峤礼学学，人家跟你一样学习，跟你住一个地方，老师都是一样的教，爸妈都是一样的管，你怎么就连人家的一半分数都考不了！"

梧桐巷的隔音很差，这样的数落从尖锐的喉咙传遍了紧邻的窗户，随之而来的还有孩子叛逆的怒吼，摔门的声音，继而是更凶猛的吵架声。

这些声音像下水道的臭味一样，挨家挨户传遍，但也成为经年积累的习惯。

顶多第二天早上各家闲聊时，有人带点看热闹似的心情问着："你家孩子又不听话了？"

"别提了，辛辛苦苦供他读书，一点出息都没有。"

"也不知道付家那孩子怎么教的。"

"谁说不是呢。"

这些话自然不会有人当着付峤礼的面说，但他也并不是全然无知。

尤其是中考完的那个夏天，来家里串门的邻居都多了，每回从巷子走过碰到邻里的人，都会拉上他多问几句学习上的经验，碰着他爸妈也赶紧问怎么教的孩子。

但说来说去好像还是那几句："我们也没怎么费功夫，峤礼这孩子从小就乖，很小的时候就不闹腾，别家的孩子爬树、翻墙的，他自己坐在门口看蚂蚁、看太阳，乖得一点都不让我们费心。"

这话听着像是敷衍了事，但是从他父母口中说出来，却变得信服力十足。

因为他的省心懂事是人人可见的。

放学回家会自觉写作业，写完作业会自己复习，没有很强的攀比心向父母要什么东西，父母忙得转不开身，他会主动做家务，又懂事又孝顺。

家长放心，学校老师也放心。青春期的十几岁孩子有的叛逆和浮躁在他的身上看不到一丁点儿。他甚至没有多余的爱好，安安静静地看着自己的书，偶尔跟朋友打打球，却也都达不到沉迷的程度，从娱乐中冷静抽身，他永远知道自己应该做什么事。

但是，他真的一点青春期的迹象都没有吗？

有，很深刻。

只是他冷静的外表下有着同龄人少有的内敛克制，躁动又压抑的青春期，没有任何人知道。

"唉，老于也是命不好，摊上这种病，再多的家底也经不起折腾。"

"幸好早早在医院检查出来了，尽早治疗救回一条命，不然可就更惨了，留下孤儿寡母的，往后的日子更难过。"

"谁说不是啊。他们夫妻俩那么疼女儿，一家三口感情也深，要是人哪天真没了，还不知道小姑娘那么年轻怎么接受得了。"

饭桌上，父母又在提及那位姓于的同事，他安静吃着饭，却一字不落地在听。

于叔叔对他家有恩，爸爸的晋升几乎全靠于叔叔提携，这几年他们家的经济条件越来越好，家里也在看新的房子，准备搬出梧桐巷。但是于叔叔在今年检查出了很严重的病，这半年多时间都消耗在了病痛上，工作也不得不辞掉了。人生无常，世事难料。从前积攒下来的财富几乎被掏空，于叔叔的身体大不如前，还需要在家里好好调养，几乎做不了什么工作，一家人的生活在这一年变得很艰难。

付峤礼从父母的口中，了解到所有于家的事，但他从不多嘴也不多问。父母觉得他没有把这些放在心上，所以也从不避讳在他面前说这些事。

但是他们并不知道，这些日积月累渗透进他世界里每一个角落的东西，其实早已经成为他心脏的一部分。

他不动声色地听着有关于家的一切，和于诗遥有关的一切。

父母说那小姑娘被惯得很娇气，但他记得远远见过于诗遥的那几面，以及遥远得已经记不清面孔的第一面，她明艳漂亮得像一朵花。他觉得这样的女孩子娇气点没什么不好，她就应该被娇宠着捧在手心里长大，一丁点儿的风吹日晒都不该碰到她。就像花园里绚烂又娇贵的花，漂漂亮亮地绽放着，就应该如此。

这就是他压抑却躁动的青春期。

/ 251

一切与阳光、明亮、绚烂有关的东西，都会让他想到她离他最近的那一次，她像小公主一样下车，走进书店，从他的旁边抽走了一本书，雪白的手腕上戴着缀满璀璨的手链。可那次也是她离他最远的一次，于诗遥是宠爱里长大的小公主，而他是众多仰视的窥探者中的一个。

最明亮的是什么？

不是阳光，不是星星，不是银河，是那次初见在他的余光里摇摇晃晃的手链上缀满的璀璨，只是这么一眼，他就记住了好多年。

后来，她的面孔与父母口中的于诗遥重叠起来，融合成了他整个青春期最躁动的一笔。

他从那些边边角角里构建着一个完整的于诗遥，她的性格、爱好、朋友，像捡碎片一样，一片又一片地收集着，试图拼凑成一个完整的于诗遥。

但是，她始终很遥远，很遥远。

娇贵的花朵不会在贫瘠潮湿的土地盛开，她应该享受阳光，永远明媚灿烂。

吃完饭，父母催他进屋学习，家务的事不用他操心，他回了房间。但是老房子的隔音很差，厨房的洗水池淅淅沥沥，他坐在房间里望着狭窄窗户外悬着的月亮，指间的笔久久没有落下一个字。他听着父母讲完了于家的所有事，到了另外一个话题，才从窗外那弯月亮中回神。

他最后一次见她的时候，于家还没有这回事，她猫着腰和朋友进礼堂，他在光影憧憧里看着她落座的地方。那一整场演出，他如常地端坐，看着前方的舞台，视线里却没有放出任何一秒关于她的轮廓。

从礼堂出来回教室的路上，沿路洒满的阳光，仿佛细细碎碎地落在他跳动的心脏上。同行的同学跟他说话，他每句都如常地回答，但是早已心不在焉，脑海里都是她在光影中的轮廓。

他习惯了遥望，习惯了注视，习惯了暗无天日的内敛。

所以，即使她站在他的面前对他笑的那一刻，心跳溢满胸腔，他仍然不动声色地藏着自己的心绪。

她故意踢到他的小动作，对他笑着让他猜她的名字含义，这一切，都像窗外起的风，明明早就已经山呼海啸，却只能渐渐柔和，变成这潮湿的漫长雨季。

是他久久不能窥见天光的青春期。

"付峤礼,这几天来我这书店的小姑娘也太多了,都是来找你的吧?"刚送走一个学生客人,孟沉就朝着付峤礼打趣笑着。

他不置可否,继续在书架上找书。那本书放在楼上了,孟沉送完了客人就上二楼陪他一起找。

一边在库存里找着分类,孟沉一边好奇地问道:"你在学校,应该很多小女生喜欢吧?"

没人应声。

"喂?付峤礼?不说话什么意思啊。"

"有吧。"他平淡的语气,显然不怎么在意这些。

"有吧是什么意思,有没有你不知道啊?就像刚刚那个女生一样,眼睛一直在偷偷瞟你,我可不信你看不到啊。"

孟沉见他没怎么当回事,感慨道:"你这个年龄段,像你这么沉得住气的人可真是少见。现在的小孩可比我那时候早熟多了,你倒好,清心寡欲的。"说到这儿,孟沉笑了声,调侃说,"看你这沉稳早熟的样子也不像是还没情窦初开的毛头小子,你该不会是早早就有了心上人,所以这些才都激不起你的兴趣吧?"

他的手在书架上停顿一下。

他从楼梯下去:"我先下去了,你找到后拿给我吧。"

"哎哟,被我说中了?"孟沉乐呵呵笑起来。

孟沉继续在楼上找了一会儿,确定这些书里都没有,下去跟付峤礼说:"付峤礼,你要的书我下次给你找成不,不知道被我收哪儿了。"

"可以。"他在楼下答。

这一下楼,孟沉在楼梯口又看到一个姑娘,正抬头看着楼梯上的付峤礼。

这模样也不是第一回见了,只是这姑娘比之前见过的任何一个都漂亮,漂亮得让人看一眼都要反应一会儿。

孟沉只怔了一秒就笑出来,问付峤礼:"又是来找你的啊?"

但是这回,付峤礼的反应比任何一次都要淡,他收回视线,从楼

/ 253

梯慢慢下去:"她不是。"

找他的人很多,羞怯的、不敢看他的、说话声音很小很小的,再慢热晚熟的人在这样频频不断的接近和朋友的起哄中也能明白是怎么回事。

目光停留在他身上的女生多到朋友都嫉妒,有人帮带话、帮带东西给他,他都拒绝了。

还有人问了他的星座,按照星座分析他的喜好,话从朋友那边传回他耳朵里,他们当个笑话讲给他听,并借此跟他开玩笑。他习惯了被这样闹,所以仍是平淡着不怎么理会,任由他们自己玩闹。

他们还在旁边看星座,每看一句就嚷嚷一句起哄,说道:"不是吧,这上面还写着,喜欢一个人就会喜欢很久,说不定一辈子都只喜欢这一个,特点是长情、专一。"

那群男生怪腔怪调更兴奋了,边翻着杂志边笑道:"天啊,付峤礼,你这样好浪费资源啊。"

他们这边闹得厉害,惹得班上其他人频频回头,他没把玩笑放心上,继续做着自己的题,他们一阵新鲜过去也就继续闹下一位。

但他笔尖落在题干上"要求赏析诗歌"的"诗"字时,思绪久久停悬,像他压抑却躁动的漫长青春期,无人知晓,窥见不了天光,不会有任何回报,但是在暗无天日里疯长。

还会有其他人住进他的心里吗?人生还长,那个时候他想象不到以后的事,只知道在还没有情窦初开的年纪,他的心底就印下了这么一个影子。后来,那个影子便占据了全部,成为他冷静沉稳的外表下,青春期叛逆和躁动的全部。

哪怕,只是一个遥远不切实际的影子。

他在书店里的某一天,看到了于诗遥陪家里人买完菜回家的路上,频频回头看向这家书店。

于是他从那天起成了这家书店的常客。

终于在这一天,他等来了他预想中会来的人。

他看着站在楼梯口望着他的于诗遥,风又起了,但她什么都不知道,他也不敢让她知道。

因为她那么美好，而他盘亘的念想像淤泥一样在潮湿里见不了光。

她从书架上拿了书，转头问他："付峤礼，你不记得我了？"

她凑近的眼睛对他眨着，他的心跳都快要停了。

可她的笑里有几分不当回事的随意，他对她来说仍然是陌生的，只是一个刚刚认识的邻居，所以他也只能摆出刚认识的态度，平静地问她："有事吗？"

果然，她一心惦记着没看完的书，随意招惹一句就走开了："没事，打个招呼。"

唯独于诗遥不是来找他的，也不可能是来找他的。

于诗遥没有再去那家书店的日子里，付峤礼把她每天都看的那本书也看完。

那是他第一次隐隐意识到，于诗遥很想离开这里，去更远的地方。她想把这里的一切都丢掉，痛苦的记忆，腐烂的青春，与这里有关的一切都会被她抛之脑后，统统遗忘。

这其中，自然也包括微不足道的他。

所以他从头到尾都只做听话的人，没有一丁点儿的越界，尽管心底日积月累的躁动随着这个夏天有交集开始，已经快要漫过雨季，但他还是什么都没有做，只是在她离开之前安静守着她。

他想守着这朵绚烂的花，到夏天过去，来年盛开，再到她终有一日离开这个小巷，去到更遥远的地方。

在那之前，他都想守着她。

他希望她能够像从前一样快乐，希望她得偿所愿，离开这个让她痛苦的地方，去过自己想过的生活。

如果想忘掉，包括他，也可以一起忘掉。

只是，在她没有来书店的那几天，他望着那一片树林，拍下照片作为头像的那一刻，他心底的悸动是什么呢？

在她乘着滑板渐渐飞走的那天，听着她将告别唱得那么尽兴，那一刻失魂落魄的痛苦又是什么呢？

回家的路上，他拉住了她的手腕，看着她回头。那是他第一次向她吐露自己心底的声音，希望她能够离开，希望她得偿所愿，希望她快乐，可是最深处最深处，是自己那自私的心声："于诗遥，你能不能，慢一点忘记我？"

但其实，更深处的声音是——

你能不能不要离开我，又或者说，如果你要离开，可不可以带上我？

"你喜欢这种类型的啊？"大学同学饶有兴致地问。

这么一问，宿舍里个个跟听见什么大新闻似的，一拥而上，挤到手机面前，兴奋地问："哪样？付峤礼喜欢哪样的？"

看到手机上的照片后，一个个眼冒精光："这个漂亮啊，确实漂亮，尤其是这张笑起来的，看一眼就觉得天都晴了，阳光直直照进我心里。"

旁边一室友拿胳膊捅他："你这什么形容，土不土。"

"别管我形容得土不土，你就说是不是这样的感觉吧。"

"怪不得付峤礼的追求者这么多，他到现在还单着。这是哪个系的美女啊？这么好看，我怎么没见过？"

拿着手机的那个室友笑骂道："你拉倒吧，听风就是雨的，话听一半儿就赶着来了。这不是咱们学校的。"

"外校的？哪个学校，兴许那个学校也有同学认识。"

"这是我女朋友发给我的连衣裙链接，让我帮她选颜色，这是人家店铺的模特图。"

"有没有搞错！"

一群男生齐声骂了句脏话，说半天在这儿浪费感情。

"我说你们才离谱好吧，我刚刚让付峤礼帮我一块儿看看，拉到下面的模特图的时候，付峤礼盯着眼睛都不眨一下，我就开玩笑说了一句，是你们反应太大了吧。"

室友们一片嘘声，而付峤礼默默记下那家店铺的名字，存下了那条连衣裙链接里于诗遥所有的照片。

后来那些照片一直存在他的手机里，翻来覆去看过很多年。

她的笑容很漂亮，是让人眼睛一亮的漂亮，就像很久以前，她随便一个笑容都是这样沁满了生机，那种明媚让人只是看一眼就会相信人生会很美好。

他已经很久没有见过她这样笑了，高中的那几年里几乎没有见过她这样的笑容。

所以他虽然很想去找她，可是看到她快乐，好像又觉得这样也好，只要她能快乐，怎样都好。

她的照片不多，她那个时候也还在上大学，这应该只是她偶然的兼职。

但是有关她的照片，这竟然是他为数不多完完整整能够存下来的。

高中的那几年她不爱拍照，她明明很漂亮，以前大把大把的照片随便拍，可随着生活的苦难，她不愿意再面对自己的脸。

他曾经在过年的时候陪着她一起放烟花，那时候她短暂地将烦恼抛在脑后，笑得像从前一样灿烂。他想给她拍张照片，她察觉到镜头后躲开了，让他不要拍到她。所以到最后，他没有拥有过一张属于她的照片。

大学期间，室友们恋爱谈过好几轮，女友换了好几任，除了一个沉迷打游戏的宅男，另一个常年单着的就是他。

沉迷游戏的那个"网瘾少年"，整天拖鞋、短裤一穿，除了上课，连宿舍门都不出。

而付峤礼这边，桃花一茬一茬地开，花团锦簇的，明里暗里想追他的人多到数不过来。人人都知道这个大名鼎鼎的高岭之花出了名的难追，偏偏追他的人还是如过江之鲫。学校活动里有关他的视频发布出去，点赞讨论的热度也很高，甚至有网红公司和经纪公司打听。但他为人太低调，或者说是太冷清，无论对方多么热情，也很难在他脸上看到过多的情绪波动，他的礼貌和疏离永远保持得恰到好处。

他对谁都礼貌，也对谁都疏离。

偶尔有人邀请他一起拍视频，他也会同意，这种让同学都大跌眼镜、觉得不像他会同意的事，他竟然也会同意。

朋友打趣他是不是"孔雀开屏"了，嘻嘻哈哈笑着只是那么一说，他却知道，他的确是为了于诗遥能够看到。

那是个各地打卡旅游的博主，于诗遥一定能够看到。

他想让她看到。

他站在最亮的灯下等她，等她乘着夜风回来还能找到他。他说过他会等，就算她不回来找他，他也会一直等，一直等。

/ 257

他暗自滋长的爱意，只有一次被察觉。

那天是社团活动聚餐，吃完饭去KTV，大家都点了酒。

只有在这种场合，他才会让人觉得没有那么难以接近。借着玩游戏，大家问了他很多问题，他其实脾气很好，无论玩什么游戏都没有什么架子，回答问题也是有问必答。

一开始还是一些普通的问题，比如说星座、喜不喜欢小动物，到后来就问得八卦起来，有没有谈过恋爱，有没有牵过手，初吻是什么时候，他眼睛不眨，全部回答没有，纯得让一桌人都觉得兴奋，他身上的干净和冷让人格外想要冒犯。

再后来，他们借着玩游戏试探他的心意，问他喜欢什么样的女生，一点一点根据他的回答构建出一个他喜欢的模板标准。但那些其实根本不是他喜欢的某一种类型，那些全部是于诗遥的特征，以至于许多回答都出乎人的意料。

喜欢娇气的，喜欢不温柔的，喜欢张扬的。

在座的许多为了他刻意打扮得淑女温柔的女生都互相干瞪眼，因为大家都以为像他这样安静内敛的人，一定会喜欢温柔的人。

游戏环节结束，他们终于放过了他，嘻嘻哈哈着继续聊天。

只有他的心暗自在痛着，因为好想她啊，那么那么想去找她。

听到社员们开始聊星座，他恍然想起高中的某一天，班上那群同学拿他开玩笑的时候念的一字一句，原来，他真的只会喜欢一个人，喜欢很久很久。

久到哪怕没再见面，只是提及有关她的东西，他的心脏就会很疼，疼到好想这一刻就不顾一切去找她，即使她不想见他。

那天他喝了几杯酒，游戏环节结束后就靠在沙发里听他们闲聊和唱歌。

酒精迷离，但他不至于神志不清。

可是那时候不知道是谁点的歌，周杰伦的唱腔里，唱着"从前从前，有个人爱你很久，但偏偏风渐渐，把距离吹得好远，还要多久，我才能在你身边"，酒精席卷的痛苦侵蚀着他的理智，醉意让他已经分不清到底是不是还清醒。

室友喝得比他还多，坐过来跟他说话。

几个男生酒劲上头，跟他开玩笑："我原本还指望今天能脱单的，结果一个个都在看你。你知不知道这周有多少人来加我微信？这么多，至少有这么多。"

男生伸出两只手，然后又道："你猜她们加上我之后，有多少是问我要你微信的？这么多，至少这么多。"

两只手都快蹭他脸上了。

他们起哄笑起来："昨天播音系有个很漂亮的妹子请我们整个队喝奶茶，挨个加微信，那叫一个嘴甜。最后问到付峤礼微信的时候，我才看出来，人家哪里是为了合作愉快，人家是醉翁之意不在酒，为了要到付峤礼的微信，讨好了我们全队所有人。"

室友搭着他的肩，让他非得说出个所以然来："别糊弄，兄弟，我就不信你从小到大一个喜欢的都没有，绝对有，别藏着掖着。"

旁边的人也起哄，个个都喝了酒，醉醺醺的，说起话来也不像平时那么搭边，嚷道："说，今天必须说，大家都是男人，什么不想谈恋爱想好好学习这种虚话别说。"

"我就不信你到现在一个心动的人都没有，你到底喜欢什么样的？"

几个人围着他，颇有种不说话就不让他走的架势。哄闹里，周杰伦的歌还在唱着，迷醉里，他仿佛又回到他在长椅上等着她回来的那一天。

她说不要再来找她的那一天。

他把书店外那片树拍下来作为头像的那一天。

他竟然真的回答了："我喜欢她对我笑。"

他哑着的声音太轻，轻到像是醉酒的梦呓，室友们都没怎么听清，凑近再问他。

他这次音量大了一些，像是要说给某一个听不到的人听："我喜欢她笑。"

她笑起来的时候，整个世界都好漂亮，像阳光忽然就洒下来，忽然就天晴了。

他希望她笑，希望那双漂亮的眼睛永远都在笑，只要她能够开心，哪怕不是因为他也没关系，所以她的要求，他都会听话，都会做到。

第一次见到她的那天，他正处于信念粉碎崩塌、自惭形秽、最自卑的一刻，意识到自己与外面世界的差距，在他最不敢抬起头的时刻，她那么漂亮又明媚地走进来。那时候他明明应该更加自卑的，就像来到南苔市以后，面对同班那些骄纵又家境好的小孩，他生怕惹上一点麻烦，可是于诗遥走到他身边的那一刻，他却只觉得整个世界都好漂亮。

这座让他变得自卑的城市，好漂亮。

付峤礼在大学的第一个学期参加了很多的比赛，拿下了很多的奖，他也因此在大一那半年就迅速地在学校出名。而他熬过那么多日夜准备比赛，起因只是路过一家珠宝店，看到橱窗里一串璀璨的手链。

看到那条手链的第一眼就让他想到于诗遥。

想到第一次见到她的那天，她雪白的手腕从他旁边的书架上抽出一本书，戴在她手腕上的手链璀璨得让人过目不忘。

就是那一眼，他这一生都难忘。

在什么都还不懂的年纪，那一眼就深深地烙印在了他的脑海里，以至于所有青春期的幻想，都有关这个剪影。

可她想要自由，他会尊重她的自由，尽管很多次很多次想要让她留在身边。

她曾经望着车厢顶那片枝繁叶茂的榕树，说我们现在像不像从火海中逃亡。

他在那时问过她："你想带上我一起吗？"

那个时候，她只是动摇地说她不知道。

但在他问"可不可以慢点忘记我"的那个夜晚，她装作不懂地回避他的问题，却还是借着玩笑话告诉他："别难过，我这不是回来找你了。"

他的头像含义只有他自己一个人知道，室友不止一次吐槽过他，说他的头像看着老气，倒也符合他这清心寡欲的样子。

但他真的希望她能够回到他的身边，就像那个她快要飞走的夜晚一样，她还是会回到他的身边。

只要她能好好的。

如果她想要离开，他也不会再打扰。

于诗遥，你要好好的。

Extra.02 晴天

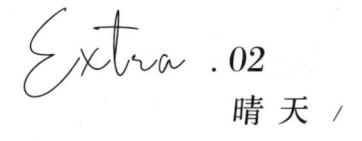

"你在看什么?"
"你。"

"快把外套穿上吧,别冻感冒了。"
刚拍摄完,小助理把外套递过来,确切来说是摄像师的助理。工作室的规模并不大,很多东西都是大家亲力亲为。助理把衣服赶忙给于诗遥穿上时还在说:"要是你老公看到又该心疼。"
这话一说,几个人都在笑,显然大家认识久了都很了解。
上回她拍摄的时候,付峤礼工作结束来接她,正好看到她站在雨里。
为了不打扰他们工作,他到了之后自始至终都安静地站在那里看着。如果不是拍摄完,头顶第一时间就有伞遮过来,她都不知道付峤礼已经到了。
天气很冷,她当时拍的是入春后的照片,合作方寄过来的衣服都是薄薄的春装,最厚实的衣服也不过是件毛衣开衫。
拍摄完,她冷得直哆嗦,伞遮过来的同时,外套也罩了下来。
付峤礼站在她身后,神情平淡冷静,没有露出任何不悦的表情。但她对他无比熟悉,很清楚他看到这一幕心疼得不行,如果没有别人在,他肯定早就皱眉。
这些都是她的同事,这也是她喜欢的工作,所以他从来不会情绪外露,也不会说什么让她别做这个工作的话,他很尊重她的意愿。
只不过,伞、外套、热水,回家以后一连串生怕她会生病的举动,他的关切也快要溢了出来,又是暖手又是暖脚,非要盯着她喝了姜汤才算作罢。

同事们见他的次数多了,都看得出来他的在乎,打趣的同时也羡慕他们感情很好。

今天的拍摄倒不是薄薄的春装了,但是帝都的冬天真的很冷,昨夜下了雪,他们一大早就扛了设备出来拍这套雪景图。

工作室这几年的发展蒸蒸日上,出片很多,于诗遥也凭借着一张漂亮面孔在网络上势头凶猛,大家也不可能放着现有的热度不要,经常拍一些好看的视频和照片发布在账号上,维持着热度。

唯一有那么一点不乐意的,可能只有付峤礼了。

因为拍摄地点有点远,他们想要错开堵车的高峰期,出发的时间很早。

怕自己睡过头,她千叮咛万嘱咐让付峤礼到时间叫她起床。冬天的早上还是一片漆黑,她迷迷糊糊磨蹭那么几分钟的工夫,他会去把牙膏牙刷给她放好,方便她进来可以直接洗漱。出来时看到她还在床上赖着不动,他再叫了她一次,然后去厨房给她准备早饭。

等她终于困倦地洗漱完出来,他已经做好了早饭。

他陪在旁边看着她吃,顺便又去装了一些小零食放在她的包里,都是她平时喜欢吃的那些。

这个陪着她早起的人把一切都准备好了,包里要带的东西,出门要穿的外套,一手一个给她全部套上,手机也递给她,她还困得迷糊,声音软软地跟他挥手说"拜拜"。

他只"嗯"了一声,但在她推开门之际,把她拉回来亲了一下。

碰到他温热的唇,她才从困倦的迷糊中回了点神,感觉到他无声的不满和眷恋。

她清醒了些,抬头看着这个听话又体贴送她出门的人。他起床后只简单穿着宽松的家居服,头发也松散,但他发质柔顺,看起来并不凌乱,反倒让他浑身的冷清变得格外柔软。

她回身伸手抱住他,踮起脚再亲了亲他,抚慰道:"晚上之前就回来了,等我回来就陪你,我亲自下厨给你做饭,我也会想你的。"

他还是只轻轻"嗯"一声。

柔软的唇落下一串温热的眷恋,他其实很好哄,抱了一会儿他就放开她,送她出了门。

今天真的很冷,不过拍得很开心,都是合作了几年的人,除开工作也是很好的朋友,拍摄完就商量着一起去吃火锅。摄影师开车,于诗遥在车上卸妆和拆发饰,订火锅就交给了小助理。

这段路堵车,天色压着暗雪,临近年关了,四处装点的大红色落在雪上融成一片暖色,满街的灯火通明将寒冬的冷厉肃杀冲散。

想到这应该是年前最后一次工作,所以群里说聚餐的时候都是欢迎大家带上家属。

再往前开一段就是付峤礼工作的地方,小助理说道:"问问你老公忙完没有,忙完了过来一起啊。"

于诗遥还在拆发包,闻言低头按亮手机,看到聊天框里没有回信,说道:"他下午到现在都还没回我,估计是还在忙。到了之后我把地点位置发给他吧,等他忙完了来。"

"行。"

大约估计好人数,小助理开始订位置。

一桌人吃得很是热闹,还叫了酒,庆祝这一年的工作收尾,预祝明年也顺利红火,夸大的话越说越过分,大家都很开心。

付峤礼到的时候,他们已经吃得差不多了,便重新加了菜。

外面的雪还在下着,他身上有着浓重的风雪冷意,找到位置在于诗遥旁边坐下。她正喝酒喝得有点醉醺醺的,但也立即就感觉到了他身上的寒意,在桌下握着他的手。

大家一起吃过好几次饭了,熟络地招呼着,他在桌底下回握她的手。

她轻声问他:"你的手怎么这么冷?不是开车过来的吗?"

"路上走了一段。"

"嗯?去做什么了?"

"给你买礼物,今天人很多,没有空的停车位了,所以停得远了一点走过去。"

他说话的时候,那么温和那么真地看着她,每个字都说得她心尖

/ 263

发颤,本来就喝得有点醉醉的,现在是真的醉到要沉溺进去了。

但是一桌子的人都在,也不方便一直单独两个人说话,等到他的手掌都回温热起来,她放开了他的手,继续跟大家吃吃喝喝。

工作室的两个女生都带了男朋友,摄像师是已婚人士,对象在出差,今天过不来,整个工作室唯一单身的就是小助理,直说自己孤家寡人夹在里面格格不入,整桌人都在调侃她祝她早日脱单。

散场后,大家开开心心地道了别。

于诗遥上了车,坐进副驾驶后看到了付峤礼冒着风雪走路去给她买的礼物。

付峤礼坐进车里,她正在小心翼翼地拆开包装盒。他看了一眼,眼底浮上一点笑,问道:"你平时拆快递不都是两下就直接撕开吗?"

"怎么能像撕快递那样拆开,快递盒怎么能跟你的心意相提并论。"

她一边说的时候,一边已经拆开了盒子外的包装。打开盒子,里面躺着一条漂亮的手链,她拿出来,借着灯光很仔细地看着,不由得说道:"好漂亮啊。"

"你喜欢就好。"

听到付峤礼的声音,她连忙转头,把手链也一齐递给他:"给我戴上。"

只是这一转头,她一眼撞进他看着她在笑的眼睛,心猝然"怦怦"跳动起来,只觉得雪夜里憧憧灯火都在他的眼睛里融化着。

他听到她的要求,低眼拿过手链给她戴上,随着他的眼眸低垂下去,刚刚那让人心动的目光也一同敛了下去。在暗雪沉沉的夜色里,沿街灯火暖意融融地映进来,落在他冷清的轮廓上、他纤长细密的眼睫毛上、他高挺的鼻梁上。

她皮肤能够感觉得到他手上的温度,还有他细致温柔的动作。

车里变得很静,静到仿佛能闻到雪意冷清的气味。

他给她戴好,轻轻握着她的手看了一会儿,才抬起头来对她说:"戴好了。"

下一秒她就倾身去搂他的脖子抱住他,他有些迟钝地没反应过来,但是手下意识地揽着她的腰,问道:"怎么了?"

"你刚刚在笑什么啊?"她问。

他自己没有察觉，不知道她问的是什么时候："哪个刚刚？"

"就是我拆完包装盒递给你，一抬头就看到你在笑。"

"我在笑吗？"

"嗯，笑得可好看了。"

他回想了一下，说道："可能是因为你说这是我的心意吧。"

灯光融融，他的唇色也显得红艳勾人，她没忍住亲了一下，然后笑了起来："一身的火锅味儿。"她再闻闻自己，嫌弃地笑出了声，"我还有一身的酒味儿。"

他笑着揉揉她的脑袋："回家吧。"

这会儿已经过了堵车的高峰，回家的车速很快，不过她一路都在看自己腕上的手链。

同时，她把手上之前戴着的那条取了下来放回了盒子里。他每年都会给她买新的手链，新的换上就把旧的收起来。

他给她买过的礼物很多，项链、耳钉都买过，生日、节日都会送她礼物，但每年的新年礼物一定是手链。两个人在家靠在一起的时候，他也总是喜欢握着她的手，注视着她戴手链的手腕。

她问过他为什么，他声音很轻地说："因为这样才感觉到，这一年你还属于我。"

付峤礼不是一个有很多欲望的人，所以从小都是一个让大人省心的好孩子，他自控力很好，头脑也好，所以一路上顺风顺水，少有低谷和迷茫的时候。

他几乎没有什么沉溺的东西，同龄男生打游戏、看小说被老师揪去办公室的年纪，他只专注地一页一页做着题，别人眼里的他清心寡欲得像是要修仙成神，但他对她说他只是个普通人，普通人的爱恨贪欲，他都会有。

他最深和最长的叛逆，全部在这里，所以得到后也格外怕再失去。

临近年关，于诗遥的工作告一段落，难得清闲地在家里找出以前没空看的电视剧继续看。

付峤礼还要忙上几天，平时会忙到很晚才回来，他工作累的时候，她也会反过来扮演体贴的角色，给他煮消夜，然后在旁边看着他吃。

等他吃完,她收拾进去洗碗,她不让他做这些是想让他先去休息,但他还是会跟到厨房,在旁边陪着她。

实际上,他们能够相处的时间很少。

他的工作很忙,而她的拍摄也不可能一直在帝都,为了取景总是天南地北地跑,一走就是好几天,等她回来的时候他的休息日已经过去了。即使有时候他在家里,也要在电脑上处理工作,所以两个人能够好好待在一起独处的时间并不多。

她由于工作在外奔波的时间太多,也没有什么要出去玩的欲望,他又喜欢安静,所以休息日基本上都是和他一起待在家里。

他长相好看,动作举止也好看,再加上能好好看他的时间并不多,因此,即使是看他工作都不会觉得无聊,她能在旁边看他很久。

看到心痒了就会凑上去亲他,有时候还会动手动脚。

他皮肤很白,一丁点儿的动情都会很明显。她格外喜欢在招惹他以后亲他泛红的耳朵,听他沉重的呼吸,然后看着他变得浓稠又专注的眼睛,那里面溢满她的倒影。

她倒也不是非要怎么样,只是这么大个人在面前,难免有点坏念头,尝了点甜头就坐了回去,继续看他工作。

当他忙完,她已经自己架着平板追剧了,察觉到他关电脑站起来的动作,她抽了点神问他忙完了吗?话才说完一半,他已经一手扣上了她的平板,台词戛然而止,她在下一刻被他抱了起来,直截了当地回了卧室。

付峤礼忙完工作,和她一起回了南苔市过年。

两家从前就相熟,如今过年也是一起过。

他们已经结婚好几年了,双方家长都会问孩子的打算。付峤礼很自觉地承认他现在工作太忙,暂时没有多余精力照顾孩子,等过几年再说,面不改色地将话说得滴水不漏。

以前分开过很久,他们现在也都在各自忙着工作,真正能够相处的时间很少,所以还总觉得像在恋爱,要把欠缺的几年都补回来,根本没考虑孩子的事。

好不容易应酬完,她拉着付峤礼出去转转,走在熟悉的街道上,还挺像以前和他一起逃过大人出去玩的时候。

想到高一和他一起去火锅店吃饭那回,她担心身上的火锅味暴露了他们今晚的行踪,结果他面不改色地想好了应付的理由,跟她印象里那个家长和老师都喜欢的好好学生全然不符,那好像是她第一次听付峤礼撒谎。

不过这些年他为了她撒谎的次数多了,她才知道他说谎功夫了得。

有一回付峤礼爸妈来了帝都,进屋就看到了桌上吃完就放在那里没收拾的碗,沙发上脱下来就随手揉成一团的外套,还有她看剧的时候盖腿的毯子,也一并揉成一团放在了沙发上。

这些全部是她做的,休息日难得在家里躺着就会犯懒,打算等睡醒再收拾,没想到他们会在这天过来。于诗遥有时候有一些好面子的毛病,会觉得有点不好意思。

付峤礼去机场接到爸妈就给她发了信息,可惜她睡着了,什么都没看到。

她睡醒时他们都已经到了,于是她就听到付峤礼在客厅里面不改色地说:"昨晚下班回来在这里加班,忙完的时候很累,所以吃完就睡了,今天上班也一直忙到现在,只有等下班回来收拾。遥遥昨天去外地拍东西,路上着了凉,回来就睡下了,所以我没让她收拾。我去看看她怎么样了。"

她在卧室里听着他应付完一切,然后看到他推门进来,轻轻把卧室门关上。

她连忙小声问道:"你怎么不跟我说一下他们要来……"

他在她面前蹲下来,方便听她小声说话,回答道:"我也不知道。他们是去旅游,要在这里换乘,但是下一班很晚,顺路过来看看。我刚刚带他们去吃了顿饭,现在再坐一会儿就走了。"

她稍微松了一口气,这才恍然醒悟他撒的谎:"怪不得你敢说我着了凉,我刚刚还想着怎么装病才能配合你瞒过去。"

他弯了弯笑,揉了下她的脑袋,说道:"他们只坐一会儿就走,你继续睡吧。"

但她觉得不太好意思继续睡:"我要不还是起来吧?"

"我等会儿就要送他们去机场了,反正你也着了凉,不用起来了。"

她配合地咳嗽了两声,不过还是问道:"但是他们会信吗……"

付峤礼从小就乖巧懂事,忙到不整理用过的碗和毯子……他们自己教出来的儿子怎么会不了解。

"应该信吧。"

"应该?"

他弯了弯眼:"不信也没办法,毕竟是我想娶的老婆,我自己愿意惯着,不信又能有什么办法。"

"你这样说得我有一点不好意思,好像我一直在欺负你。"

"没有,遥遥很好。就算是欺负我,我也喜欢被你欺负。"他站了起来,帮她盖好被子,低头亲了亲她,"你睡吧,我等会儿送他们去机场。"

他为她撒的那些谎,别人信不信不知道,但他对她的纵容一目了然,如他所说,他自己愿意惯着,别人也没有办法。

但是看他撒谎撒得这么熟练,她翻身压着他威胁道:"你要是敢对我撒谎你就完蛋了。"

他从不舍得对她做什么不好的事,很乖地任由她这样欺负,他一只手还要揽着她的腰生怕她动作太大摔倒下去,回应她:"我不会骗遥遥。"

他对她脾气好到连她妈妈有时候都劝她对人好点,毕竟人家也是一堆人惦记着,万一哪天被气跑了,就去找其他的温柔解语花。

她张口就反驳:"才不可能,他就喜欢我,什么花都不如我。"

妈妈本意是怕她太娇气影响感情,结果听她这么底气十足,也知道她得到的安全感有多充足了,反倒失笑:"看你这样,我也没什么好担心的了。"

"担心什么?"

"担心你把人气走了。"

"他才舍不得走。"

"是是是,我们家诗诗有人疼,妈妈当然放心。"

她当然知道付峤礼有多招人惦记,眼看着那些黏在他身上的目光随着他从学生到工作换了一批又一批,他事业有成,接触到的优秀异性也越来越多,有些人优秀到连她都羡慕,偶尔也会在对比之下感到

268 /

自卑。

尤其是当那些让她感到受挫的异性表达出对他的好感,她也会警钟作响。

对方走后,她故意要他背,他没有迟疑就照做。趴在他宽阔的背上,她有些顾虑地问他刚刚那个人是不是很漂亮。

他"嗯"了一声。

他的回答太诚实,反倒让她不知道怎么说下去。毕竟,如果说不漂亮那确实是花言巧语的假话,她也不会满意。可她的想法他总是一眼就看透,不用她再说下去,他就会告诉她答案:"但我的眼睛只看得见遥遥,永远只喜欢遥遥。"

"喜欢我什么啊?"她故意要听他夸她。

"喜欢遥遥笑。"

"我又不是每时每刻都笑。"

"喜欢遥遥撒娇。"

"我那么凶,那哪叫撒娇。"

"遥遥说什么都像撒娇。"

"真的吗?"

"嗯。"

"那你亲我一下。"

他失笑:"我现在背着你,怎么亲你?"

"笨不笨,你就不能把我放下来再亲吗?或者进了车里再亲,回家再亲也行啊,我又没说必须现在亲。"

她趴在他的背上,颇为开心地享受他的纵容,听到他"嗯"的声音,他眼尾的笑意也同样轻柔,刚刚的那一点顾虑、自卑全部消散,别人再好又有什么关系,反正,他说过永远在一起。

她搂着他的脖子,凑过去亲他的脸颊,笑着说道:"不等你了,我自己亲。"

他侧了侧脸示意她:"另一边也要。"

她没忍住笑出声,但还是亲了过去,嘴上还要故意说他:"你现在都学会这么黏糊了,跟谁学的?"

笑他的话,他也会回答:"因为喜欢遥遥。"

他们性格差异很大,她骄纵爱动,而他内敛,但是朝夕相处得久也会渐渐染上对方的习惯,所以她那套撒娇黏糊的招数,有时候也会被他学去。

她也喜欢看他笑起来时柔软的眼睛,喜欢听他用眷恋的语气叫她的名字,喜欢那些,只有在她的面前才会露出来的格外依赖的神情。

每一次她要去外地拍摄,他沉默无声地什么都没说,但是睡前抱着她的动作却格外黏人,将"舍不得"三个字都要写满了。接她回家后,他那么冷清的一个人,在进门的一瞬就会反手关上门,压着她亲吻,吻起来让人喘不过气。

他说在她的面前他只是普通人,普通人的爱恨贪欲,她终于越来越看得清楚。

可是这些,是只有她才能拥有的属于付峤礼的那一面。

南苕市四处都挂满了大红灯笼,最热闹的文和街更是年味浓郁,小摊小贩很多,做什么生意的都有。

这几年在帝都,家乡这些熟悉的小玩意儿很久没见了,于诗遥拉着付峤礼的手,什么都看看,什么都想买。

他什么都在迁就适应她,以前和他一起的时候,总是她兴冲冲地先一步跑过去了,回头看到付峤礼没有跟上,心情好时会停下来催他快点过来,没心情的时候就先一步溜走,等他在后面慢慢跟上。

和那时候不同的是,现在她已习惯了他的安静,会放慢自己的步调。

不过,他始终牵着她的手,她想跑远点也没办法。

就比如说现在。

她听到前面有人在唱歌表演,她想要过去看,才迈出步子就被他牵着的手拉住了,她回头催他:"走快点,我们去那边看看。"

回头说这句话的同时,他将什么东西戴在了她的头上。

她一动不动等他戴好,感觉到耳边有坠落的流苏,她晃了晃,问他:"好看吗?"

他们旁边是一个卖手工艺品的小摊,摆满了各种漂亮的发饰,她刚刚转头在看那边的热闹,他在买一个他觉得适合她的发饰。

他端详着她的样子,笑着回答她:"好看。"

"你觉得好看就行,快点啦,我要去看他们表演。"她拉着付峤礼的手就往那边走。

小城里这样的热闹是最爱看的,人多的节日,许多小朋友都黏在那里不肯走。他们唱歌也确实好听,还跟观众互动着问大家有没有想听的歌。好多人点歌,一时间很热闹,于诗遥也起哄喊了一句"可不可以唱周杰伦的《晴天》"。

她位置近,在人群里漂亮得惹眼,他们听到后很给面子,还真的弹起了前奏。

她惊喜地转头,跟付峤礼说道:"他们居然真的要唱这个。"

可是这一转头,正对上他的目光,她愣了一下,问道:"你在看什么?"

"你。"

他看着她,回答简单却直白。

四周哄闹,空气里是渐渐弹奏起来的曲调。他们站在熙攘的人群里,可他看向她的目光仍然安静,好像身边一切浮华都没有进入他的眼睛。

她忽然就想到了从前上学的时候,有一回去食堂的路上,赶上了放学人最多的高峰期,全部只能挤在楼梯慢慢往下走。堵得久了,跟她同行的女同学回头看到了付峤礼,难掩兴奋地小声说着付峤礼在后面,她也回了一下头。

隔着半个楼梯的距离,他高高地站在后面的人群里,她一回头就对上了他的眼睛,因为他的目光很淡却那么明确地落在她身上。

只是这么一眼,她就匆匆回了头,心脏却在好久之后都跳动不停。

她拿出手机给他发了条信息,问他在看什么。

他那时的回复也是简单却直白的一个字——你。

乐队的歌声渐渐唱到了情绪最浓处,从音响进入他们的耳朵。

于诗遥看着这双眼睛,早在从前就一直默默看着她的眼睛,那时候她因为心跳"怦怦"而不知所措,不知道怎么回复的短信,她现在好像知道了。

她朝他笑起来,一贯向他撒娇的语气:"再看看我。"并且得寸进尺,"以后也要看我。

"只能看我。"

旁边拥挤的人太多,还有很多到处窜的小孩,付峤礼把她往自己身边拉近一些,同时笑着回答她:"我只看得见你。"

Extra.03
写给永远的诗

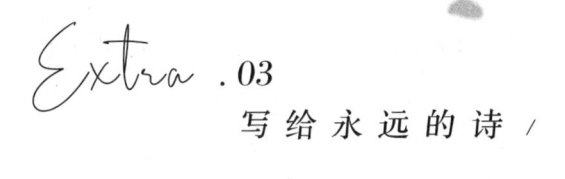

从前慌乱了他一年又一年的眼眸，此时注视着他："付峤礼，"她一个字一个字地叫他名字，说话的声音贴近他的耳朵，"永远爱你。"

付峤礼和于诗遥定居在帝都，平时工作很忙，少有能回南苔市的机会，这一回来就得趁着过年的几天陪陪长辈，好不容易有的假期也算不上休息。

成年后的过年是一件很累的事，应付着家长里短，人情世故。一天忙完，她累得一进屋就瘫倒在床上，一点都不想动。

没多一会儿，付峤礼拿着她的化妆包过来，坐在旁边给她卸妆。

于诗遥从小就长着一张漂亮的脸，又是父母娇纵着长大，漂亮的裙子和饰数不胜数，从小就特别喜欢打扮。

现在工作需要，她会在家录一些妆造的视频发到运营的账号上。家里有很多合作方寄来的样品，护肤、美妆、衣服什么都有，为了拍出让合作方满意的视频，化妆卸妆，衣服穿搭，几乎是她生活的一部分。

付峤礼耳濡目染地也渐渐学会了这些。

他本来人就聪明，学什么都很容易学会。哪怕她什么都没教，他只是坐在旁边看她化妆，她让他帮忙搭把手，他多看看，也就学会了。以至于有时候她还没说话，他就已经帮她把下一步要用的东西递过来了，到了哪一步，他都很清楚。

她第一次接到递到手边的化妆刷时，还愣了一下，转过头看到他坐在旁边平静的眼，才反应过来地笑起来。

她忙着化妆，抽空问："你怎么知道我要用这个？"

/ 273

他回答:"你之前都是用这个。"

她化完了,突然很感兴趣地把一排刷子摊开问他:"这个是干吗的?"

"眼影。"

"这个?"

"唇刷。"

"这个呢?"

"散粉。"

他对答如流,连犹豫的思考时间都没有,以至于一个一个问题下来,她才是那个吃惊的人。他神色平静,好像没觉得自己有哪里不对,只是在做一件普通寻常的小事。

有段时间,网上很热衷拍让男朋友猜化妆品的视频。

一开始是有个美妆博主在化妆的时候,旁边的男朋友很吃惊地问了一句怎么在用面包化妆。

美妆博主立即拿出几个化妆品让男朋友猜作用,男朋友一头雾水摸不着头脑的表现引得网友都觉得很好笑。让男朋友猜口红色号,男人们看着面前几支口红,茫然地问:"它们难道不是同一个颜色吗?都是红色啊。"

这一类视频在一段时间里很火,于诗遥工作室的朋友们也会拿这个视频给她看,然后让她回去给付峤礼也猜一下,反应肯定也好玩。

他们只见过付峤礼几面,对他的印象都来自他的身份和外表,冷淡理性的科技新贵,是不通人情、温和疏离的那种人,化妆品、穿搭这一类东西,肯定是一问一个蒙。

但是实际上,付峤礼对她是没有底线的在意,她的每一个举动都在他的注意力里,与她有关的东西,他都会很在意,哪怕是她今天水喝少了这点小事。他的确不懂化妆也不懂这些五花八门的化妆品,但因为她喜欢漂亮,工作也需要不断地装扮,他就会花心思去弄懂。

每次出去吃饭或者出去玩,她要化妆换衣服,他不会像别人那样在外面玩着手机等,一边等一边催问化妆怎么那么慢,他会陪着她一起化妆,帮她递一递东西。后来熟能生巧,她忙不过来,他还会帮她卷头发。

她的化妆品瓶瓶罐罐的一大堆，有些是自己买的，有些是合作方送的，放了很大一个柜子。

她一边上底妆，一边让他帮忙，去拿一下哪支口红。

她一时间想不起来那支口红放在柜子的哪一排，注意力又放在小心细致的底妆上，脑子卡壳，半天说不出来，只想得起来是哪一次在哪里玩的时候涂的那个颜色。只是这么一句信息，付峤礼也能从她那一柜子眼花缭乱的化妆品里，找出来她说的那支口红。

那些颜色相差微毫的口红色号，只要是与她有关，他都能记住。

陪她化妆的时间里，他一点一滴地用心记住并学会了这些与她有关的一切。

她的朋友们让她回家给付峤礼也玩一玩猜化妆品的挑战，他们以为一定是很有趣的反应，但付峤礼可能比他们还要了解每一种化妆品。

看到她写满了一脸的吃惊，他轻而易举就能猜到她的想法，不用等她问，他就说道：“看多了就记住了。”

他看得真的很多很多，除非他有工作，否则，只要是他在家的时间，她无论做什么，他都在旁边陪着。看不懂的东西，他不动声色地领悟着。

哪怕她只是窝在沙发上看电视剧，一些对他来说实在没有什么吸引力的泡沫剧和综艺，他也会坐在身边陪着她。

他的陪是真的陪，不是借着陪她一直打扰她，而是她做什么他就在旁边跟着一起。她想看电视剧，他就在旁边安静地陪着她一起看。

她看到投入处，对着剧里不满意的剧情指指点点，他也能应和上，分析几句。

有时候他会去给她洗点水果，到了时间去做饭，看到她的趾甲长了，很顺手就拿过指甲刀给她剪掉。他的动作细致到了她一点不适感都没有察觉，放下平板的时候，她的趾甲已经被他剪得整整齐齐。

等他洗了手回来，又坐回她的旁边，安静地陪着她。

他的休息时间，大多是这样度过，好像哪怕什么都不做，只要在她身边看着她就会很满意。

于诗遥反思过自己对付峤礼好的程度，某一次在付峤礼下班回家后,她做好准备,立即放下电视剧去门口迎接他,抱住他关心他问他辛不辛苦。

他缓慢动了一下眼皮,显然没能反应过来她是什么意思。

但是他没有直接把疑问露在脸上,以为她有什么想法,于是缓慢地茫然后,顺从着她,她问什么他都回答。

他回来已经是深夜,她去给他拿洗澡换洗的衣服,什么都给他准备好。

推着他进浴室时,他都没明白她这是整的哪一出。

她抱着平板看着电视剧等他,他洗完澡出来,她立即去拿吹风机。他个子比她高太多了,她把他摁在凳子上坐下,一副很体贴的样子:"我来我来,我给你吹头发。"

直到头发吹好了,她把吹风机放好就拉着他回卧室,没有再看那些电视剧,而是问他想做什么。

他猜不准她的意思,但是她亮晶晶的眼睛就这么望着他,一副等他回答的架势。

最后,他把自己身上的衣服脱掉。

他皮肤雪白,骨骼结实,起身跪坐在她身前的身影高大,几乎笼罩着她,呼吸间有他刚刚洗完澡后很淡的沐浴露香。

他去握她的手,抬眸看向她的眼睛乌黑柔和,一副自觉献身的样子。

她看了一眼他这个表情就知道,完了,他会错意了,他以为她这是小情趣。

可是他这个样子,也很难让她拒绝。

她没忍住在他的肩膀上留下一块齿痕。他的皮肤白,一点痕迹都会很明显。她趴在他的身上,手指去摸那块泛红的牙印,问他疼不疼。

他看她的眼神依旧柔和,声音也很轻:"不疼。"

她这个时候才解释道:"我妈让我对你好点,怕你哪天被我欺负跑了。"

他这才明白了她的反常举动,笑着摸摸她的头发:"遥遥对我很好,我舍不得跑。"

"真的吗?"

"嗯。"

"每天使唤你,这也叫对你好啊?"

"你没有使唤我,都是我自愿的。"

他的手臂搂着她,已经比十七岁时成熟很多的面孔,在她面前,仍然充满眷恋,一副什么都听她话的样子。

她没忍住,坐起来抱着他的脑袋又亲一口。

可是他跟十七岁不同的是,十七岁的付峤礼对她克制又内敛,最心疼的时候也只是握着她的手腕,看她的眼神总是沉默大于迷恋。现在的付峤礼一点都不遮掩自己对她的爱欲,她只是亲他一下,就被他环住腰抱进怀里接吻,他的吻带着占有,无声地让人喘不过气。

他睁开眼后,密长的睫毛下乌黑动人的眼睛静静地看着她,却盛满了笑意。

他不在乎她是不是娇气,是不是在欺负他,那些独属于她的每一种感觉,都让他迷恋。

他只要她在身边,欺负他也行,对他坏也行,怎么样都行。

更何况,她对他不坏。

他的遥遥很好很好,最好最好,不会再有人比她更好。

他的手臂依旧环在她的腰后抱着她,再次俯身轻轻地吻着她的嘴唇。

永远喜欢遥遥。

十七岁、二十七岁、三十七岁、四十七岁、一百岁,无论多少岁,都不会变。

而且,她也不完全是仗着他纵容就只欺负他。

年底工作忙碌,他几乎几天都没合眼,加班到很晚,回到家后洗个澡还要继续处理工作,连陪她的时间都有限,关掉电脑后躺下就能睡着。他抱着她的动作软弱无力,很轻地闭着眼,满是疲倦。她连电视剧都不看了,轻轻地关上灯,早上很早就起来给他做好早饭。

他困的样子,比平时都要柔软,出门前俯身抱她的动作充满眷恋。

可是他即使忙成这样,脚不沾地,很晚不能回家的加班时间,也要抽空给她发一句"好想你"。

才开完一场会议,他疲倦的那几分钟,给她打来视频电话。他靠在办公室的沙发上,说话的精力都不多,短短的几分钟后还有下一次会议,他只是想看她一眼。

那段时间她的拍摄结束,时间自由,干脆在家做了一些吃的东西,打包带好,去了他的公司。

她来过几次,他的办公室和手机里全是她的照片,他公司里的人都认识她,看到她来就跟她说付峤礼在哪里。

不过那天好像氛围不太好,开会时汇报不太顺利,大家对付峤礼有点惧怕,见她来了,像是见到救星。

她把小零食分出去,拎着给付峤礼的那份上了电梯。

她看大家战战兢兢的样子也知道他现在估计心情不太好,她先敲了敲门,果然,听到里面一声低冷的"进"。

他的办公室很大,玄关书架挡着视线,他并不知道进来的是谁。

她开门进去后,轻轻把门反锁。

她走到他的面前,他抬头的那一眼,冷厉的眉眼忽然变为错愕,漆黑淡漠的眼就那么直直地、怔怔地盯着她看。

她把带来的零食拿出来,跟他说:"一个人在家好无聊,做了点吃的东西,你饿的时候可以吃一点。而且,吃甜食会让心情好一点,你工作时不要老是皱眉。"

在她说这些的时候,他的视线一直看着她,一次眨眼都没舍得。

她把零食全拿出来,每样都留了几个放到他面前,剩下的全部放进他旁边的柜子里。她转过头来看向他,走到了他的身边,他立即伸手抱住她,低头靠着她。

抱了一会儿后,他仰头看着她,摸摸她的手,问她外面冷不冷。

她没忍住笑,低头亲他一下:"说句'想我'听听。"

他目光柔和,看她的专注都没有变:"好想遥遥。"

他工作的时候认真,像他以前读书,专注又安静,一身雪白的冷清,把别人都隔离在外,对她却很温和。

她只是坐在旁边什么都没有做,他好像也会变得很安心,没有再皱过眉。

他最忙碌的这段时间,她都是这样陪着他。他要去开会,她就自己在办公室里看一会儿电视。他回办公室,她坐在旁边不打扰他。等到晚上他忙完,一起回家。

回家的路上是她开车，他坐在副驾驶上，靠着椅子，趁着红灯去牵她的手，视线落在她手腕上的那一截手链，目光变得很柔和。在这个瞬间，她会觉得，他还是十七岁的付峤礼，对她克制又柔和。
　　她忽然想到自己曾经保存的那一段视频，在她上大学以后，刷到一个一群男生起哄唱歌的视频。她本来都要划走了，可是突然看到起哄中被推到面前的那个人，他在镜头里红着眼，唱着"从前从前，有个人爱你很久"。

　　车开到家，他在这一段寂静的路上睡着了，靠在副驾驶的座椅上，但是他睡得不深，随着车里的灯亮起来，他微皱着眉，缓慢睁开眼睛，视线模糊的第一眼没有看到她，下意识地皱眉。
　　直到下一秒听到她的声音，跟他说到家了，他才安静地"嗯"一声。他去牵她的手，一起上楼，一起回家。
　　年关时，他和大学的朋友们也会一起聚聚，大家认识多年，聚会都是拖家带口，没什么忌讳。
　　唯一让大家觉得不可思议的，是当付峤礼也说要带家属的时候。
　　以前聚会，大家调侃着说有家属的带家属，都会拿他这个孤家寡人打趣，说可惜付峤礼又是一个人来。
　　但是他那次说，他不是一个人，他带妻子一起。
　　当时大家差点把手机给生啃了。
　　大学时的付峤礼是怎么样的，大家有目共睹，追他的人都快要把他们院系大楼的门槛踏破了，而他一如既往的清心寡欲，谁也没看一眼。
　　大学毕业后，他们虽然没再像住一个宿舍的时候那样朝夕相处，但是大家感情不错，同一个专业同一个行业，又都在帝都，毕业后有机会总会聚一聚。
　　只是，才几个月没见，上一回聚的时候还在打趣他是孤家寡人，这就结婚了！
　　大家的反应都特别大，以为他在开什么玩笑，是不是家里给的压力太大，火速相亲闪婚了。
　　他说不是玩笑，也不是家里安排相亲，是他自己想结婚的人。
　　这一消息在认识的圈子里迅速炸了锅，也让大家对于诗遥这个付峤礼短时间内就愿意结婚的人很感兴趣。

　　于诗遥出现的那天，所有人都看呆了几秒，她是真的很漂亮，让人忽然眼前变亮的那种漂亮。明艳动人，但是没有攻击性，像摇曳生动的花朵一样，在阳光下灿烂盛放，生机勃勃的，鲜活明亮的。

　　她说话大方、热情、清脆，带着点任性的骄纵，但是不娇弱，什么玩笑都能接。

　　这些都是她初次见面的人，还有许多是对付峤礼多年惦念，因此对她抱有审视态度的人，但她没有一点别扭和不自然，带着八面玲珑的世故，漂亮的笑却让人相信她天真。

　　那时候大家想到大学期间某次聚会唱歌，借着玩游戏问付峤礼很多问题，根据他的回答一点一点构建出一个他喜欢的类型。当时大家都感到咋舌，他这么内敛安静的一个人，喜欢的类型居然是娇气的、不温柔的、张扬的。直到见到于诗遥，大家才知道，原来那些特质根本不是他喜欢的某一种类型，而是具体的某一个人。

　　那全部是于诗遥的特质。

　　他没有喜欢的类型，于诗遥是什么样子，他喜欢的人就是什么样子。

　　那次聚会，付峤礼喝了点酒，比平时迷醉，也比平时心碎，痛到最想她的时候，被追问着喜欢什么样的女孩，他轻到像醉酒的梦呓般说着——

　　我喜欢她对我笑。

　　我喜欢她笑。

　　此时，在这个临近年关的雪夜，歌厅的包间里灯光缭乱，大家又聚在一起。

　　他们已经在聚会里见过于诗遥很多次了，但是每一次唱歌，她都会点一首歌。她唱歌好听，能将所有氛围都调动起来，天生的明媚动人，引人注目，但是她唱着那首歌的时候，只注视着付峤礼的脸。

　　一句一句唱着那首曾让他红着眼的《晴天》，唱着从前从前。

　　付峤礼坐在离她最近的沙发上，明明一身的冷清疏离，却只仰头看着她，笑意柔和，眼睛里满是眷恋，任由缭乱灯光不断落满他的身影。

　　唱到最后一句，歌词明明是"拜拜"，可是她灿烂的笑和清脆的嗓音，将告别唱得像告白。

而后她低头去亲付峤礼的脸。

亮晶晶的笑，乱花迷人眼，从前慌乱了他一年又一年的眼眸，此时凑近注视着他，倒映满他的脸。

"付、峤、礼。"她一个字一个字地叫他名字。

他眼底浅浅笑着，柔和地看着她："嗯。"

她笑得双眼都弯如明月，在还没停的歌声和灯光里，说话的声音贴近他的耳朵："永远爱你。

"永远永远。"

- 全文完 -

告别诗